NINGUÉM NASCE HERÓI

ERIC NOVELLO

NINGUÉM NASCE HERÓI

O selo jovem da Companhia das Letras

Copyright © 2017 by Eric Novello

O selo Seguinte pertence à Editora Schwarcz S.A.

Grafia atualizada segundo o Acordo Ortográfico da Língua Portuguesa de 1990, que entrou em vigor no Brasil em 2009.

CAPA Alceu Chiesorin Nunes
ILUSTRAÇÃO DE CAPA E QUARTA CAPA Raphael Berthoud
PREPARAÇÃO Lígia Azevedo
REVISÃO Renato Potenza Rodrigues e Giovanna Serra

Dados Internacionais de Catalogação na Publicação (CIP)
(Câmara Brasileira do Livro, SP, Brasil)

Novello, Eric
    Ninguém nasce herói / Eric Novello. — 1ª ed. — São Paulo : Seguinte, 2017.

    ISBN 978-85-5534-042-0

    1. Ficção brasileira I. Título.

17-04386   CDD-869.3

Índice para catálogo sistemático:
1. Ficção : Literatura brasileira 869.3

[2017]
Todos os direitos desta edição reservados à
EDITORA SCHWARCZ S.A.
Rua Bandeira Paulista, 702, cj. 32
04532-002 — São Paulo — SP
Telefone: (11) 3707-3500
www.seguinte.com.br
contato@seguinte.com.br

/editoraseguinte
@editoraseguinte
Editora Seguinte
editoraseguinte
editoraseguinteoficial

*Um passo à frente e você
não está mais no mesmo lugar.*
Chico Science

1
SE EU PUDESSE CONGELAR O TEMPO

Hoje é o dia D, o ponto G, uma letra à sua escolha em nossa luta diária contra o ódio que se instaurou no país. É triste ver o quanto as pessoas se acomodam, como a tudo se habituam, um dedo que aponto para mim também. Se tivéssemos um pouco mais de atitude e inteligência, o pior teria sido evitado.

Seguindo o combinado, pego a mochila e vou à praça Roosevelt, ao lado da Igreja Nossa Senhora da Consolação. O ponto de encontro não foi definido ao acaso nem por provocação. Quarteirão cultural, reduto de artistas, local de reunião dos que lutaram contra a ditadura, ponto final da extinta Parada do Orgulho LGBT, terra de sátiros e atores de teatro, a história da Roosevelt faz dela mais do que uma amálgama de ferro, cimento e obras superfaturadas. Além disso, tem boas rotas de fuga, caso precisemos correr.

Não é fácil ser um pacifista em tempos de repressão. Fazer

a diferença sem pegar em armas. Manter o senso sem deixar que o medo cale nossa voz.

Meus anos de terapia me ensinaram três coisas: primeiro, tenho uma tendência a tentar controlar situações que não estão sob meu controle; segundo, eu faria qualquer coisa pelos meus amigos, qualquer coisa mesmo; terceiro, minha relação com a realidade é ligeiramente diferente da mantida pelo restante das pessoas. Ontem à noite, a combinação dessas três coisas acabou com a possibilidade de um sono tranquilo. Por mais que me concentrasse em dormir, só conseguia pensar no que poderia dar errado hoje quando me encontrasse com Amanda e Cael.

O truque foi apelar para um café forte quando acordei.

A ansiedade ao chegar ao ponto de encontro deixa minha respiração pesada, e as paredes do pulmão parecem colapsar. Preciso de uns segundos para recuperar a calma, então vou para o meu canto favorito da praça esperar pelos dois. A pista de skate tem um bom campo de visão, com uma tartaruga voadora grafitada sobre uma floresta de edifícios. O tanto de verde faz lembrar os antigos jardins verticais que ladeavam o Minhocão, hoje só mais um caminho cinzento.

Sentado ali na borda vendo um menino e uma menina de mochila nas costas improvisarem manobras, eu espero. Vinte minutos de tombos e skates no ar se passam, e resolvo ligar para meus amigos. É claro que nenhum dos dois atende o celular. Sabem que vou falar um monte pelo atraso. Me resta ficar de olhos atentos.

É incrível como amanhece cedo nesta cidade. A gente já

acorda na pressa, com caminhão buzinando, cachorro do vizinho latindo, radialista contando a extensão do engarrafamento como se fosse final de novela. Mais uma estranheza à qual a gente se acostuma, mas que não precisava estar aqui. Bastaria alguém e força de vontade. Bastaria dizer chega. O problema é que o "basta" abre as portas para o desconhecido. E, hoje, o desconhecido causa medo. Infelizmente, é essa a nossa cidade. Desperta para a rotina louca do trabalho, narcoléptica para todo o resto.

Amanda e Cael atrasam quase uma hora, me deixando preocupado e meio puto ao pensar na cama que abandonei ainda de madrugada. Ao vê-los no fundo da praça, contudo, respiro aliviado. Pulo do muro onde estou e me despeço da tartaruga.

Eles vestem roupas discretas, conforme combinamos, cada um com uma mochila nas costas. Amanda se aproxima acenando. Se desculpa com um abraço gostoso, sua especialidade. Ela é macia como ninguém mais sabe ser. Com dezessete anos, é a mais nova entre nós. Acabou de terminar o ensino médio e parece estar sempre ligada no duzentos e vinte.

Cael vem logo atrás. Caminha de um jeito elegante, seu cabelo grosso e cacheado balançando com a preguiça de quem acabou de acordar. Os dois são irmãos, cópias quase idênticas dos pais, e parte do grupo que chamo de melhores amigos.

— Muito bonito ignorar minhas ligações — já vou reclamando. Para desarmar meu bico persistente, Cael puxa meu mamilo como se fosse um elástico. A cara de dor que faço não é das melhores.

— Ei… mamilos. Já tivemos essa conversa.

— Bom dia pra você também — ele responde. — E foi mal o atraso. Tinha gente suspeita por perto, preferi não atender.

— Sem problema — digo, conformado. Numa época como a nossa, onde qualquer um pode ser um maluco seguidor do governo e potencial dedo-duro, não dá mesmo para arriscar. — Aproveitei para sondar o ambiente.

— Algo suspeito? — pergunta Amanda.

— Parece tranquilo. Querem tentar um *double kickflip* antes de começar? — Aponto para uma skatista. Fico à espera de um comentário espirituoso de Cael, esticando o momento de descontração, uma frase mágica que diga sem dizer: vai ficar tudo bem. Mas a ansiedade parece embolar as palavras em nossas gargantas.

— Já passaram três meses sem nenhum incidente — Cael diz por fim. Ele sabe que não acredito no Pacto de Convivência; só está comentando pra tranquilizar a gente. Mas estamos uma pilha, não dá para disfarçar. Posso sentir o suor na palma da mão que segura a alça da mochila.

— Se quiserem voltar, eu faço sozinho. Não tem problema nenhum.

— Cala essa boca, Chuvisco. Ninguém vai te largar aqui.

— Essa é a versão da Amanda de um comentário carinhoso. — E aí, vamos trabalhar ou vão ficar de conversa mole? Quanto antes a gente começar, mais cedo vamos para casa.

Quero falar sobre os amigos que sumiram do mapa. Colegas de turma que um dia estavam lá, estudando, conversando e bebendo conosco, e no outro desapareceram. Vontades que eu calo, simplesmente. Apesar da cautela, me recuso a deixar o medo germinar.

Amanda e Cael sabem de cada história tão bem quanto eu. Às vezes de longe, às vezes de perto, acompanhamos cada passo do Escolhido à presidência da República e as manobras políticas que o levaram a dominar o Congresso.

Nosso ponto de discordância é o recente Pacto de Convivência anunciado pelo governo. Tudo muito bonito no discurso. O símbolo de uma era de paz, do fim da perseguição a minorias e a pessoas com ideais divergentes dos que formam sua base de apoio. Mais uma peça publicitária para ele se fingir de bom moço enquanto manda a polícia nos encurralar e descer o cacete. O ministro de Sei Lá o Quê fez o pronunciamento na TV, três meses atrás, sem nenhuma ironia ou ambiguidade. O problema é que, mesmo com toda a minha imaginação, deixei de acreditar em Papai Noel há bastante tempo.

É meu papel manter meus amigos despertos. O deles é me manter são. Repetimos a conversa em dezenas de oportunidades nos últimos dias. Sabemos do risco de estar ali, testando os limites de nossa liberdade de expressão. E no fundo no fundo, assim como eles, também quero acreditar que vamos ficar bem. Se o Pacto for real, ninguém vai se incomodar com três amigos distribuindo livros de graça em uma praça, certo?

E é isso o que fazemos.

Depois de uma rápida olhada ao redor, nos dispersamos, cada um indo para o ponto acertado. Caminhamos até formarmos um triângulo equilátero. Amanda e Cael, perto de cruzamentos, podem fugir facilmente se for preciso. Eu tenho os fundos da praça e as transversais que levam para a rua Augusta, área que conheço de cabeça dos happy hours depois da faculdade.

Abrimos as mochilas e começamos a entregar livros aos sonolentos que passam por nós. Seja simpático, Chuvisco, e tudo vai dar certo. Além da estação de metrô, a região agrupa pontos de ônibus de várias linhas, o que a torna um local perfeito para interagir com a população. Alguns recusam o livro logo de cara, sem saber do que se trata, apenas porque rejeitam qualquer coisa diferente da programação habitual. Outros pegam e agradecem, indo embora após uma olhada rápida na capa. O que mais dói são os que se afastam por medo, como se estivéssemos distribuindo armas de destruição em massa. Talvez estejam certos.

Sei que vários vão deixar o livro sobre os muros e lixeiras do metrô, mas precisamos tentar. Uma leitura durante o trajeto, ou talvez em casa, escondido no banheiro. Uma página, cinco, as duas orelhas — o que vier é lucro.

O título escolhido para distribuição é *Rani*. É um dos livros banidos pelo governo por seu conteúdo *abre aspas* ofensivo a um país cristão *fecha aspas*. Ele conta a história de uma menina que descobre ser xamã e precisa ajudar amigos sobrenaturais como bruxas, demônios e lobisomens a encontrar um amuleto antigo e poderoso. Não sei se ofende mais os fundamentalistas pelo aspecto fantástico ou por ter como protagonista uma mulher negra que ouve rock e gosta de futebol. Sua venda foi proibida tempos atrás, numa das medidas saneadoras do novo governo. Outras centenas de títulos também sumiram das livrarias e sebos. Mês a mês, compramos edições encalhadas por um preço ridículo e as trazemos para as ruas em pequenas levas.

O contato inicial com os pedestres é tenso, como de costume. Falar com estranhos sem o conforto de uma tela não é minha especialidade. Mas a cada "oi" vou me soltando. Ou pelo menos tento. Interpreto as caras fechadas como o prenúncio de um murro. Me esforço para manter o sorriso no rosto a cada "Tá louco?", "Vai ler a Bíblia, garoto" e "Isso é crime" que escuto, e respondo com um gentil "Obrigado".

Apesar dos pesares, nos mantemos firmes em nosso objetivo durante vinte e dois minutos e vinte e quatro livros. Então, uma dupla de policiais aborda Cael. Numa época em que preconceitos antes velados são gritados com orgulho, não me espanta que tenha sido ele o eleito. Para nossa sorte, nenhum dos dois ostenta a asa dupla na frente do uniforme, uma liberdade concedida pelo governo a policiais e militares que querem demonstrar abertamente seu apoio aos fundamentalistas.

De longe, o sujeito parece durão. A mulher com ele, precavida. Ambos mantêm as mãos afastadas das armas. Cael fala baixo, tenta não gesticular demais. Para o bem e para o mal, sabe que comportamento adotar numa abordagem. Não pode dar motivos para a ação. Daquela distância, ninguém erraria. Seria virar as costas para correr e cair morto.

Vou me aproximando a passos lentos, pensando na melhor forma de interromper o ritual de intimidação. Estou no meio do caminho quando Cael sobe o tom de voz e Amanda acelera o passo, deixando a prudência de lado. Ela marcha pela praça com cara de poucos amigos, e o receio de que estoure num rompante para defender o irmão me faz correr também. Chegamos quase juntos, e peço calma com as mãos. Ela engole o desaforo já na ponta da língua. O policial nos examina com um olhar de desdém, tentando identificar nossa relação com Cael. Tenho a impressão de que parece mais interessado em demonstrar sua superioridade do que em nos machucar. Ainda assim, não podemos dar bobeira.

— Não estamos fazendo nada de errado — começa Amanda. — Vocês não podem tratar a gente assim.

A atitude dela desagrada o policial.

— Abram as mochilas — ele manda, quase derrubando a de Cael no chão. Posso jurar que vai sacar a arma a qualquer momento. — Quem não deve não teme.

Antes fosse verdade. O policial estende a mão para iniciar a revista, e Cael recua.

— Quem me garante que você não vai jogar nada dentro dela? — ele pergunta.

O sujeito não esconde o mau humor.

— Tá me chamando de desonesto?

Sua parceira fica impaciente com a situação. Para nossa sorte, mais com ele do que com a gente. Pede para o homem dar uma volta enquanto conversamos. Ele ignora. Pergunta se tem mais alguém com a gente. Digo que não. Repito devagar, quase num juramento. É a verdade.

O policial carrancudo não arreda o pé. Dá uma espiada por alto na minha mochila e na de Amanda. Na de Cael, mexe em cada bolso, cada divisão que encontra. Até um papel de chiclete amassado ele desdobra. No fim, pede para ver o livro.

Noto pela cara dele, pelas sobrancelhas grossas se tocando no alto do nariz, que só as cores da capa já o incomodam. O texto da quarta capa é seguro, e ele parece até achar graça. Então vai para a orelha, e sua expressão se transforma.

— Punk. Death. Metal — ele fala, saboreando cada palavra. — Sabia que tinha coisa errada aqui assim que vi você.

Você. Ele aponta o dedo branco para a pele negra de Cael. É como se não estivéssemos mais por perto. Antes que Amanda faça uma besteira, o irmão a segura pelo punho, a puxa mais para perto. Olha rápido para mim, com uma expressão de censura no rosto. Ambos entendemos o recado e não reagimos. Não vamos ser a desculpa de que o policial precisa para usar a arma.

— É só um livro — Amanda argumenta, indicando com a cabeça o volume nas mãos do homem. Sua voz está tranquila agora. A estratégia parece dar certo. A carranca do policial se ameniza. Punk. Death. Metal. Nunca foi esse o problema.

— Só tem um livro que importa nessa vida, e duvido que um dos três esteja com ele na mochila.

A policial respira fundo.

— Tá resolvido aqui, Constantino?

Ele olha de Amanda para Cael, indeciso, então de volta para sua parceira.

—Vou mostrar que sou boa gente, um seguidor da palavra, e liberar vocês por hoje. *Por hoje*. Mas, se aceita um conselho

— ele fala para Amanda, galanteador —, você é bonita demais para se envolver com bandido.

— Ele é meu irmão — ela diz. Mesmo com as bochechas vermelhas de raiva, consegue manter a fachada de inofensiva, graças aos anos de aulas de teatro.

A resposta o deixa visivelmente desorientado. A pele dela é mais clara que a de Cael, o suficiente para dar um nó na cabeça do cão raivoso. Ele olha de um para o outro sem parar, como se estivessem lhe pregando uma peça. Posso ver a fumaça saindo por seus ouvidos, os miolos entrando em curto.

— E ele é ator, não bandido — Amanda completa.

O policial olha Cael com mais atenção, como se tentasse reconhecê-lo. Mas duvido que se importe com a fama do meu amigo.

Antecipando o recomeço da discussão, sua parceira se manifesta:

— Escuta aqui, garotos, deem o fora e ninguém se prejudica.

Era tudo o que eu precisava ouvir. Basta recuarmos. Deixarmos que o policial sinta o gostinho ilusório de sua vitória por ter nos tirado da praça.

O mais discretamente possível, fecho a mochila. Pego a barra das camisetas de meus amigos e os puxo para trás. Quando sinto Amanda começar a ceder, engavetando a frustração do dia, Cael dá um passo à frente e fala:

— O Pacto de Convivência garante nosso direito de estar aqui. Não estamos fazendo nada de errado.

Droga, Cael.

Ele é esperto. Ou tão esperto quanto alguém que discute com um louco armado pode ser. Sabe que deve evitar a isca lançada pelo policial, o preconceito que transborda em sua baba raivosa, e tenta vencê-lo no seu próprio jogo. Mas aquele jogo vem de muito antes da ascensão dos fundamentalistas. E é possível que o Pacto signifique ainda menos para ele do que para nós.

Antes que alguém faça bobagem, me enfio na frente dos dois. Mantenho o olhar firme no sujeito.

—Vamos embora, Cael — peço. Busco o apoio da policial que demonstrou sensatez. Sua cara de cansaço mostra que teve uma semana cheia. Já na minha se vê apenas desespero. Não saberia fingir outra coisa no momento.

Para não perder o controle da situação, aperto os dedos contra a palma e congelo o cenário ao nosso redor. Os carros simplesmente param, as ruas se transformando num cenário inerte. Os pedestres parecem estátuas: há rostos virados na nossa direção, preocupados, outros foram congelados enquanto disfarçavam, fingiam que nada estava acontecendo, provavelmente mais interessados em chegar ao trabalho no horário para não ter problemas com o chefe. Apenas o vento continua a soprar, levando com ele folhas mortas, poeira e embalagens.

Não posso deixar que saque a arma. Nada de virarmos novos nomes na lista de vítimas do governo. Fotos na parede, parte do memorial de parentes e amigos. Por sorte, a policial está mesmo disposta a resolver a situação. Tira o livro da mão do seu companheiro e me entrega com tanta calma que, mais uma vez, ele fica sem reação.

"A paz não pode ser mantida à força, apenas pelo entendimento", tenho vontade de citar, mas chega de bocudos por hoje.

— Deixa eles comigo — diz a mulher. — Não são nem oito da manhã. Quer realmente voltar pra DP e preencher relatório de apreensão de três garotos distribuindo livros infantis? Quer explicar pro chefe por que encrencou com um ator de TV? Ele anda soltando os cachorros pra cima da gente por tudo e por nada. Imagina com mais essa confusão? Além disso, é fim do mês. A gente vai estourar as estatísticas.

O policial bufa, mas finalmente cede. Joga a mão para o alto como quem diz "vocês que se entendam" e segue seu desfile de autoridade pela praça. A policial só se vira para nós quando ele chega a um balcão de padaria do outro lado da rua. Ela insiste que é melhor irmos para casa, já que os ânimos se exaltaram mais do que o necessário.

— Não quer ficar com ele? — Estico o livro de volta. Ela ergue uma sobrancelha, como quem tenta decidir se sou burro ou petulante. — Um presente pela ajuda.

— Vou guardar no carro. Gostei muito do último. — Ela deixa a frase no ar e vai embora. Não sei se é uma pessoa consciente ou se está passando o recado de que tem observado nossas ações. Talvez seja hora de escolher um lugar diferente para nossas distribuições semanais.

Cael engole em seco, xinga baixinho. Nós três nos abraçamos de um jeito atrapalhado, narizes colidindo com ombros e cotovelos. Por trás do ódio cuspido em nossa cara, a reação da policial me deixa com uma ponta de esperança que prefiro afastar. Mesmo que seja real, não é suficiente. Não depois de tudo o que tiraram de nós.

—Achei que iam matar a gente.

Quem fala é Amanda. O rosto dela segue vermelho, o choro pedindo para ser liberado. Cael continua me olhando firme, mas seja qual for sua mensagem telepática, ela se perde no vento.

Só então noto que as pessoas ao nosso redor permanecem paradas, os pés levantados no meio de um passo, celulares na mão. Apertando os dedos novamente, respiro fundo e deixo o mundo seguir seu fluxo normal.

—Tá tudo bem? — pergunto, sei lá por quê. A resposta de Cael é abafada pelo barulho do tráfego retornando. Depois de verificar se os policiais não estão nos espreitando e repassar o combinado com meus amigos, digo um "vamos cair fora", viro de costas e me afasto como se não os conhecesse. Por questão de segurança, cada um de nós toma uma rua diferente e some pelo centro de São Paulo sem olhar para trás.

2
TUDO COMEÇA (E TERMINA) NAS PEQUENAS LIBERDADES

QUARENTA MINUTOS DEPOIS, nos reencontramos no meu apartamento, no bairro da Liberdade. Meu cantinho é o mesmo quarto e sala confortável que dividia com dois amigos durante a faculdade. Quando eles resolveram deixar São Paulo logo depois de se formar — um por medo e outro por falta de emprego —, fiz um esforço financeiro para tentar morar sozinho. Não tenho muitos móveis ou qualquer luxo, mas é suficiente. Meus pais não gostaram muito da ideia a princípio e tentaram me fazer voltar para casa deles em São Bernardo, mas, passado um tempo, pararam de pegar no meu pé.

Quando a campainha toca, sigo para a porta sem fazer barulho e espio pelo olho mágico. Eles podem ter sido seguidos, imagino. Seremos presos, torturados, descartados como indigentes. Mas parece que estamos a salvo, pelo menos por enquanto.

— Amanda já chegou? — Cael entra, preocupado.

— Ligou dizendo que a pressão caiu e parou pra comprar um salgado. Pra você ficar tranquilo.

— Tentei ligar, mas ela não atendeu.

— Eu sei. Ela disse.

— Assim é fogo.

Eu que o diga, penso, mas fico quieto. Cael dá uma última olhada no celular. Conhece a irmã. Sabe tão bem quanto eu que tem algo mal contado nessa história de pressão. Ele suspira e decide desencanar. Antes de sentar, me dá um beijo no rosto e um abraço que esmigalha minhas costelas.

— Nós conseguimos! — Ele se joga no sofá com tanta força que ouço a estrutura de madeira estalar. — Terceiro livro distribuído! Conseguimos de novo, Chuvisco — ele diz.

— De novo! — repete para mim e para si mesmo.

— É. Conseguimos dar de cara com um racista maluco e quase morrer, isso sim.

Longe de mim bancar o chato. Mas só de pensar em um dos dois se machucando por minha causa sinto meu estômago revirar.

— Dane-se aquele escroto. Que enfie o racismo dele onde achar mais gostoso. Não vou deixar que roube minha felicidade, como nunca deixei esses otários roubarem minha dignidade. Nós conseguimos! Você tá vivo, a Amanda tá viva. Distribuímos uma porrada de livros. E hoje é só o que me importa.

É esse o ponto ao qual chegamos, o de comemorar não sermos mortos pela polícia, distribuir livros sem acabar presos, não ter ninguém pulando em nosso pescoço e nos condenando à danação eterna por pensar diferente. Mas Cael está certo. Devemos celebrar a pequena vitória. Dane-se aquele escroto e todos os outros que tentam fazer da nossa vida um inferno.

— Vou colocar uma música. Algo proibido pela censura, de preferência.

— "Vaca profana"! — ele pede.

— *Vaca profana, põe teus cornos pra fora e acima da manada.*

— Minha tentativa de soar afinado é um completo fracasso.

— *Vaca profana, hoje usamos a pena para derrotar a espada!*

Cael faz uma careta.

— Não estraga a letra botando frase brega no meio, Chuvisco. Não basta desafinar?

Procuro a música no notebook que mantenho desconectado da internet. É tanta coisa misturada que demoro a encontrar. Aproveito e programo umas faixas na sequência, quarenta minutos de trilha sonora protegendo nossa conversa dos ouvidos curiosos.

— Ó, fique sabendo que numa verdadeira democracia as pessoas podem exercer seu direito à breguice sem medo de retaliações.

— Pelo menos isso o Escolhido não tirou de nós.

— E existe alguém mais brega do que ele? O cara mistura terno risca de giz com meia de oncinha... — Ele cita uma foto que viralizou recentemente. Liberdades geradas pelo Pacto de Convivência.

Acabo rindo. Cael tem uma felicidade que contagia quem fica perto. Contudo, entre um riso e outro, não consigo esquecer o risco que ele e a irmã acabaram de correr. Foi minha a ideia de distribuir livros, meses atrás. Da primeira vez, uma senhorinha de coque começou a nos exorcizar, chamando mais atenção do que seria saudável. Passamos pelas ações seguintes sem sustos, exceto um empurrão que me derrubou de bunda no chão, então fomos ganhando confiança. Agora esse policial maluco. Se tivesse comprado o estoque e ido à praça sem avisar ninguém, eles não teriam corrido perigo.

Só de pensar no que poderia ter dado errado, em um deles baleado por minha causa, sinto o chão balançar. O tremor derruba minha coleção de quadrinhos da prateleira. Entorta a arca que herdei da minha avó, onde escondo meus livros. Derruba cadeiras e me faz escorar na janela.

O som da campainha me puxa de volta à realidade. Cael me encara desconfiado, mas finjo que estou bem. Um lado bom de ter amigos de longa data é não precisar me explicar a cada princípio de catarse criativa. Vendo que não vou falar nada nem me mexer para abrir a porta, ele levanta para receber a irmã.

Amanda já entra falando:

— Mas olha só, colocaram até música. Quem autorizou vocês a começar a festa sem mim?

— Sua louca. Como é que para pra comer depois de uma merda dessas? — Cael pergunta.

Eles se abraçam. Ela se despe do sorriso por um instante e cochicha alguma coisa no ouvido do irmão que o deixa com os olhos cheios d'água. Discreto, ele enxuga o rosto e se recompõe. Cael é um ator relativamente famoso. Trabalha em teatro e já fez participações em novelas de sucesso. Usa seu rosto conhecido para chamar atenção para causas importantes. Mas tem o péssimo hábito de achar que a fama funciona como uma armadura contra os fanáticos do Escolhido.

É minha vez de receber o abraço que equivale a uma dose extra de relaxante muscular. Amanda põe a mãos no meu rosto e eu olho fundo em seus olhos.

— Eu tô bem — ela fala, me apertando mais antes de soltar. — E você?

— Nenhum susto.

— Que doideira, hein? Aquele lá dormiu de calça jeans, com certeza.

— Claro, quem vai querer transar com um traste daqueles? — Cael responde. Rimos juntos. Sento no braço do sofá, como de costume. Gosto de ter a casa cheia, de manter os amigos por perto.

— É como diz a música: *"La mala leche para los puretas"*. E ele que se dane — eu falo.

— Ele que se dane — Amanda repete e dá uma piscada para mim. — Quem ele pensa que é pra mexer com meu irmão? A sorte é que tô aprendendo a meditar, senão tinha dado na cara dele.

— Essa aí é um exemplo de pessoa zen — diz Cael.

— Fez quantas aulas já?

— Uma.

— Imaginei — comento.

Nem ela se aguenta com a resposta. Devagar, vamos extravasando o nervosismo, deixando a tensão se dissipar. Olho para os móveis derrubados pelo terremoto imaginário, de volta a seus devidos lugares. Um dos quadrinhos, contudo, continua caído no chão, e me abaixo para pegá-lo com a pulga atrás da orelha.

— Vocês também estão vendo?

— É real, Chuvisco, relaxa — diz Cael.

— Tô aceitando um café. Quem topa? — Amanda pergunta.

— Faz dois — respondo.

— Três.

— Graças a Deus, pelo menos isso aquele pária não proibiu.

— E a breguice — eu e Cael falamos quase juntos.

— Hum, não posso ficar cinco minutos longe que vocês dois já inventam uma piadinha interna. Mas ó, se não forem me inteirar da conversa, é bom me deixar falar porque tenho novidade para contar.

— Se disser que seguiu o escrotão mando te internar, sério — diz Cael.

Amanda acena com a mão, sem dar trela.

— Sou louca, mas nem tanto. — Ela sobe no banquinho de madeira da cozinha para alcançar o pó de café no armário. Amanda gosta de um com leve aroma de baunilha, por isso mantenho um estoque. Um dos produtos importados que inundaram o mercado brasileiro depois da ascensão. A estratégia do Escolhido para criar uma atmosfera ilusória de avanço enquanto ferrava as conquistas sociais e colocava a oposição na cadeia.

Com a cafeteira montada, ela começa a contar:

— Quando a gente estava discutindo com o policial, vi

alguém escondido atrás de um carro acompanhando tudo. Achei que fosse um curioso, mas depois que cada um foi pro seu canto, notei que ele tinha uma câmera na mão. — Ela faz uma pausa. — Então desviei da minha rota de fuga e fui xeretar.

—Você *o quê*? — Cael reclama. Eu poderia dizer que ele é superprotetor com a irmã mais nova, mas a verdade é que todos agimos assim uns com os outros. Lá vem o discurso sobre segurança, responsabilidade, seguir os planos à risca. Pelo menos nos revezamos em repeti-lo uns aos outros. Detestaria se fosse sempre eu a ocupar essa função.

— Tem mais um... detalhe. — Ela não se inibe com a bronca do irmão. — Ele estava usando uma máscara de caveira.

— Santa Muerte? — falo, sem conseguir disfarçar o interesse. Venho pesquisando em segredo sobre o grupo há algum tempo.

Amanda faz que sim.

Cael sai do sério.

— Porra, Amanda. Se depois do rolo na praça a polícia te pega com um desses caras... Até explicar...

— Eu sei.

— Eles não iam te levar pra delegacia não.

— Eu sei, Cael.

Pelo que descobri na internet, Santa Muerte é um grupo de mídia independente. Dizem que começou com um único cara subindo vídeos no YouTube e foi crescendo, ganhando adeptos até se tornar um grande movimento. De início, gravavam o material nas ruas. Incentivavam a população a fazer o mesmo. Conseguiam imagens de violência policial, entrega de propina, negociações com donos de empreiteiras. Mais tarde, passaram a mirar os políticos. Jogaram na rede o vídeo de uma festa regada a drogas e tudo o que ia contra o discurso do Escolhido, que os canais de televisão não tinham coragem de mostrar.

Estimulados pela atuação deles, youtubers conhecidos se reuniram para protestar. Para se diferenciar dos mascarados, se intitularam Caras Limpas. Organizaram um de seus encontros tradicionais, de lotar auditório, e conseguiram causar barulho. Animados, convocaram mais uma vez os fãs, agora para conversar sobre liberdade de expressão num piquenique no parque.

A suspeita é de que a bomba estivesse numa das mochilas.

Daquele dia em diante, subir vídeos críticos ao governo passou a ser uma atividade de risco. Imagens de um mascarado sendo torturado correram as redes sociais. Um fardado arrastava um gordinho pelo chão e o soltava em frente à câmera. Ele usava uma máscara de caveira amarela, roxa e azul, que remetia ao Día de Los Muertos mexicano. Após declarar ter capturado o líder do Santa Muerte, os policiais arrancavam a máscara, a câmera virava e se ouvia o estampido de um tiro.

O Santa Muerte correu para desmentir a ação policial, alegando que o vídeo era uma farsa. Seu líder estava vivo e bem. Disseram que continuariam a divulgar os crimes cometidos pelo governo do Escolhido. Incitaram a população a fazer o mesmo, mas dessa vez nenhum rosto conhecido deu apoio.

Devido à vigilância cada vez maior, passaram a se espalhar pela deep web, uma parte da internet não indexada pelos mecanismos de busca tradicionais.

Hoje, corre a história de que suas câmeras ganharam a companhia de armamentos, e uma parcela de seus integrantes entrou para a guerrilha. Nunca descobri se é verdade ou invencionice do governo para enquadrá-los nas leis antiterrorismo. De qualquer modo, é uma companhia perigosa para três meliantes que acabaram de ser abordados por distribuir livros juvenis.

— Chegou a falar com ele? — pergunto, tentando saber mais.

— A intenção era essa. Mas quando vi a máscara congelei.

— E ele? Disse alguma coisa?

— "Santa Muerte vive e está com vocês" — Amanda fala sem grande empolgação. — Depois saiu correndo.

O grito de guerra da resistência me dá arrepios.

— E se tiver filmado a gente? Será que colocaria nossos rostos na internet?

— Eles não seriam tão imprudentes — digo a Cael, com convicção. — Os vídeos servem para expor os agressores, não as vítimas.

O barulho da água passando pelo filtro anuncia que o café vai estar pronto em dois minutos. O cheiro que se espalha me faz esquecer dos problemas por um momento. Amanda e Cael também farejam o ar, na expectativa. É um paradoxo, mas só mesmo uma dose de cafeína para nos fazer sossegar.

— Aproveitando o silêncio, nossa saída de sexta está de pé?

— pergunto. — Podíamos comemorar de verdade. E faz um tempão que não reunimos todo mundo.

— Sem promessas. Por enquanto, terminar meu trabalho de roteiro está na frente nas pesquisas de intenção de votos. O restante do pessoal confirmou?

— Confirmou, mas você sabe como eles são. Cheios dos "sim, claro!" que viram "talvez eu vá", que viram "me deu preguiça". Não quero ficar moscando sozinho no bar.

Minha cara de menino indefeso é retribuída com desprezo. É uma droga ter que interpretar sofrimento e angústia diante de dois atores.

— E quando foi a última vez que você ficou sozinho, seu cara de pau? — comenta Cael, bebericando o café. Está tão forte que tenho a impressão de que ficaremos acordados até o fim dos tempos. — Alguém sempre puxa você para um canto.

— Isso é um não?

— Da minha parte, um "provavelmente não" — diz Cael.

— Tô exausto por causa dos ensaios, preciso ficar sossegado em casa. E passei a noite em claro, o que não ajudou.

— Amanda?

Ela abana a boca, a língua queimada para fora após um gole exagerado.

— Acho que queimei as amígdalas.

— Você tirou as amígdalas.

— Vou ter que tirar o resto então.

Suspiro, cansado de tentar convencer os dois. Nunca vi um grupo tão difícil de reunir.

— Vocês são foda.

— Se todo mundo topar, a gente podia fazer maratona de séries lá em casa.

Nem me dou ao trabalho de responder. A palavra "série" ativa uma conversa longa sobre os últimos episódios deste e daquele seriado que nunca ouvi falar. Me sentindo derrotado, cato na gaveta o pote de envelopes de adoçante para mais uma dose de café. Recosto na bancada e puxo outro assunto. No fim das contas, esta é uma bela forma de comemorar nossa vitória: nos permitir trivialidades. Pequenos hábitos que julgamos garantidos até alguém arrancá-los de nós.

3
MEU PROFESSOR X

Dizem meus pais que tive uma infância terrível. É seu jeito de dizer que tornei a vida deles um inferno quando pequeno. Posso até imaginar o desespero de um casal sem entender por que o filho que passava a noite tranquilo sob o móbile de cavalinhos de repente se tornava um garoto assustado, que insistia em trancar todos os bonecos no armário antes de dormir.

Minha imaginação foi rebelde desde que me conheço por gente. Bonecos que lutam sozinhos, quadrinhos que ganham vida. Bichos de pelúcia que se arrastam pelo chão, olhos pendurados em fiapos de feltro, e escalam minha cama como zumbis. Tudo isso fazia parte do meu dia a dia.

Por sorte, conforme fui crescendo e entrei para a escola, meus monstros também passaram a cumprir horário. Não sei se tomavam banho, escovavam os dentes e faziam dever de casa, assim como eu. Mas com professores tão rigorosos, até os monstros foram obrigados a entrar na linha. Como eles não ficavam mais presentes o dia inteiro, passei a desfrutar de certo alívio, o que não me impediu de me meter em encrencas e viver na sala da diretoria.

De acordo com o dr. Charles, meu psicanalista, foi uma evolução natural das catarses criativas. Se de início elas me ameaçavam sem chance de diálogo, mais tarde fomos firmando acordos de cooperação. Monstros ameaçadores? Só quando a luz se apagasse. Ser atacado por psicopatas invisíveis? Apenas se demorasse mais de um minuto para levar o lixo à lixeira. Ser contaminado por um vírus devastador? Só se pisasse nos quadrados brancos do piso do shopping.

E distraído não valia.

O passo seguinte de toda criança, me disseram em inúmeras ocasiões, seria deixar a imaginação de lado. Guardá-la em uma caixinha e substituí-la por eventos reais, amigos da escola e jogos de videogame. Depois viria a fase dos interesses amorosos. "Assim que arrumar uma namoradinha passa!" (Essa foi a minha tia em um jantar de Natal.) "Por que não convida a Karina pro cinema, já que ela gosta dessa coisa de terror?" (Esse foi meu pai, que nunca entendeu nada.) "Vou te colocar numa aula de luta, pra detonar seus monstrengos!" (Essa foi a minha mãe, batendo na trave.)

Ainda assim, aceitei a sugestão. Lutar esvaziava minha barra de energia e, junto à rotina do colégio, me deixava cansado o bastante para uma noite tranquila de sono. Quando os olhos demoravam a pesar, eu levava para a cama meus quadrinhos e lia até adormecer.

Sobre os interesses amorosos, no meu caso os hormônios só ajudaram a potencializar a confusão, se é que você me entende. Eu me dava bem com os garotos e garotas da minha idade (o que estava de bom tamanho para meus pais), achava as aulas um tédio absoluto, mas temia coisas banais. Um exemplo? Ao abrir a mochila, nunca sabia se os livros que havia guardado na noite anterior continuariam lá dentro ou se teriam se transformado em uma pilha de cuecas coloridas.

Quando resolvi me abrir com meus pais lá no início, eles me levaram ao médico. Na época protestei, mas em retrospecto teria feito o mesmo no lugar deles. O dr. Charles era escritor, desses que mistura casos profissionais com ficção e filosofia, e nas sessões eu só o chamava de professor X, o mais próximo que cheguei de ser um super-herói.

Para minha felicidade e certa decepção dos meus pais, em vez de cortar minhas asas, ele resolveu me dar espaço para voar. O truque dele foi perguntar como *eu* gostaria de ser chamado já na primeira sessão. Apesar de gostar muito do meu nome, aceitei a brincadeira e inventei um apelido que ficasse legal na hora de enfrentar os inimigos.

— Andarilho — respondi cheio de orgulho.

— É um nome legal — ele disse, me deixando contente.

— Por que acha que tem a ver com você?

— Não sei. Só acho o som engraçado.

— Você sabe o que significa?

— Não — respondi, envergonhado.

— Alguém que anda muito, que vaga pelas ruas, pela cidade. É o nome de um passarinho também. Você gosta de andar?

— Prefiro ficar sentado no sofá lendo quadrinhos. E nem gosto de passarinhos. Parecem dinossauros em miniatura — respondi, com um muxoxo.

— Que tal outro nome então?

—Você tem alguma ideia?

—Vamos ouvir as suas primeiro.

Ele era bom naquilo. Quem já foi a um psicanalista conhece a estratégia. Estão lá mais para ouvir do que falar. E você acaba falando um monte, mesmo quando pretendia ficar de boca fechada. Parece até que borrifam algo no ar para soltar sua língua. Como eu não sabia disso, achei sacanagem. Fiquei tentando lembrar se nos quadrinhos era o professor ou os alunos com poderes quem escolhia os nomes e uniformes.

Isso de pensar em um uniforme — nem tentem imaginar como seria o meu! — me distraiu, e esqueci completamente que estava no meio da sessão. Só retomei a atenção ao sentir uma bolinha de papel acertar minha cabeça.

— Ai! — reclamei.

— Distraído com as opções?

— Com o uniforme.

— Hum?

— Nada. Onde a gente estava?

— Você ia me dizer como quer ser chamado nos nossos papos.

Se bem me conheço, devo ter feito uma cara exagerada de quem está pensando, apesar da lista em branco de possibilidades. Enquanto me decidia, o dr. Charles ativou o módulo voador de sua poltrona e circulou pela sala para pegar um copo d'água. Acho que aproveitou meu instante de distração para sondar e estimular minha mente, porque assim que retornou disparei uma resposta:

— Chuvisco.

— Gostei desse. Qual é a razão?

— O som é legal — falei de novo. — E não preciso ficar andando.

— Mais alguma coisa?

— Porque é o que fica — respondi, e ele fez uma anotação, sem me pedir mais explicações.

E é o que venho tentando desde então: ficar, permanecer. Graças ao tratamento nada ortodoxo do psicanalista, alcancei uma relação saudável com meus passeios pela fronteira da realidade, e há uns três anos recebi alta. Mas há uns meses voltei a sentir ansiedade, falta de ar. O suficiente para um *control freak* como eu ficar com o pé atrás e procurar o dr. Charles. Mas para meu desespero, ele parece ter desaparecido da face da Terra.

De: Chuvisco
Para: Dr. Charles Pontes
Assunto: Preciso de uma penseira

Oi, dr. Charles, tudo bem com você?

Sei que não abre o consultório às quartas, mas passei a tarde pensando e resolvi escrever.

Venho tentando te ligar faz um tempo, mas ninguém atende. Variei os dias da semana, os horários, e nada. Só um toque interminável me torturando antes da ligação cair. Com o celular, a mesma coisa. Será que mudou de número? Sei que a gente não se vê há uns anos, mas precisava conversar com alguém que me ajudasse a reorganizar as ideias. Pensei em marcar uma sessão, e aí a gente decidia se preciso de mais do que isso.

Tenho sentido um aperto no peito de vez em quando. Não sei se são as catarses criativas saindo do controle ou se é simplesmente ansiedade pelo que estamos passando com esse maluco fundamentalista no poder. Mas o sentimento tem sido recorrente.

Outro dia, no banho, me veio um medo tão grande de perder meus amigos que quase sufoquei embaixo da água. Posso estar exagerando, mas a sensação foi péssima e precisei desligar a torneira correndo e me jogar na cama para me acalmar. Sentia como se, de repente, eles não existissem mais. Como se alguém fosse capaz de apagar seus nomes, rostos e identidades num estalo de dedos.

Quem sabe do que esses fanáticos são capazes?

Bem, não quero te alugar demais por e-mail.

Me responda quando for possível, por favor, e a gente marca a sessão.

Um abraço,

Chuvisco

4
LIVING WELL
IS THE BEST REVENGE

A AUGUSTA É UM SÍMBOLO DE ADAPTAÇÃO. Tudo nela sobrevive, se transforma. Dizem que foi aberta para o uso de bondes puxados por burros e acabou se tornando um dos maiores centros de diversão da noite paulistana. Hoje, seus teatros estão às moscas, e boa parte dos bares e casas noturnas fechou. Primeiro veio a alta de preços e impostos, num processo induzido de gentrificação. Depois, a proibição de uma ampla gama de atividades consideradas imorais. Os sobreviventes se mantêm abertos graças ao pagamento de suborno e a favores dos que se esbaldam naquilo que fingem combater. No mais, a rua se tornou um aglomerado de lojas inofensivas. Restaurantes, docerias gourmet, pet shops e lojas de roupas "que mostram logo quem é devasso e quem é de família".

Ouvi essa frase no metrô, de uma velhinha. Tive vontade de rir, mas fiquei quieto, só observando. Imagino o que diria se conhecesse o Vitrine, o bar secreto nem tão secreto assim que eu e meus amigos costumamos frequentar. Antes era um teatro de dois andares, de um tamanho que não se vê mais por aí. Após a falência, foi revendido em blocos separados. A face voltada para a rua se tornou uma galeria com brechós, bistrôs e sebos apertados. As laterais se transformaram em uma loja de empadas e em uma de chocolates. No miolo, se manteve vivo nosso espaço de liberdade.

A entrada é pela porta branca no fundo do corredor pavimentado com pedras portuguesas e decorado com postes coloniais e bancos de madeira. A placa na qual se lê CUIDADO: MATERIAIS INFLAMÁVEIS foi colocada pelo dono, como toque de ironia.

Gabriel, o segurança, me conhece de longa data. Me vê pela portinhola, faz cara de mau e me deixa entrar. Em seguida, tranca a porta por dentro, passando o ferrolho. Pergunto se meus amigos já chegaram e ele aponta com o nariz para o segundo andar.

No térreo, um pátio serve de área para fumantes. Dá para sentar nas muretas do canteiro, e é para cá que venho descansar os ouvidos quando estou de saco cheio do barulho. Quem quer conversar costuma ficar por aqui também. A cobertura, cortesia de duas árvores de copas altas, ajuda a filtrar os ruídos e oferece alguma privacidade.

A escada para o segundo andar passa rente ao muro. Mal alcanço o último degrau e uma amiga que conheci na faculdade grita meu nome. Ela é tradutora de livros técnicos, principalmente de biomedicina. Retomamos contato por acaso, numa esbarrada numa fila de cinema que se transformou num convite para jantar. Depois de sondar sua linha de pensamento político, apresentei-a ao Vitrine.

— Menino! Que bom que você chegou. Vem cá que eu quero... — Letícia fala comigo tão empolgada que fico sem entender metade do que diz. Quando termina de me puxar para a varanda em frente à área coberta, me vejo diante de um sujeito baixinho, de cabelo preto e liso, e olhos estreitos. Na lateral do rosto há uma mancha amarelada, um final de roxo causado, imagino, por uma agressão. É difícil não olhar para ela, e sei que ele nota, mesmo que tente disfarçar. — Chuvisco, este é o Daniel. Daniel, este é o Chuvisco, o amigo que te falei.

Aperto a mão dele e ficamos nos olhando, num silêncio sem graça. Nunca sei o que falar depois de ser apresentado a alguém, e ele parece ter o mesmo problema. Letícia retoma a conversa com Daniel como se eu fizesse parte dela desde o início. Falam de esqueletos de madeira semienterrados na areia do Guarujá. Demoro alguns minutos para entender quem é aquele Daniel no mundo dos Daniéis possíveis. Quando me dou conta, a empolgação de Letícia faz todo sentido.

—Você! — falo de supetão, interrompendo-os. Ela ri tanto com minha demora que chega a derrubar parte da bebida no chão. — Sou muito fã do seu trabalho. Tenho algumas coisas suas em casa.

— E eu tenho coisas suas no meu notebook — ele responde. Sinto as orelhas ficarem vermelhas no mesmo instante.

— As suas eu roubei num parque.

— As suas eu baixei.

— Novos tempos — digo, e ele assente.

Daniel é um artista que faz intervenções pela cidade. O objetivo de seu trabalho é renovar nosso olhar para lugares e situações que, na correria do dia a dia, acabam se tornando invisíveis. Me lembro da primeira vez que esbarrei com um de seus origamis. Centenas de Yodas feitos com folhas de revista pendurados em um canto esquecido do Parque Ibirapuera. No centro deles, um enorme Darth Vader de cartolina preta.

Sua intervenção mais recente o havia colocado na lista negra dos fundamentalistas. Borboletas, também de origami, amarradas com fios às grades de ventilação do metrô, na avenida Paulista. Dentro delas, mensagens que defendiam a importância de um estado laico na manutenção da democracia. Para lê-las, era preciso libertar uma das borboletas flutuantes de seu fio e desfazer o origami.

Pedaços de papel dobrados, ameaças terríveis, segundo o Escolhido.

Preciso encontrar meus amigos no ambiente coberto onde fica efetivamente o bar, mas a curiosidade por Daniel me impede de sair dali. Tiro minhas dúvidas sobre seu trabalho, de onde vem o apoio financeiro, qual foi a primeira exposição, se teve outros problemas com os fundamentalistas, então chego à pergunta que mastigo desde o início da conversa.

— Foi a polícia que te agrediu, não foi?

O roxo no rosto dele parece recente. Sua expressão de tristeza me desperta uma ponta de arrependimento. Em tempos violentos, é algo que aprendemos rápido: não reavivar memórias de agressões. Deixar que cada um compartilhe sua dor o quanto quiser, quando quiser. Mas a curiosidade fala mais alto que a razão.

— Foi a Guarda Branca — ele responde. — Uma agressão indireta.

— Depois do Pacto de Convivência? — Chego aonde queria. Poderia ser uma pergunta, se eu já não soubesse a resposta.

Ele assente em concordância. Conta que estava voltando da casa de amigos. Um golpe forte nas costas, chutes na barriga. O governo não precisou fazer nada além de colocar seu rosto na televisão. Fingir que mostrava uma matéria descompromissada. "Os paulistanos estão curiosos para saber quem está por trás dos origamis...", dizia a chamada que mostrava uma foto sua ao lado de imagens do seu trabalho. É claro que encerraram a matéria falando das borboletas.

A reportagem bastou para colocar os fanáticos no seu pé. Primeiro, o ameaçaram nas redes sociais; depois invadiram seu site; por fim, descobriram seu endereço e o atacaram quando estava chegando em casa.

— O roxo na cara foi da queda — ele explica. Sua voz engraçada suaviza o desconforto, dele e nosso. — Foi sorte não terem me machucado mais. Os vizinhos começaram a gritar das janelas, tacaram balde de água, ligaram para a polícia. Quando a viatura chegou, eu já estava no hospital.

Ele chega a sorrir. A seu modo, conseguiu acomodar a agressão na gaveta dos assuntos conversáveis. Deve ser um dom valioso. Falar de um trauma sem escapar para universos distantes. O dr. Charles teria orgulho de recebê-lo em sua escola para pessoas com talentos especiais.

Peço desculpas, não só pela pergunta, mas por muito, muito mais. Digo que preciso cumprimentar outros amigos e o deixo a sós com Letícia, para que possam aproveitar a noite. Pelo olhar dela, está cheia de boas intenções. Se despede com um beijo e diz que amanhã me liga para contar as novidades. Ou seja, se o cara é bom de cama, se gosta das mesmas séries que ela e se fala dormindo.

O espaço coberto do Vitrine é pequeno, mas para lá de interessante. Rabiscos de artistas independentes disputam espaço com vinis antigos na decoração. Um buraco no chão dá espaço para um tronco de árvore que sobe desde o pátio de entrada, enfeitado por pisca-piscas.

Para tirar o gosto ruim da boca, sigo direto para o balcão e peço um chope. Posso beber uma pequena cota de álcool antes de a imaginação começar a botar as asinhas de fora. Substâncias que alteram minha percepção do mundo tendem a desequilibrar o jogo, então preciso me controlar. Esta noite, porém, decido que mereço comemorar a distribuição dos livros e uma semana produtiva de trabalho. Afinal, com os pés no chão ou com a cabeça nas nuvens, preciso pagar as contas.

No bar, penso no que Daniel falou. A semente da Guarda Branca foi plantada ainda no período democrático, formada por "cidadãos de bem cansados da violência no país". Era seu direito se defender se o Estado falhava nessa missão, disse uma jornalista, incentivando os justiceiros. Por um breve período, espancamentos se tornaram frequentes em São Paulo e no Rio de Janeiro. Na época, a polícia conseguiu prender os responsáveis e desestimular as ações. Quando o Escolhido se tornou presidente, eles voltaram, dessa vez com uniformes. Um grupo de encapuzados passou a agir "em nome da justiça divina". Da mesma forma que os justiceiros de outrora, a Guarda Branca julgava, condenava e punia de acordo com seus próprios critérios. Geralmente, manipulada pelos que se beneficiavam de suas ações.

De início, os praticantes de religiões afro-brasileiras foram os que mais sofreram. Terreiros invadidos, imagens destruídas, pessoas espancadas. Os encapuzados podiam tudo em sua pregação da barbárie. Os jornais, quando muito, dedicavam notas aos casos, sem jamais incentivar a investigação.

Mais tarde, ao se perceberem impunes, eles ampliaram o campo de ação. Mulheres e homens negros, nordestinos, homossexuais, ateus, transexuais, pesquisadores, jornalistas... Dobradores de origamis. Para os fundamentalistas, o outro era sempre o inimigo. E o inimigo merecia a morte.

— Um dia você vai explodir — diz uma voz conhecida atrás de mim. Ele arrasta na minha direção o chope deixado ao meu lado sem que eu percebesse, então fica na ponta dos pés e me cumprimenta com um beijo no rosto. —Vai começar a ficar vermelho, vermelho, vermelho e... bum!

— Bem que eu queria relaxar, Pedro. Mas é muita coisa na cabeça.

— Não, não, não. Vira de costas. Dois minutinhos e a gente conversa.

Ele firma as mãos em meus ombros e começa uma massagem. De olhos fechados, sinto a musculatura desarmar, o corpo derreter. Em vez de Brasis patrulhados por fanáticos e neobabacas, viajo para um mundo de magos e musas. Visito cidades habitadas por heróis que lançam teias, comandam nações africanas, convocam tempestades, vestem máscaras de morcego como nos meus quadrinhos favoritos.

Preciso me esforçar para não escorrer pelo chão e sumir entre as frestas do piso de madeira. Se existe um botão de desligar preocupações, Pedro acaba de encontrá-lo.

Ao terminar a massagem, ele contorna o banco.

— E aí?

Pedro tem cabelo loiro-escuro e olhos que mudam de cor. Dizemos que o tom varia de acordo com o humor, mas ele insiste em culpar a cor das camisetas.

— Me sinto novo em folha. Como você tá?

Embora ele me leia muito bem, nunca sei dizer o que está pensando.

— Precisando me divertir — Pedro responde sem deixar de me encarar. Invejo a inconstância de seus olhos, às vezes esverdeados, outras vezes azuis, desde que o conheci. — Viu que a Letícia tá aí?

— Conversei com ela na varanda. Me apresentou um cara de quem sou o maior fã.

— E por que não veio falar com a gente, seu mal-educado? A gente?

A confusão fica evidente em meu rosto, e ele aponta para o fundo do salão. Meu grupo de amigos está sentado no que chamamos de "sofazão", um sofá antigo escondido atrás de uma pilastra, o canto mais recluso do Vitrine. Me entorto para ver quem está lá sem levantar. Reconheço todos os rostos menos um.

— Quem é aquele mais pro canto?
—Vem que eu te apresento — ele fala, me puxando.

Antes de ser arrastado, pego o caneco do balcão.

— Se ainda estiver interessado em dividir o apê, ele pode ser uma boa opção.

— Olha lá, hein, Pedro?
— É sério. Ele é perfeito!
— Por que *você* não vem morar comigo?
— Por dois motivos, Chuvisco, e você sabe quais são. Primeiro, eu ia ficar te cantando e você não dá a mínima pra mim. Segundo, eu moro do lado da faculdade, no conforto da casa dos meus pais, e não tenho emprego.

— Foram mais de dois motivos, mas pelo menos emprego você pode arrumar.

— Meu tempo livre está sendo bem usado, acredite.

Contorcionismos para um lado, esticadas para o outro, cumprimento um por um. Não canso de pensar que é aqui, nessas doses constantes de afeto, que se encontra a resposta para derrotar o fanatismo alimentado pelo Escolhido.

Um a um, eles me ajudam a recuperar a barrinha de energia. Além de Pedro, estão lá Gabi e Amanda, que acabou decidindo vir. Junto com Cael, são minhas quatro pessoas favoritas no mundo. Amigos por quem daria a vida se fosse preciso. Por quem vestiria uma máscara de caveira.

No meio deles, estão Dudu e o menino novo. Graças à zombaria, descubro que é namorado de Pedro.

— Estica esse copo aí então pra gente brindar! — sugiro.

— Um brinde! Um brinde! Um brinde! — eles gritam, e colidimos nossos canecos.

Depois de dar um gole, todos falamos juntos:

— Aêêê!

— Esse é o Joca — Pedro apresenta enquanto se acomoda no único espaço vazio do sofá, colocando as pernas sobre as dele. — Semana que vem completamos um mês de namoro e achei que era hora de vocês se conhecerem.

— Olha, que eu saiba, pra brindar milagre se bebe vinho, não cerveja — Gabi comenta.

— Pô, Gabi. Se o Escolhido escuta uma dessas, manda prender a gente na hora — Amanda se diverte. — Você é quietinha, mas quando abre a boca só me vem com pérola.

— É o meu jeitinho.

— Se eu conseguir reunir todo mundo lá em casa, podemos brindar com vinho também — digo. — Até porque juntar todos vocês já seria um milagre maior do que andar sobre as águas e multiplicar os pães ao mesmo tempo.

Depois de um leve puxão de orelha e mais um tanto de brincadeiras entre nós, pergunto mais detalhes sobre o namoro. Pedro sempre disse que pretendia viajar pelo mundo, não se apegar a ninguém nem a lugar algum, conhecer o máximo possível de países antes de se encher de cabelos brancos. Por uns anos, cumpriu com mérito a promessa de colecionar carimbos no passaporte, mas, após a ascensão do Escolhido, decidiu passar mais tempo no Brasil, algo que jamais entendemos.

Vendo que não tenho onde sentar, Dudu vai atrás de uma cadeira para mim, então aproveito para roubar o lugar dele.

— Ei! Pode sair daí que eu quero ficar perto da Amanda — ele reclama.

— Entra na fila — ela própria retruca, o que me deixa com um ar vitorioso. — Vem Gabi, vamos fazer um sanduíche.

Gabi chega mais perto. Seu cabelo crespo preso no topo da cabeça tem cheiro de chocolate. Fico sem saber para onde me virar, então só espero. Cada uma de um lado, elas me esmigalham num abraço. *Poderia ficar aqui para sempre*, penso, ou digo, não sei ao certo. Só paramos quando Pedro faz mais uma gracinha.

Dudu acaba colocando a cadeira perto de Pedro. Não está nada feliz com a distribuição dos lugares.

— Não é justo, Amanda. Desde que começou esse curso de cinema a gente mal se vê.

Ela ergue as mãos, faz cara de impaciente, já alta da bebida.

— Tá achando que é fácil trabalhar, estudar e comandar a revolução? Vai lá ver a quantidade de matéria que tenho para estudar. Só pra semana que vem preciso ler seis livros de estética da arte da fotografia do ângulo da câmera do suflê do pas de deux do contra-plongée. Seis livros!

— Comandar a revolução? — ignoro a piada e fecho a cara. — Não acredito que você contou pra eles.

— Pode esquecer o segredo, Chuvisco. Todo mundo aqui

já sabe que vocês se meteram a distribuir livros no centro da cidade — fala Pedro.

— Caramba, Amanda. Eu pedi para manter entre a gente.

— Tá com medo que um de nós te dedure, cara? — pergunta Dudu, apontando a cadeira para que eu saia do sofá.

Após alguma insistência, levanto. Um tapa na bunda quase me derruba enquanto passo por cima da mesa de centro cheia de copos de bebidas e garrafas de cerveja.

É uma bolha, nosso mundo perfeito. Pessoas diferentes e iguais ao mesmo tempo. Que falam de filmes, música, relacionamentos e da falta deles, de sonhos loucos, política, viagens e profissões. Que discordam e não se matam por isso. Um talento que a muitos parece perdido.

— O problema é outro, Dudu. Se um dia me pegarem, quanto menos gente souber o que faço, melhor. A não ser que tenha alguma dica de como desaparecer sem deixar vestígios.

Ele ignora a cutucada.

— E por que pegariam você? O que é que faz de tão ameaçador assim, Chuvisco? Tem grupo armado atirando nos malucos do Escolhido, gente sequestrando integrantes da Guarda Branca para tentar descobrir quem financia os caras. Tacando bomba caseira no meio do Congresso em votação que defende o fim oficial do estado laico. Acha que vão se preocupar com você?

— Acho — respondo seco.

— Você é um pacifista. Um sonhador. E todo sonhador é inocente por definição. Pode anotar aí, você tá por último na lista de preocupações dessa gente.

Eu e Dudu temos um histórico, um passado que nunca contamos a ninguém. Ao mesmo tempo que me irrita tê-lo por perto, sua companhia me agrada. Ele geralmente mantém o bom humor e o ar descontraído. Mas, quando decide falar sério, desagrada todos os envolvidos. Inclusive a mim.

— Nem começa com esse papo. Não vou pegar em arma, Dudu. E a gente não devia discutir essas coisas na frente do menino...

— É Joca.

— Na frente do Joca. Ele vai achar que o Pedro só tem amigo maluco e terminar o namoro, depois a gente é que vai ter que aguentar o Pedro bêbado chorando no telefone às duas da manhã.

— É, Dudu, que papo desagradável — Amanda se mete, acho que arrependida de ter contado. — Vamos mudar de assunto. — Sem dar chance para o clima pesar, ela emenda, virada para mim: — Um pouco antes de você chegar a Gabi tava falando que tá pensando em viajar pro Chile.

— É só um projeto por enquanto. Tá faltando o principal, que é o dinheiro. Mas quero muito. E seria tão bom se vocês viessem comigo. As passagens ficam mais baratas no meio do ano. — Gabi conta que anda pesquisando sites de viagens e fala dos pontos turísticos que achou interessante. Amanda diz que poderia ir se fosse mais para o fim do ano e se oferece para pesquisar o preço das passagens. Pedro e Joca começam a imaginar como seria sua lua de mel.

Fico feliz de termos mudado de assunto. Não quero entrar no papo de que a arte é minha arma. Nem quero alguém me

49

perguntando por que parei de gravar os vídeos do Tempestade Criativa. Se sou louco de distribuir livros numa ditadura fundamentalista ou de me achar uma ameaça ao governo por isso, é problema meu. Quem sabe Daniel e seu olho roxo entendam melhor meu argumento.

Assim, pelo resto da noite, evito falar de qualquer assunto além de traduções. É, o trabalho. É, anda escasso, mas tô me virando. Sim, estão pagando cada vez pior. Sim, só livro bobo e não ofensivo aos bitolados do governo. Amanda, um tanto bêbada, não consegue falar de outra coisa que não o curso de cinema. Pedro não desgruda de Joca, que tenta saber mais sobre cada um de nós e me olha torto cada vez que fujo de suas perguntas. Dudu incorpora seu papel de amigo da galera, uma estratégia costumeira para compensar as merdas que fala.

— Ei, Gabi. Vamos fumar um cigarro? — pergunto, nosso código para quando precisamos espairecer ou conversar longe do grupo, já que nenhum de nós fuma de verdade.

—Você leu meus pensamentos — ela diz, dividindo a atenção entre mim e o grude da Amanda com o Dudu. O sorriso dela dá lugar a uma cara feia que só eu noto, coisa rápida, me dando a impressão de que está com ciúmes. Para acelerar nossa saída, estendo a mão e a ajudo a driblar os obstáculos.

Gabriela é uma versão minha de vestido. Ou talvez eu seja uma versão dela de cueca. Tenta achar um caminho entre tocar a vida e ser agente da mudança. Suspeito que esteja emburrada esta noite, porque mantém um sorriso fixo no rosto, um hábito ruim para disfarçar a tristeza.

Do lado de fora, vejo Letícia aos beijos com Daniel e resisto ao ímpeto de gritar um "Uhuu!" e usar o álcool como desculpa. Gabriela antecipa minhas intenções.

— Nananinanão... Nem pense nisso!

E me conduz pela escada até o térreo. Sentados na mureta embaixo de uma mangueira carregada do pátio, acendemos nossos cigarros invisíveis.

De olhos fechados, tento recuperar a sensação da massagem de Pedro, o escorrimento pelos poros do mundo. Quando os abro novamente, com a respiração tranquila, encontro Gabi amuada, como se quisesse colocar algo para fora e lhe faltasse somente um bom ouvido para prestar atenção.

— Ei, mocinha. Você parece chateada.

— Impressão sua, mocinho.

— Às vezes um refrigerante ajuda a passar esse bode de bebida. Quer que eu peça?

— Depois. — Ela sacode a mão. Bato no muro perto de mim para que chegue mais perto para um abraço.

— Alguém falou alguma besteira?

— Não. Nada a ver — ela responde. Na última sílaba, tenho a impressão de ver a ponta de uma asa no entremeio de seus lábios. — É uma droga, sabe? — Gabi respira fundo. Vejo que está quase se abrindo. Sua indecisão, intervalo suficiente para que a borboleta arrume espaço entre seus dentes e voe sobre minha cabeça. Quando estendo a mão para que pouse, Gabi começa a rir.

— Que dancinha é essa, Chuvisco? — Ela imita o gesto.

—Vai me contar ou não? — devolvo a bola. Prefiro deixar a catarse criativa de lado para não correr o risco de Gabi mudar de assunto. Após um instante de ponderação, ela suspira um punhado de borboletas. Uma delas rodopia direto para o chão. Asas coloridas batem desajeitadas ao nosso redor, deixando um rastro de pontilhados azuis, amarelos e laranja. Escapam da boca, sobem pelo rosto, se embolam em seus cabelos até, enfim, ganharem o ar.

— É que eu conheci uma menina.

O comentário me pega de surpresa. Definitivamente, não era nisso que eu apostava minhas fichas.

— Com "conheceu" você quer dizer pã e pá e tal?

A expressão dela é impagável.

— Foi o Pedro que desceu comigo e eu não notei?

— Não resisti. Desculpa — digo com um sorriso sem graça.

— Eu disse que *conheci* uma menina, não que fui pra cama com ela e engravidei — diz Gabriela, se permitindo descontrair. — Que mania de imaginar que eu fico com todo mundo só porque me viu ficar com um menino e uma menina uma vez.

— Bem, no nosso grupo todo mundo fica com todo mundo.

Ela faz cara de ponderação, avaliando meu argumento. Acho que vai revirar os olhos e desistir de mim de vez, mas Gabi continua:

— Eu não ia comentar nada. Mas como a Amanda deu com a língua nos dentes e falou de vocês distribuindo livro, fiquei tentada a te contar. — Ela me pede o caneco, para molhar a garganta. Deixa o chope perto do fim e ajeita uma perna sobre a outra. — Tem um grupo, uma ONG, que abriga menores expulsos de casa pelos pais. São vários os motivos, mas com o governo fundamentalista você pode imaginar o principal.

— Essa ONG tem nome?

— Abrigo Para Todos. Eu nem conhecia, mas, quando me passaram a lista de opções de estágio para os bolsistas, resolvi trabalhar com eles. Quero sentir que estou fazendo a minha parte, sabe?

— Te entendo bem — eu falo. Gabi está no terceiro semestre de medicina. É uma das mais novas da turma.

No chão, a borboleta rodopiante segue com dificuldades, parece ter quebrado a asa. Apoiado na mureta, me abaixo e a pego nos dedos. Gabi ergue uma sobrancelha, mas nem se dá ao trabalho de perguntar o que foi, simplesmente continua:

— Dia desses parei para conversar com essa menina que parecia triste, a Denise, e descobri que ela é sua fã.

— Fã do Tempestade Criativa? — A surpresa dissipa a borboleta em minha mão, num estouro de partículas multicoloridas que flutuam quando assopro minha pele. Suas irmãs se assustam e voam para longe, se transformando nos pisca-piscas no tronco da árvore. Fico quieto no meu canto, espantado que meus velhos vídeos continuem chegando às pessoas. — Faz anos que meu contato com os inscritos no canal beira o zero. Quando recebo e-mail geralmente é alguém pedindo dicas sobre o trabalho de tradução.

— Ela viu seus vídeos. A parte em que comenta o tratamento com o dr. Charles. Contou que tem gravado vídeos também, colocando para fora o que não pode falar diretamente com os pais, para ajudar a superar a fase ruim. E disse que gostaria de te conhecer.

Ela tira um papel do bolso de trás e me entrega. Tem um logotipo, nome, endereço e horário de funcionamento. Pelo número sei que fica perto de um restaurante antigo da Lapa e da minha sorveteria favorita. A cada tradução entregue à editora, passo lá para tomar uma casquinha tripla e comemorar.

— Eu disse que te encontraria hoje e passaria o recado. Não vou mentir, Chuvisco. A gente tem que lidar com uma carga emocional grande nesses lugares. Mas se achar que vale a pena, a gente podia marcar um dia para você ir comigo na ONG falar com ela. Sair com o pessoal. Seria bom pra eles ver um rosto diferente, e também pra amenizar esse seu desânimo que tá tão evidente que me dá coceira.

O ideal seria concordar com a proposta, mas não sei o que dizer exatamente. Tenho minhas dúvidas do quão benéfico seria me apresentar como esperança para alguém, logo eu, tão quebrado por dentro.

Talvez fosse melhor dar um livro do Stephen King para ela. *O iluminado*, *O cemitério*, algo que lhe pregasse uns sustos em vez de vender uma ilusão de otimismo. Do jeito que vai o país, um livro de terror é um amigo mais sincero que um de autoajuda.

— O resto do pessoal está sabendo?

— Só você — ela diz, sem notar as borboletas pousadas em seu cabelo, formando uma tiara em constante transformação.

Assinto com a cabeça.

— Amanhã vou estar podre. Mas a gente combina um dia, tudo bem?

— Sem pressão, mocinho. Faça as coisas no seu tempo. Mas garanto que a Denise ficaria feliz de te ver, e eu ficaria feliz de ter a sua companhia. Mas o resto é com você.

Se não conhecesse a Gabi, nem notaria a urgência disfarçada, aquele pedido de socorro que não vem com um grito, mas com um convite tipo "passa lá!", e aquele jogadinha de ombro para cima e para baixo, como quem diz "tanto faz, se não passar tudo bem também, mas não, não vai ficar tudo bem, e eu preciso muito que você entenda isso, que entenda sem eu dizer nada, que eu realmente preciso de você".

— Pensei em contar pro Dudu — ela continua. — Só que ele anda super em cima da Amanda, e não tô conseguindo lidar com isso tão bem quanto achei que lidaria.

Ela faz uma cara que só posso descrever como "blé". Penso se vale me meter no assunto. Não vale. Gabi cultiva uma queda não assumida por Dudu, coisa antiga. E já teve seus dias de paixonite pela Amanda. Ver os dois juntos — não juntos tipo namoro, mas juntos tipo mais grudados que bala de caramelo no dente — deve ser um exercício constante de autoestima.

—Vamos deixar minha visita à ONG só entre nós, por enquanto. E, quanto ao Dudu, qualquer hora você devia chamar ele de canto e falar desse tesão incubado — digo, não sei bem por quê. No fundo, gostaria que todo mundo se afastasse dele e pronto. Mas tento combater o pensamento egoísta e pensar no que seria melhor para Gabi.

Ela aperta minha bochecha e dá uma leve sacudida. Então levanta ajeitando o vestido, de volta ao seu casulo.

As borboletas que nos rodeavam se desmancham todas de uma vez, nos cobrindo com seu pó luminoso que muda de cor conforme o ângulo da luz. Tenho vontade de dizer a Gabi que nunca a vi tão bonita, com sua pele negra tomada por rios iridescentes. Que ela merece Dudu, Amanda e quem mais houver nesse mundo disposto a pular no seu colchão de molas barulhento.

No fim, não digo nada.

— Obrigada por me ouvir, mocinho. Devíamos sair mais vezes para fumar cigarros imaginários.

— É só marcar. A futura médica de horários enrolados é você.

—Vamos subir? Preciso ir embora cedo e quero fazer mais meia horinha de social pra não ser acusada de amiga desnaturada.

—Vou ficar aqui mais um pouco. Subo já.

Como quem não quer nada, eu a conforto num abraço. Gabi esfrega o nariz perto do meu ouvido. Sinto um arrepio percorrer a espinha quando ela dá uma risada.

— Ei, mais uma coisa — eu a seguro. — O Pedro falou que o Joca tá interessado em dividir o apartamento comigo. O que você acha?

— E se ele e o Pedro terminarem amanhã? Como é que fica?

— Foi o que pensei também.

Ela dá tchau e sobe a escada.

Assim que some do meu campo de visão, espano o pó de borboletas. Acho que lidei bem com a catarse. Mais uma vez, nem precisei interromper a conversa. Apesar da mente inquieta, tenho conseguido manter meu acordo de boa convivência com a imaginação. Por via das dúvidas, peço um refrigerante ao garçom que passa. Qualquer um que seja de limão e não zero.

Ao voltar ele pergunta se estou bem. Estico um polegar para cima e faço que sim. Pego o refrigerante. As onze colheres de açúcar naquela lata logo cortarão o efeito do álcool em meu sangue e poderei ir embora sem incomodar ninguém.

Fico feliz de ver meus amigos se divertirem. Às vezes acho que exagero no inconformismo. Que não é saudável deixar a culpa respingar em cada momento de diversão. Mas como não pensar que tem gente sendo assassinada enquanto a gente brinda? De qualquer modo, seria hipócrita justo eu me fazer de voz da razão. Eu que viro a noite refugiado em quadrinhos, que distribuo livros em praça pública, usando-os como tijolos para construir uma utopia. Com maior ou menor dose de inocência, otimismo ou pessimismo, no fim estamos todos procurando uma maneira de seguir adiante.

—Você é só um chato.

Alguém sacode meu ombro. Desorientado, viro e dou de cara com Letícia. Daniel está com cara de quem bebeu mais do que devia, mas minha amiga parece contente.

— O que foi?

— Não sei o que está pensando, mas a resposta é que você

é um chato. Seus amigos estão lá em cima e você está aqui, escondido no murinho, embaixo da árvore.

— Só estou pensativo.

— Hum, sei.

Ela olha para Daniel, esperando concordância ou discordância. Seus olhos miúdos de sono e bebedeira me dizem que não faz ideia do que estamos falando.

— É sério.

—Você precisa reaprender a se divertir, Chuvisco — Letícia fala, notando minha cara de derrota. — Ser feliz também é uma forma de protesto.

— "*Living well is the best revenge*" — respondo citando o verso de uma música que combinamos de tatuar quando nos formássemos na faculdade. "Viver bem é a melhor vingança." Uma promessa que nunca cumpro totalmente. O sorriso que recebo em troca me devolve a paz por um instante. Letícia tem toda a razão, tenho que parar de ser chato. Pelo menos esse gostinho o Escolhido não terá. — Prometo que vou beber todas até cair.

Ela dá uma gargalhada.

— Que nem esse aqui? — diz, apontando para Daniel.

— Ele vai parecer um amador quando eu terminar.

Ela ri mais ainda.

— Palhaço. Sei que não pode beber.

— Agora é tarde.

Ela não consegue se controlar. Também deve ter bebido mais do que o recomendável. Avisa que estão indo embora e me dá dois beijinhos no rosto, coisa de carioca.

Me despeço dela com um afago. Dele com a certeza de que não sabe com quem está falando, porém feliz de tê-lo conhecido. Talvez também possua seu mundinho particular. Um cheio de desenhos e dobraduras onde possa mostrar sua arte sem ser agredido.

— Também está indo pagar?

— Uhum — eu digo, mais para aproveitar a companhia.

— Então vamos enquanto a fila tá pequena.

Pagamos, mas decido ficar mais e volto até os meus amigos. É verdade que não posso beber demais. Mas isso não me impede de cumprir o restante da promessa. Pelo menos até amanhecer, vou protestar como nos velhos tempos. Sendo feliz.

5
SERÁ?

Você sabe que não é mais o mesmo quando os programas que te faziam virar a noite te deixam quebrado às duas da manhã. Foi nesse horário que meu corpo desistiu do Vitrine e me pediu para entrar num relacionamento sério com a cama. Tivesse eu obedecido, estaria de banho tomado, esticado no colchão me preparando para dormir. Porém, depois da injeção de ânimo de Letícia, acabei dando uma esticada com Pedro, Amanda e Dudu até o amanhecer.

Agora, enfrento a subida pela Augusta como um zumbi. O plano é entrar numa das padarias tentadoras da região e tomar um café da manhã caprichado antes de ir para casa. Se bobear, enfiar o pé na jaca de vez e pedir um milk-shake.

As pernas se movem por inércia no ritmo da minha sinfonia de bocejos, o que conta pontos a favor da overdose de açúcar. Se a culpa falar mais alto até eu entrar na padaria, peço uma salada de frutas. Uma opção melhor do que dormir no metrô e acordar na garagem subterrânea depois da estação final.

Estou a poucos quarteirões da Paulista quando paro com um barulho agudo, ligeiro. De início, fico em dúvida se o imaginei ou se aconteceu de verdade. O efeito da bebida passou com o refrigerante, mas não seria a primeira vez que o cansaço afrouxa as amarras da realidade e me prega peças. Parado, espero um sinal que o negue ou confirme. Então ele se repete. É um grito de pavor, um pedido de socorro. "Por favor", tenho a impressão de ouvir, "por favor", e um silêncio devastador.

Droga.

Eu poderia continuar a subir, fingir não ter ouvido nada. Agir como faz o governo e dar de ombros, nem aí. Poderia procurar uma viatura na avenida e avisar a polícia. Ou voltar ao bar e pedir ajuda. Mas a ideia de arrastar meus amigos para a confusão, seja ela qual for, não me agrada. Além disso, ninguém garante que o responsável pelos gritos tenha tempo sobrando. Por isso, corro por uma transversal, na direção do barulho.

Não demoro muito a descobrir a origem dos gritos. Escondido atrás de um carro, vejo alguém no asfalto, acuado. Há um grupo de costas para mim, todos vestidos de branco, desferindo chutes e pontapés na pessoa caída.

Maldita Guarda Branca.

Nas varandas e janelas à nossa volta, ninguém parece se abalar. Por aqui, todos dormem com protetor no ouvido.

Preciso pensar rápido.

Decido partir para cima, usar o efeito surpresa e ser o primeiro a desferir o golpe. Seguindo o protocolo, desabotoo a camisa, casa por casa, e aperto o botão no meu peito. A estrutura presa às costas se ativa. Desliza para os braços, reforça a articulação dos cotovelos. Em seguida, envolve minha caixa torácica, acompanhando o desenho das costelas e a curvatura do peito, fechando-se em um anel amarelado na altura do coração. A parte da perna encrenca e preciso dar um tranco para que as peças continuem a se encaixar. Logo que as botas cobrem meus pés e o metal das luvas se completa, ligo os propulsores nos tornozelos e pulo para cima do capô.

O sensor de calor ativado indica que aqueles são *sombrios*. Suas manchas frias poluem meu visor pedindo para serem expulsos a pontapés. Em minhas andanças noturnas, ouvi boatos de que adquiriram resistência ao sol. Aprimoramentos conseguidos pelos cientistas do Escolhido em experimentos secretos. Mais uma leva de ratos saídos do esgoto do governo. Mas essa é a primeira vez que vejo um bando agindo em plena luz do dia.

Sem mais tempo a perder, avanço. Meus pés metálicos colidem contra o chão, deixando marcas no asfalto a cada passo. O barulho que faço atrai a atenção do bando. A presença de uma nova vítima em potencial reacende o ódio em seus olhos. O maior deles faz graça com a minha chegada. Ignora a resistência da armadura e ginga de um lado para o outro, achando que vai me amedrontar.

Fico em dúvida de como agir. Um ataque concentrado poderia machucar a vítima e danificar os carros. Indiferente à pausa dramática, o brutamontes me ataca. De punho fechado, avança com uma velocidade maior do que eu havia imaginado, e tenho ínfimos segundos para desviar.

Recuperado do susto, mudo meu ponto de equilíbrio e me preparo para o golpe. Os outros sombrios apenas riem, debochados. Nem se dão ao trabalho de ajudá-lo. Pelo menos se esquecem da vítima estirada no chão.

Movido pela raiva, ele se prepara para outro ataque. Dessa vez, noto o soco-inglês que brilha encaixado em seus dedos. Para seu azar, sou mais rápido. Troco o peso de perna e o acerto em cheio no rosto. O golpe é tão forte que avaria os circuitos que perpassam a luva. No visor, aparecem indicações do curto que inibe os movimentos dos meus dedos.

Ver seu líder no chão faz os outros sombrios se agitarem.

— Surpresos?

Procuro ao redor algo com que me defender, mas não há nada além de plantas num canteiro. Pulando sobre elas, levo a briga para a entrada de um edifício comercial. Quando o grandão vem pra cima, acerto um chute entre suas pernas e o tiro da luta. Assim que ele cai, ouço seus companheiros se comunicando e um arrepio me sobe pela nuca. Se existe algo com que nunca vou me acostumar é o silvo dessas criaturas.

Para não ser pego de surpresa, tomo distância e voo por cima de um carro, descendo do outro lado, na calçada. Os covardes tentam me cercar, exatamente como imaginei. Um deles segura um cassetete de madeira, o outro me enfrenta de mãos nuas. Consulto o sistema para analisar se posso usar a mão novamente. Tempo de reparo: indefinido. Me resta usar a esquerda. Nunca fui bom com ela, então o jeito é improvisar.

O sombrio desarmado ataca primeiro. Faz a finta e recua, me confundindo o suficiente para me pegar pelo ombro. Sinto o metal da armadura afundar e apertar minha carne. Uma lasca de metal me corta na altura do pescoço. É incrível a força desses animais.

No visor, procuro pelo outro agressor. O apito de alerta soa tão alto que sinto uma pontada no ouvido. Um chute pelas costas me derruba no chão. Como não o vi dando a volta? O cassetete desce na direção do meu rosto. O sistema guia meus movimentos e consigo segurá-lo. A dor irradia pela palma da minha mão. Num reflexo, puxo-o na minha direção, enfio os pés em seu peito e ligo os propulsores, jogando o agressor para o lado. Pego de surpresa, ele cai de cara no carro estacionado. É a minha deixa para contra-atacar.

— O que ainda está funcionando? — pergunto ao sistema.

— Mão direita e ombro avariados! Aposte na esquerda para finalizar — ele avisa.

—Vamos lá.

Compensando a força que me falta com coragem, me ponho de pé. Antes que o maldito possa recuperar o equilíbrio, eu o pego pela gola e o arremesso sobre o canteiro, em cima de um agave de espinhos imensos.

Espero que excluam essa parte da minha biografia, mas confesso que os gritos de dor me dão algum prazer. Sem saber onde o outro sombrio foi parar, corro para a vítima caída perto de mim. O garoto está em choque, a cara ensanguentada devido a um corte no supercílio.

—Você consegue me ouvir?

Ele faz que sim com a cabeça.

— Qual o seu nome?

—Júnior.

— Preciso da sua ajuda, Júnior. Você vai ter que levantar para irmos embora. Minha armadura não vai aguentar muito tempo — digo, estendendo a mão.

—Tá bom.

Ele fica de pé, e eu entrego o cassetete.

— Fica com isso, por via das dúvidas.

Graças aos olhos dele, que se arregalam de repente, prevejo o ataque vindo por trás. Desvio para o lado certo por pura sorte, giro no chão sobre o joelho e uso o propulsor para manter minha posição.

Essa foi por pouco.

O agressor fareja o sangue no ar e arreganha os dentes. Olha de mim para Júnior e decide persistir na investida. Somos os últimos de pé. Começo a carregar meu raio solar, tão concentrado que nem os aprimoramentos genéticos de meu oponente aguentariam, mas o sistema falha.

— Não, droga!

Sinto uma dor no braço e um tremor no ombro, então as chapas de metal começam a ser recolhidas.

O sombrio sorri com seus dentes afiados. Saboreia os instantes antes do ataque final. Desesperado, reaperto o botão repetidas vezes. *Por favor, por favor!* Nada acontece. A armadura

65

foi sobrecarregada e não obedece mais aos meus comandos. Se tivesse testado direito os circuitos e conectado a bateria reserva ao raio em meu punho, talvez a luta terminasse de outra forma. Mas agora é tarde. Estou de volta à minha roupa normal: camisa social, calça jeans e sapatos. Basta ele acertar um golpe e será meu fim.

Com o que me resta de energia, dou um grito de guerra que ecoa pelas ruas e assusta até a mim. A distração basta para que Júnior se aproxime e o acerte com o cassetete na lateral do rosto. O sangue do sombrio espirra na minha camisa, e ele cai no chão.

Não há tempo para pensar.

—Vamos — digo, e começamos a correr em um campeonato para ver quem manca mais. Pelo tanto que Júnior se esforça, imagino que esteja com a perna comprometida.

— Obrigado — digo.

— Obrigado — ele diz, e a isso se resume nosso diálogo até retornarmos à Augusta. A exaustão é tamanha que passamos a andar, sem perceber, como se não tivéssemos acabado de bater em delinquentes da Guarda Branca. O ritmo é lento, porém constante. A distância vai ficando menor. Júnior passa o tempo inteiro limpando o sangue que escorre em seus olhos, a respiração escapando pesada pela boca.

— Precisamos ir à delegacia dar queixa.

— Não — ele responde enquanto subimos.

— Eu te acompanho, me apresento como testemunha.

— Não.

Discutir consumiria o pouco fôlego que me resta, então

deixo pra lá. Sobreviver é nossa prioridade, o resto vem depois.

Na esquina com a Paulista, decidimos parar. Ninguém nos seguiu, afinal. Escolhemos uma banca de jornal aberta e pedimos ajuda. O vendedor arruma uma flanela velha para Júnior estancar o sangramento. As pessoas que passam nos olham com um misto de pena e curiosidade. Talvez pensem que brigamos entre nós, mas de qualquer forma não querem se envolver. Se formos inimigos do governo, bastaria nos estender a mão para se tornarem cúmplices. Para ser sincero, não sei o que faria no lugar deles.

— E se eu falar que fui agredido e você for minha testemunha?

— Não — ele repete, olhando para os lados.

— Se ninguém se...

— Eu sou trans — ele fala, de supetão. — Para prestar queixa, preciso dar meu nome de batismo, meu endereço. Eles vão saber onde moro e vão atrás de mim. Vão colocar meu rosto nas redes sociais. Não posso correr o risco.

Pondero um minuto o que dizer. Sei que é errado da minha parte, mas insisto.

— Existem bons policiais, nem todos são violentos ou estão do lado dos fanáticos. Tive provas disso esta semana, enquanto distribuía uns livros.

Me sinto hipócrita ao argumentar. Justo eu que imagino fardados nos atacando no meu apartamento. Que jamais entraria por vontade própria em uma viatura.

— Mas todos eles têm acesso aos registros. Os bons e os

ruins. Sei do que estou falando. Se dou azar de sair nos jornais, se meu nome cai na mão de um dos fundamentalistas, quem você acha que vai bater na minha porta amanhã ou depois? A polícia não nos protege da Guarda Branca, e ninguém nos protege da polícia. É assim que funciona.

Concordo com a cabeça, envergonhado. Não consigo olhá-lo no rosto. Quem sabe eu possa criar uma armadura para ele também, uma carapaça com raios que emulem o sol para afastar as sombras que nublam nossos pensamentos?

— Tem dinheiro pra passagem?

— Sim. Ninguém me roubou. Não era essa a intenção deles. *Só queriam te espancar até a morte*, completo mentalmente.

— Se precisar de alguma coisa...

— Não vou precisar de nada, mas obrigado — ele fala. — A não ser que saiba como ficar invisível. Isso sim resolveria meu problema.

Invisibilidade. O dr. Charles iria adorar treiná-lo. Poderia trabalhar como espião do governo. Ou contra o governo, no caso. O lado ruim é que ninguém veria seu uniforme.

— Eu te entendo — é tudo o que consigo dizer.

— Será? — ele diz, o sangue cobrindo a orelha.

Antes que vá embora, faço uma última pergunta:

— Ei, você acredita no Pacto de Convivência?

É evidente a falta de esperança no olhar de Júnior. Sem precisar pensar muito, ele responde:

— Sofremos preconceito e somos assassinados desde a democracia, cara. Com os outros presidentes também era assim. É só ler os livros de história banidos.

Sem mais nada a dizer, o vejo partir.

— A gente se vê — ele fala.

— A gente se vê — respondo baixinho. Não sei se ele escuta.

Podia ser um dia comum. Eu e Júnior voltando do bar, ele numa calçada eu na outra. Dois desconhecidos, nos esbarrando ao atravessar o sinal. Um sorriso simpático no rosto indicando que sim, merecemos um sono tranquilo como o restante das pessoas à nossa volta.

Eu viraria à esquerda e desapareceria no metrô. Ele viraria à direita e esperaria o ônibus passar, como faz agora. Nenhum hematoma, nenhum sofrimento. Nenhum dano psicológico, nada de flanelas sujas de sangue, esparadrapos e curativos.

Mas nossa realidade não podia ser mais diferente. Tenho dúvidas se conseguirei voltar para casa. Há o cansaço mental, a dor da luta, e acho que quebrei a mão. Assim, conto até dez, recupero o fôlego e pego o celular. Ligo para Pedro, que diz estar na fila do caixa do Vitrine com o resto do pessoal.

—Varreram a gente do salão — ele diz, descontraído. Sem dar maiores detalhes, passo minha localização e digo que preciso de ajuda. —Você tá bem? Teve um surto?

Surto. Não gosto quando chamam assim.

Nunca estive tão desperto, penso.

— Me meti numa briga. Nada grave. Será que alguém pode me levar pro hospital?

— "Hospital" e "nada grave" não combinam na mesma frase, Chuvisco. Aguenta aí que a gente já chega.

— Aguento, sim — eu falo e desligo. Na banca de jornal,

compro um chocolate, um substituto para o milk-shake. O jornaleiro pergunta o que aconteceu e eu digo que foi um assalto. Sei que ele ouviu a conversa, e não quero comprometer ninguém.

— É muita covardia o que eles estão fazendo. Mas isso vai mudar, as pessoas vão ver que a liberdade delas também está em perigo.

O comentário me surpreende. Um foco de esperança reacende, e a bateria da armadura começa a recarregar. Fico com medo de me transformar na frente dele e ter que explicar que sou um caçador de sombrios com uma carapaça cibernética, entregando meu disfarce. Para evitar problemas, pago, agradeço e volto para a calçada.

Três quadradinhos da barra depois, Amanda e Dudu aparecem correndo. Estão resfolegando, coitados. Pelas caras de espanto, devo estar pior do que imagino. Assim que se aproximam, o mundo começa a se transformar.

6
UMA QUARTA COISA A MEU RESPEITO

— Chuvisco? Chuvisco? Me ajuda, Dudu.

Braços me alcançam antes que eu beije o chão. Dudu é mais baixo do que eu, porém mais forte. Mesmo com a armadura, me aguenta com facilidade. Ele me apoia contra a banca de jornal e firma os dedos na lateral do meu pescoço, uma técnica aprendida nos anos de colégio militar.

— Precisamos nos abrigar.

— Do que você tá falando, Chuvisco? — Amanda pergunta, com o celular em mãos, provavelmente ligando pro Pedro.

— Os caras que bateram nele devem estar por perto — comenta Dudu.

— É isso, Chuvisco?

— Os gigantes de aço, a patrulha de elite do Escolhido — tento explicar. Como não me entendem, aponto para o céu. As sombras dos seus corpos mecânicos cobrem o sol, e a luminosidade da manhã desaparece.

— Que droga é essa de patrulha e de gigante? — pergunta Dudu. — Foi a Guarda Branca?

— Ele está em surto — ouço Amanda falar. — Chuvisco, olha pra mim. Repete comigo seu nome...

Por maior que seja a vontade de obedecer, só consigo prestar atenção nos gigantes se aproximando. Em questão de minutos, eles descem na avenida. O vento dos propulsores derruba os jornais.

— Cuidado! — tenho tempo de dizer, antes de empurrar os dois para longe. O pé mecânico desce pesado sobre mim. Por uma questão de segundos, consigo ativar a armadura e segurá-lo, metal contra metal.

Você já sentiu uma pressão no peito devastadora e sem nome? Sentiu que um peso invisível poderia esmagá-lo de repente? *Seria tão simples desistir*, penso, sentindo as costas afundarem no chão de cimento. Simplesmente deixar que eles vençam. Mas não hoje. Não aqui, com meus amigos em perigo.

Após reajustar a mira, uso a energia que me resta e disparo com as duas mãos ao mesmo tempo. A perna do gigante voa longe, e ele cai para trás na avenida.

Amanda rola para o canto da calçada, deixando a roupa civil de lado para revelar o uniforme de Coruja. Seus óculos de mira telescópica viram na minha direção.

— Parece que os sombrios resolveram se juntar à festa — Amanda avisa enquanto dispara suas adagas. Seus movimentos são ágeis, e ela derruba o primeiro grupo sem dar chance para revidarem.

— Preciso de uma carga extra — aviso Dudu, em seu uniforme de Raio Azul. Se conseguir reativar a bateria danificada durante o combate, vou ter energia suficiente para equilibrar o jogo contra os gigantes. Meu braço esquerdo parece viável, e o direito embora inútil para um ataque ainda tem utilidade como escudo. As pernas, porém, continuam inertes sem a recarga, e dependo delas para ligar os propulsores.

Raio Azul segura minha mão e dispara rumo ao céu, me carregando. Numa manobra arriscada, desvia do tiro de um gigante e rodopia comigo até o alto de um edifício. Sei o que pretende fazer. Usar seu poder elétrico para alimentar minha armadura. Há uma chance de que nós dois terminemos fritos, mas é preciso tentar.

— Crianças, temos que sair daqui. Estamos sendo cercados — Coruja diz no comunicador. — Cérebro vai nos cobrir com uma ilusão e nos encontrar dentro do Trianon, depois da ponte.

— Já estamos descendo — Raio Azul responde, olhando para mim com cara de "é agora ou nunca".

— O conector fica próximo ao ombro — explico. — Precisa encaixar o punho diretamente nele. Se errar, vamos ser eletrocutados.

— Confia em mim? — ele pergunta. A verdade é que não, não confio. Muitos anos atrás, eu e Raio Azul tomamos caminhos distintos, e ainda é estranho tê-lo na equipe. Mas é isso ou abrir a armadura e fugir pelado pela Paulista com sombrios e gigantes em meu encalço.

— Não me frite — digo.

Com eletricidade escapando dos dedos, Raio Azul alcança o conector. Um raio vem dos céus e o atravessa. No intervalo de uma batida de coração, posso sentir a energia voltando a circular na armadura. O sistema reinicia...

Quatro, três, dois...

Acordo dentro do carro com uma sacudida. Tomado por um forte enjoo, me jogo por cima de Amanda e vomito pela janela. O chocolate que comprei na banca vai todo embora.

— Que puta susto, Chuvisco! — ela diz, me segurando pela cintura. Deve estar com medo de que eu tente pular para fora.

— Tô bem. — Me esforço em parecer sincero para acalmá-los enquanto limpo a boca com a camisa. Os instantes seguintes a uma catarse completa geralmente são confusos. Posso ver a armadura aparecendo e desaparecendo em volta dos meus braços. A máscara de Coruja cobrindo e revelando o rosto de Amanda.

Talvez eu tenha apanhado mais do que imaginei.

Talvez eu...

— Chuvisco, conversa comigo. Me fala seu nome, vai.

Faz parte do meu manual de instruções. Procedimentos em caso extremo de catarse criativa.

1. Deitar e erguer as pernas para melhorar a oxigenação do cérebro.
2. Esperar que eu volte a mim.
3. Perguntar alguma coisa que me conecte ao mundo real.
4. Hospital!

— Deixa eu ficar na janela — peço para Amanda, uma das minhas âncoras na realidade. — Não vou me jogar.

Passo por cima dela para trocarmos de lugar e me acomodo de vez na janela. Ver a avenida ensolarada me causa estranhamento. Há nuvens no céu, mas nada que se compare ao paredão escuro dos gigantes de aço de instantes atrás. Pelo menos o enjoo está passando.

— Fala nosso nome, Chuvisco.

— Tô só pegando um vento no rosto.

— Não interessa, fala nosso nome.

— Amanda, Eduardo, Cérebro... Pedro. Amanda, Eduardo e Pedro. O seu eu esqueci, desculpa — digo, apontando para o garoto no banco do passageiro.

— É Joca.

— Isso. Desculpa, Joca. Não esqueço mais. — Dou dois tapas em seu ombro para compensar. Uma contração do estômago me devolve à janela, mas é um alarme falso. Só tenho que normalizar a respiração e me acalmar. Pedro aproveita um sinal vermelho e confirma se o hospital para onde vamos atende meu convênio médico. Diz que em vinte minutos estaremos lá. Vinte minutos durante os quais preciso me controlar para não dar mancada na frente de ninguém.

— Tem um mais perto, mas não podemos arriscar. Esse é mais seguro — ele explica. Demoro a entender o comentário, seu medo de que a Guarda Branca me procure nos hospitais próximos à Paulista.

— Não sobrecarrega a cabeça dele, Pedro — comenta

Amanda. Sua cara de preocupação faz eu me sentir culpado pelo transtorno. — Tá vendo alguma coisa fora do lugar? Encaro o shopping no fim da avenida. As raízes das árvores estourando a calçada, a ciclovia recém-reformada entre as duas pistas. É uma manhã preguiçosa em São Paulo. Quem está na rua saiu para se exercitar, passear com os cães, ou está voltando destruído após uma longa noite nos bares e baladas da cidade. Se há alguma coisa fora do lugar? Tudo. Absolutamente tudo. Mas é com uma sombra gigante acompanhando o carro que me preocupo no momento.

— Eu tô bem.

— Mesmo?

— Eu tô bem! — repito com ênfase exagerada, acho que para convencer a mim mesmo também, mas acabo soando grosseiro. Talvez haja uma quarta coisa a saber a meu respeito: detesto dar trabalho.

— Ela só tá querendo ajudar — Dudu a defende.

— Como se você entendesse alguma coisa de ajudar os outros — digo.

Ele me olha torto. Está na cara que quer me responder. Mas se segura por conta dos nossos amigos.

— Não fala assim, Chuvisco — Amanda o defende, o que me deixa irritado. A vontade é contar tudo de uma vez, como eu e Dudu nos conhecemos e nos distanciamos muito tempo atrás, antes que houvesse um Pedro, uma Amanda e uma Gabi em nossas vidas. Mas me prometi que, se um dia essa discussão acontecer, estaremos apenas eu e Dudu, sem plateia e baldes de pipoca. Por isso só respondo um "Foi mal" e viro a cara.

— O Chuvisco ficou chateado porque eu disse que ele era um sonhador lá no Vitrine.

— Passou já — respondo. — Desculpa. Você tem razão, eu sonho demais mesmo. E vou continuar assim.

— E o desmaio? O que você viu? — pergunta Pedro.

— Nada de mais, umas besteiras sem sentido. Conto depois. Preciso descansar — digo, apoiando a cabeça no ombro de Amanda. Nem penso em contar que fui parar dentro dos meus quadrinhos. Aponto com o queixo para Joca, no banco da frente, de modo que Pedro, que me espia pelo retrovisor, pense que não quero falar a respeito por causa dele.

— Foi o Dudu que te carregou para o carro — Amanda insiste.

— Deixa quieto. Quando ele estiver bem a gente sai para tomar um chope e esquece isso — diz Dudu.

Sem dar continuidade à conversa, me concentro na paisagem. No asfalto, nenhuma sombra suspeita nos persegue. Os gigantes de aço voltaram ao seu mundo de heróis e sombrios. Ou se aninharam em uma das torres no topo dos edifícios para nos observar, vai saber. Se ainda fosse às sessões com o dr. Charles, hoje contaria que o cansaço pode ser um excelente antídoto para a imaginação.

TEMPESTADE CRIATIVA #127
Meu melhor amigo

Oi, pessoal! Sou o Chuvisco e este é mais um Tempestade Criativa.

Hoje quero falar de uma situação que me incomodou bastante quando eu tinha meus quinze, dezesseis anos, e que ressurgiu essa semana por causa de um telefonema que recebi.

Bom, indo direto ao assunto... Eu ainda morava com os meus pais, tava no ensino médio e pedi pra levar meu melhor amigo em casa pra gente estudar pra uma das provas de fim de ano. Vou chamar esse amigo de Daniel, só pra ninguém se perder enquanto eu conto a história, tá bom?

Meus pais nunca foram de receber gente em casa, mas aceitaram abrir uma exceção e o Daniel foi lá. Passamos a tarde no quarto estudando. De noite jogamos videogame na sala e ele foi embora. Meus pais foram simpáticos, mas na hora que se despediram notei que tinha alguma coisa errada.

Eu estava cansado e fui tomar um banho mais do que merecido. Quando saí, ouvi os dois discutindo na sala e decidi não dar trela. Se tem uma coisa que aprendi desde pequeno foi a não me meter nas discussões deles. Só que, quando sentei para jantar, descobri que o problema era comigo.

Quer dizer, mais ou menos comigo.

Meu pai, muito emburrado, só comia o macarrão sem dizer nada. Já a minha mãe não se aguentou e acabou se abrindo:

— Você não vai acreditar! Seu pai está chateado porque seu amigo é negro.

Aquilo me fez arregalar os olhos. Por um momento, achei que tinha ouvido errado. Minha mãe continuou, mas só piorou a situação:

— Falei que ele só pode estar ficando cego. Um menino branco daquele, no máximo moreno de sol!

Fiquei completamente sem reação. Disse que aquilo era horrível e que não levaria mais ninguém em casa. A ficha de que meus pais eram racistas caiu com tanta força que não consegui dormir direito. Naquela noite, olhando pro teto, decidi que mudaria pra São Paulo quando passasse no vestibular e que não voltaria mais pra casa deles.

Pois bem. Eu disse que lembrei dessa história por causa de um telefonema. Meu pai me ligou há dois dias para contar da vida. Disse que estava no banco, se enrolou na hora de pagar uma conta e ouviu uma mulher dizer que era por isso que velho tinha caixa exclusivo, para não atrasar a vida dos outros. Acho que ele entendeu pela primeira vez o que é sentir o preconceito na pele.

Não sei se ele queria que eu dissesse alguma coisa. Só consegui respirar fundo. Quando desliguei, passei uns vinte minutos olhando pra parede. Aí decidi gravar esse vídeo pra desabafar.

Talvez pelo modo como as pessoas me tratavam por causa das catarses criativas, entendi desde pequeno que uma pessoa não precisa ser igual à gente pra merecer respeito. Somos todos diferentes, de um jeito ou de outro. E está bom pra mim assim.

E vocês? O que acham? Já passaram por alguma situação de preconceito? Comentem que eu respondo assim que possível.

Se você é novo por aqui, se inscreva no canal. E não se esqueça de compartilhar o Tempestade Criativa nas redes sociais!

Até o próximo vídeo.

Fiquem bem.

7
DEPENDE DO PONTO DE VISTA

A CLARIDADE DO HOSPITAL É INVASIVA. Cria uma aura artificial de otimismo, um domo intransponível. Na luz só proliferam boas notícias, nada de crises, nada de germes. Nela só existe a possibilidade de sobrevivência. O fantasma da morte é varrido para baixo do tapete. As cortinas de tecido fino foram pensadas para a privacidade, não para permitir mais cinco minutinhos de sono. E nem de olhos fechados consigo convencer a mente a voltar a dormir.

Estou aqui esperando o plano liberar um exame. Minha mão dói e talvez seja preciso usar uma tala. A médica acha que quarta-feira estarei em casa, se não tivermos nenhuma surpresa — ou seja, se eu não resolver desbravar um novo universo paralelo. Disse que é menos pela catarse criativa — ela achou o nome engraçado — e mais pela agressão. Para garantir que estou cem por cento, sem nenhum coágulo perdido na cabeça.

Ao meu lado, Pedro dorme em uma cadeira minúscula de metal. Ele e Cael têm se revezado no hospital. Temem tanto pela minha saúde quanto pela possibilidade de a Guarda Branca estar me procurando para se vingar. Faço um "psiu" tímido tentando despertá-lo, depois um "Ei, Pedro", mas não funciona. Decido dar uma volta antes que ele acorde ou um enfermeiro venha ver como estou.

Retirar a agulha enfiada na veia da mão me dá nervoso e faz meu corpo arrepiar inteiro. Mas não é nada comparado às dores de quem se meteu em mais uma batalha de super-heróis.

Pedro tem o sono pesado. Nós dois sabemos disso. Ainda assim, tento fazer o mínimo de barulho ao levantar e deixar o quarto. Há duas camas paralelas à minha: uma está vazia, e na outra um velhinho ronca em outro plano de existência.

No corredor, caminho devagar, surpreso por estar mais fraco do que supunha. Um funcionário de patins passa por mim e acena, seguindo pelo corredor. Manobra com atenção para desviar de um carrinho de limpeza. Pelo nariz de palhaço, deve ser um desses funcionários dedicados a animar as manhãs da ala infantil.

A barulheira da televisão e os montes de acompanhantes não oferecem tranquilidade nenhuma. Nem eu sei dizer por que achava que encontraria um lugar tranquilo onde pudesse passear sem ninguém me incomodar. São Paulo é caos até no desalento. Como é isso ou voltar ao quarto, sigo em frente.

Meu sorriso ensaiado parece despistar os enfermeiros. No balcão, pergunto as horas e digo que preciso fazer xixi. "Xixi" é uma palavra engraçada, com um quê de infância, e ajuda a evitar a bronca que um adulto levaria por estar andando pelos corredores sem permissão. A moça com quem falo me aponta a porta e pergunta se preciso de ajuda. Digo que não, pode deixar que eu me viro, tá tudo bem, apelando para o aspecto motivacional da escapada. Um paciente se recuperando de uma briga com fanáticos consegue ir ao banheiro sem ajuda, claro. Quem é ela para desfazer a ilusão, se oferecendo de muleta?

Aceno em agradecimento e me viro. Um passo de cada vez. Mais lentos do que o necessário, para decidir o que fazer. Se voltar para o quarto, terá sido a escapada mais sem graça da história dos pacientes malucos. Se escolher o banheiro... Bem, não há nada interessante para se fazer ali dentro, mas poderei ao menos me olhar no espelho.

Pensar na briga me deixa confuso. No pós-briga, para ser exato. Uma mancha escura, o pixel morto no monitor da memória, me impede de lembrar se consegui ou não livrar Júnior dos agressores. Ele pegou o ônibus antes do meu desmaio? Ou ficou lá no banco, sentado, me vendo ser socorrido? A necessidade de uma resposta domina todo e qualquer pensamento. O evento Inspeção de Hematomas no Banheiro é cancelado e Pedro se transforma no meu destino preferencial.

— Mudei de ideia. Acho que foi um alarme falso — digo à enfermeira, lançando mais um sorriso diante de seu olhar inquisitivo. Começo a andar com mais vigor quando alguém me chama.

— Chuvisco?

A voz parece a de Gabi, mas ao virar vejo uma jovem mais alta que eu, de cabelos curtos. Uma completa estranha. Ciente da enfermeira atenta, digo um "oi" e pronto. Será que a conheço? Combino sílabas aleatórias — La, Ca, Ri, Na, Sa — para encontrar um nome familiar, sem descobrir nenhuma pista. Começo a pensar em uma desculpa para ter esquecido seu nome, afinal, o meu repertório anda farto. Pancada na cabeça, estresse pós-briga com sombrios...

—Você tá bem? — ela entrelaça o braço no meu, na maior intimidade. Alguém fora do meu círculo mais próximo de amigos? Da turma da faculdade, quem sabe? Mas como saberia que vim parar no hospital? — Devia ficar em repouso, como o médico recomendou. E não passear sozinho onde qualquer um pode te ver.

Ela nos vira de costas para a enfermeira e começa a nos afastar do balcão, ainda que respeitando minha velocidade reduzida. Observa o ambiente como se houvesse algo importantíssimo a se extrair dele, ou como se fosse uma espiã estrangeira nos arquivos secretos da Polícia Federal.

— Tô melhorando, obrigado.

Uma senhora de uniforme vem pelo corredor com um colega. Traz uma prancheta apoiada na curva do braço e gesticula sem parar. Acho que foi uma das pessoas que me recebeu ontem. Não, foi ela quem colocou a agulha do soro na minha mão. Quando me vê, dá um sorrisinho. Retribuo com um aceno.

— Faz uns mil anos que a gente não se vê — diz minha acompanhante enquanto a dupla de enfermeiros passa. Mais um comentário vago. Pode me chamar de desconfiado, mas viver numa realidade que se desfragmenta faz você encarar o mundo de modo diferente.

— Vai ver é por isso que não lembro de você. — Desenlaço nossos braços e me afasto. — De onde eu te conheço?

Ela põe a mão na boca e ri, sustentando o sorriso plástico enquanto confere o ambiente à nossa volta. Reage como se conversássemos sobre os pássaros cantando no quintal, um teatro encenado não sei para quem.

— Isso é pergunta que se faça, engraçadinho? — Ela se inclina para a frente e fala quase num sussurro: — Eles sabem que você está aqui.

Por instinto, dou um passo para trás, e mais outro.

— O quê?

—Você precisa ir embora esta noite. Não confie nos médicos nem nos enfermeiros.

— Quem é você? — insisto.

Diante de mim, seu rosto se transforma. Os globos oculares afundam em órbitas vazias, a carne dá lugar a sulcos, a pele cola nos ossos. Tum-tum, tum-tum, tum-tum. Se um cuco saísse do meu peito com o coração no bico nesse momento, eu não me espantaria.

— Quem é você? — repito. Me bate um medo de que seja uma irmã que obliterei da memória, uma prima próxima ou distante. Ela leva o dedo à boca pedindo silêncio. Gotículas coloridas minúsculas brotam de seus poros. Tingem centímetro a centímetro de sua pele. Acumulam-se em seu queixo em combinações variadas de roxo, amarelo e azul.

De repente, me vejo encarando Santa Muerte.

Devo ter encostado nela sem querer, pois noto que minha mão também está tingida. De uma cor diferente, do mais puro vermelho-sangue.

— Você é amiga do Pedro? — É a pergunta mais indireta em que consigo pensar para sondar sua identidade.

— Amiga? Você já é crescidinho. Sabe bem que eu e o Pedro somos namorados. Mas vamos para o quarto falar com ele, está bem?

As palavras saem de um rosto vazio, sem língua, sem lábios. Uma máscara viva sob um manto que a cobre em ondas até os pés. Tenho vontade de gritar. Na verdade, acho que de fato grito ou falo alto, porque a enfermeira me olha feio pedindo silêncio. Mas isso não importa. Estou no meio de uma catarse criativa. Se dentro do quarto, em casa, do lado de fora do hospital, no corredor mesmo, é impossível dizer. Devia ter desconfiado do funcionário de patins, do seu bom humor às sete da manhã.

Ela tenta me pegar pelo braço novamente. Seu alerta foi insuficiente para conquistar minha confiança.

Repelir a ideia me leva a empurrar a jovem, a materialização da ideia, para longe, e logo um enfermeiro pergunta se está tudo bem.

— Ele tá tonto dos sedativos. Pode deixar que levo ele pra cama — ela diz num tom gentil, seu poder de santa se sobrepujando à vontade do sujeito de uniforme e à minha. — Cuidado para não tropeçar.

— Não tomei sedativos — respondo. — Para de falar comigo como se eu tivesse sete anos. — Com algum esforço, consigo afastar sua máscara, enxergar a mulher por trás da pintura. Ela me deixa na porta do quarto. Olha para Pedro dormindo na cadeira e algo de humano transparece sob a encenação. Por um breve instante, é como se me esquecesse.

— Quanto tempo eu tenho?
— Não sei — ela diz. — É melhor eu ir embora. Ei, acorde!
— Estou acordado — respondo incerto.
— Acorde!
— Por favor, me diga seu nome.
Ela segura firme a minha mão.
— Santa Muerte vive e está com você — diz, então desaparece pelo corredor. Fico parado, olhando seu véu colorido se arrastar pelo chão, sem saber como agir.

O toque no braço me dá um susto. Pedro acordou e parece mais assustado do que eu. Olha para baixo com cara de "Você não vai fazer nada?". Mais precisamente, olha para o sangue que escorre do furo deixado pela agulha na minha mão.

—Você levantou sem me chamar, seu puto?
A palidez de Pedro faz eu me sentir péssimo. Pisco umas mil vezes para lubrificar os olhos e me livrar da imagem da mulher-caveira.

— Queria ir ao banheiro — digo para a situação não ficar pior.
— E saiu por aí pagando bundinha? — O riso brota do nervoso.
— Quê?
— Esse avental só cobre a parte da frente, Chuvisco. Não

é que a sua bunda não seja uma graça, mas daí a desfilar pelo hospital mostrando pra todo mundo...

Fico encabulado. Pedro é mestre em me deixar assim. Possui um talento natural. Mais sem graça ainda fico ao descobrir o que fiz: o sangue sujou o avental e o chão que finge ser imaculado.

—Vou chamar alguém. Quietinho aí que eu já volto. Ouviu? — Ele me olha sério. — Se desobedecer, jogo uma foto sua em todas as minhas redes sociais.

Que não são poucas, completo mentalmente.

Obedeço. O que mais me resta fazer depois de uma mancada dessas? Demoro um par de broncas do enfermeiro e um curativo para voltar à cama. Aproveito o incidente e faço xixi no banheiro apertado do quarto coletivo, porque acabei ficando com vontade. Minha cara, segundo o espelho, está um lixo. O nariz está inchado que nem um caroço de abacate. Contudo, me ver refletido, me sentir real, me dá um alívio e tanto.

Quando o homem me devolve à cama e nos deixa a sós, relato a Pedro minha falta de memória. Peço que me conte o que sabe da noite em que Júnior e eu escapamos da Guarda Branca. Ele repassa o que aconteceu entre o carro e o hospital, e o que contei sobre o ocorrido.

— Preciso saber se ele está bem, Pedro. — É a primeira de muitas vezes que digo isso a ele. — Não vou sossegar enquanto não descobrir.

— Tenho uma teoria sobre o que aconteceu com vocês dois, mas não quero te incomodar com isso, sério — ele fala, mais para si mesmo do que para mim. — Ó, vamos fazer o seguinte: me fala da aparência desse menino, do que conseguir lembrar, altura, rosto. Mais tarde eu sondo quem pode ser o cara. Pergunto aos meus amigos, os que não são desajustados que nem vocês.

— Obrigado.

Gosto de ver que ele consegue manter o bom humor. Ajuda a amenizar a culpa por eu ter dado trabalho. Aproveito para perguntar como estão as coisas entre ele e Joca, e acabo ouvindo mais detalhes do que gostaria. Estou tão acostumado às bochechas esquentando por conta da timidez que nem me espanto mais. Pedro, por outro lado, sempre se diverte com a minha reação.

— Sabe que vai ouvir sermão de todo mundo quando voltar pra casa, né? — Ele fala empolgado, como se estivéssemos no Vitrine, e não dentro de um hospital.

— Sei — respondo num suspiro conformado. — Ainda tem bala aí?

— Bala quer dizer...?

— Doce.

— Doce quer dizer...?

— De chupar, cacete.

— Opa!

— Porra, Pedro...

Seu sorriso malicioso me faz rir. Rir me causa uma dor insuportável.

As linhas nos cantos dos olhos dele entregam o cansaço. Dormir nessa cadeia de metal deve ser extremamente desconfortável. Com o braço livre, puxo sua cabeça para perto e a beijo.

— Obrigado pela companhia — falo.

Ele fica quieto um instante. Acho que tenta ouvir meu coração. Sua orelha se ajeita à procura dos batimentos. Se afasta quando deixo escapar um gemido.

— Sem sentimentalismo, hein? E, sobre a bala, o médico disse para não te dar nada, zero, por conta do surto. Ainda bem que você anda com aquela lista de medicamentos que não pode tomar na carteira, senão, a essa hora, teríamos reunido todas as encarnações dos Vingadores na recepção do hospital.

— Eu contei dos heróis?

— Uhum. Num delírio antes de dormir.

Suspiro, inconformado.

— E não foi surto — eu falo, com preguiça de discutir o assunto. — Espero não ter machucado ninguém.

Posso imaginar o quanto Pedro ficou metido ao saber que seu codinome é Cérebro, que ele é o mais inteligente da equipe e ocupa a posição de comando. E o que faria se realmente pudesse ler mentes e arrancar informações privilegiadas.

Eu ia deixar você vermelho sem nem abrir a boca, já pensou?

Já. Por isso nem comento.

— Fora o ressentimento com a Amanda e o Dudu, nenhum problema.

— Eu não estava pensando direito.

— Eles podem ser trouxas, Chuvisco, mas eu não sou. Qual é o estresse com o Dudu? Você não é rancoroso com ninguém, mas com ele... Desde que se conheceram vocês se tratam de um jeito arisco. Nunca falei nada porque pensei que era ciúme besta, mas tá ficando na cara que é pessoal.

— Depois eu que sou o surtado.

— Chuvisco, tenho uma foto da sua bunda e ela pode e será usada contra você.

Conheço há tanto tempo a insistência de Pedro, seu talento para desconstruir mentiras de improviso, que paro de insistir. Além do mais, ninguém quer ver a própria bunda moldada pelas costuras de um avental hospitalar espalhada por aí. Posso não ter o maior sex appeal do grupo, mas compenso isso com bom senso. Então digo que, se Pedro encontrar Júnior para mim, conto para ele em detalhes tudo o que quiser saber sobre minha rixa com o Dudu, desde que não fale a respeito com Amanda, Gabi e mais ninguém.

Acho que minha cara de derrota conta pontos e ele muda de assunto. Uso a chance para tirar a dúvida que me aflige desde que me recolocaram na cama.

— Pedro, você viu uma mulher me acompanhando?

— Onde?

— Aqui, na porta do quarto agora há pouco. Acho que ela disse que era minha irmã, ou sua namorada, não sei direito.

Ele sacode a cabeça em negativa.

—Vou te falar uma coisa, e guarde isso pra sempre, porque não vou repetir: você tem vários irmãos, seu puto. Nós só não viemos da mesma barriga... Mas irmã biológica, até onde eu saiba, é coisa da sua cabeça.

O comentário me ajuda a relaxar. É como se Pedro me fizesse uma massagem nas costas. Não há palavra que possa expressar o que sinto naquele momento. Restam as bochechas vermelhas, o calor no peito e, da parte dele, a língua para fora no canto da boca, numa careta.

— E, quanto à namorada, eu, hum, vou ficar devendo pra próxima encarnação — diz ele. — Mas me fala mais dessa mulher, o que ela queria?

Conto a ele o que recordo. Sua expressão facial se mantém inalterada, sem qualquer tipo de julgamento.

— Pra quando seu exame foi agendado?

— Amanhã no almoço, se o plano autorizar.

—Vamos ficar espertos até lá.Vai que você teve uma visão, recebeu uma mensagem divina? — ele diz, debochado. Pedro tem uma teoria complexa de que minhas catarses na verdade são um dom, e que eu sou um enviado dos céus, ou algo parecido, para derrotar o Escolhido. Sempre usa isso para me distrair. Ou para rir da minha cara, depende do ponto de vista.

8
CAMPEÕES OLÍMPICOS

O RITUAL ACONTECE A CONTRAGOSTO. Uma maçaroca avermelhada, que descolore e tinge numa única aplicação, cobre minha cabeça. O comprimento do cabelo foi embora, a cor vai ficar diferente. Artifícios para somar à sorte.

Amanda e Cael são dois artistas munidos de canetinha e giz de cera, capazes de alterar a tessitura da realidade. Mudam o nariz de lugar, alteram os traços da mandíbula, o tamanho da orelha. Se dão por satisfeitos somente quando pareço um palhaço que escorregou num tanque de ácido sulfúrico. Ou talvez esse seja outro personagem.

— Depois do banho minha cara vai voltar a fazer sentido? — pergunto. É tanta mancha que nem sei por onde vou começar a limpar.

A madrugada no hospital foi terrível. Com o aviso da Santa Muerte na cabeça, não consegui pregar o olho. Cael virou a noite comigo, tentando se acomodar na cadeira de ferro do lado da cama. Nada ruim aconteceu. De manhã, finalmente saiu a autorização do plano de saúde, então fiz o exame que faltava e recebi alta. Quando cheguei em casa, com todo mundo reunido, descobri que haviam decidido mudar meu visual, ideia que aceitei após certa resistência.

—Você fala como se em algum momento sua cara tivesse feito sentido — diz Cael.

— Boa — Amanda dá força.

— Queria ver se estaria achando graça se fosse você aqui no meu lugar, vendo o cabelo cultivado com tanto carinho virar isso aí.

— Confie no meu talento, homem de pouca fé — Amanda intervém. — E nem vem com frescura, você mal penteia esse cabelo.

— Foi mal — digo. — O nariz inchado não tá ajudando na autoestima. Você costuma cortar e pintar o próprio cabelo?

— Tá louco? Claro que não — Amanda responde. — Vou num salão ótimo lá na minha rua. Sento, pego uma revista e não me preocupo com mais nada até terminarem.

— Oh, céus.

Ela se diverte com meu desespero. Por uma hora, consigo esquecer que meu corpo se tornou uma pintura abstrata em tons de roxo. Fico olhando o cabelo caído no chão enquanto espero o intervalo recomendado na caixa da tintura. Quando se dá por satisfeita, Amanda tira a toalha das minhas costas e me manda levantar.

— Coragem, Chuvisco.

— É fácil falar.

— Correr o risco dos malucos da Guarda Branca te reconhecerem na rua não é uma opção — ela diz, me ajudando a envolver a mão imobilizada com uma sacola de mercado. — Fora que agora é tarde. Pode se acostumar com o novo Chuvisco. Tirando a rabugice, eu até que gosto dele.

Respondo com um resmungo conformado.

— Amanda, tchau pra você que ele vai pro banho — diz Cael.

— Ei, até parece que nunca vi esse aí pelado.

— Tchau — Cael insiste, conduzindo a irmã para fora do quarto e se segurando para não rir.

— Tem coisa que a gente não esquece, né?

— Tchau, Amanda — engrosso o coro, e Cael fecha a porta.

Paro diante do espelho do guarda-roupa para me convencer do quanto estou machucado. Já que a dor não basta, o jeito é ver para cair na real. Camisas protegem menos que armaduras, no fim das contas. Sei que a situação é passageira. Que basta seguir as ordens médicas e não fazer nenhuma besteira para o corpo se recuperar direito. Quanto à mente, será um leão por dia, e um dia de cada vez.

— E então? Quer que eu faça sua barba antes ou depois do banho? — Cael se oferece.

— Pode deixar que eu me viro.

— Tem certeza? Porque seu braço...

— Cael, eu me viro. Sério. — Tento soar o mais grato possível. Depender dos outros não remete à melhor época da minha vida. Vai ser um longo período negociando com meus amigos um ponto de equilíbrio entre segurança e independência. Cavando espaços para ter privacidade. Sei que, no lugar deles, eu também não ia me deixar sozinho, então tento ser mais agradável. — Mas se quiser me dar uma ajuda com as costeletas tá valendo.

— Posso deixar tipo Elvis?

— Melhor do que parecer um Wolverine ruivo. — Tento imaginar como ficaria e descarto a ideia imediatamente. — Mas chega de mudanças radicais por hoje.

— Consegue tirar a roupa?

Sacudo a cabeça em negativa. Meu braço está com movimentos limitados, a mão não fecha como deveria. A quem eu quero enganar?

— Puxa aqui, por favor.

Cael me ajuda a tirar a bermuda. Puxa com tanta vontade que não sei como as pernas não saem junto.

— A cueca também?

— Fala sério.

— Só tô querendo ajudar.

— Liga o chuveiro pra mim então.

Cada movimento é um desafio. Como não posso me entupir de analgésicos, o jeito é lidar com as limitações. Tirar a cueca é mais trabalhoso do que vencer uma maratona, mas dou um jeito, puxando um lado de cada vez. Embaixo da água, reagrupo os cacos da semana que passou. Com a testa apoiada no azulejo, prometo a mim mesmo que nada de choro, nada de reclamação. *Você tem sorte de estar vivo*, penso. *Salvou a vida de um garoto. Tem amigos para te ajudar. Não precisa carregar o mundo nas costas. Deixa para ficar corcunda quando for velhinho.*

O diálogo interno surte efeito. Me sinto mais animado, ou o mais próximo disso que consigo. Ter me enfiado todo na água, porém, se revela uma má ideia. O vermelho da tinta escorre pelo rosto, turvando meus olhos e manchando minha pele. Mancha o piso e as paredes como se as feridas permanecessem abertas. Como se ainda estivesse na rua enfrentando os assassinos da Guarda Branca.

— Cael! — eu chamo, ou acho que chamo. *É apenas tinta, Chuvisco, não é sangue*, digo a mim mesmo. *Você está seguro em casa, está tudo bem. É só tinta. É só tinta,* repito como um mantra, incapaz de engolir o choro. Lá se foi minha promessa pelo ralo.

Eu poderia ter sido morto.

Espancado na rua por um bando de malucos.

Largado ensanguentado ao lado de Júnior.

O peso da memória volta com força, me empurrando para baixo.

Ao me ver acuado contra a parede e mais vermelho que Carrie, a Estranha, no fim do baile, Cael pula para dentro do boxe. Me puxa para fora do alcance da água e me abraça, sem se preocupar com a tinta.

— Tô todo pintado — digo, soluçando.

— Tá horrível.

— Vou sujar sua camisa.

— Foda-se a camisa. — Ele me afasta, tira a camisa e a arremessa na pia. Então entorta as sobrancelhas, fazendo uma cara engraçada ao ver a minha. — Sua testa tá muito vermelha. O que você fez?

Tenho vontade de chorar e de rir ao mesmo tempo. E é isso mesmo que faço.

— Eu podia ter morrido, não foi? Mas eles tavam batendo no garoto, eu, eu...

— Shhh... — Ele me apoia em seu ombro e pede que me acalme, enquanto aproveita para fechar a água. — Só não apaga. Eu sou forte, mas você é pesado.

— Não vou desmaiar, não.

Quando levanto a cabeça novamente, vejo Amanda me olhando da porta do banheiro, acompanhada de Pedro e Gabi. Se vergonha extrema causasse combustão espontânea, teríamos um sério problema para resolver e pó de Chuvisco para recolher pelo apartamento inteiro.

—Tem certeza de que leram as instruções da tintura direito? Que eu me lembre, era só pro cabelo.

— Não implica, Pedro — Gabi repreende.

—Acho que é hora de uma intervenção de emergência — diz Amanda. — O que você acha, Gabi?

Nossos olhares se encontram entre a barulheira das opiniões dos nossos amigos. Todo mundo quer ajudar, cada um a seu modo. Gabi entra no banheiro e enxota os outros com a mão.

— Xô todo mundo daqui, que eu quero ficar sozinha com o Chuvisco.

— Ei! Ele tá todo sujo de tinta, a gente precisa esfregar... — Amanda começa. Mas Gabi está falando sério. Coloca ela e Pedro para fora. Acho que entende melhor esse equilíbrio delicado entre a necessidade de ajuda e a de privacidade que me aflige de vez em quando.

— Não era bem assim que eu pretendia passar a tarde — digo.

— Pelado com seus amigos? Já tive dias piores — Cael fala. Parece inseguro, sem saber se vou me aguentar sem cair ou se ele deve permanecer por perto. Fico num pé só e mostro que tontura não é problema. Ele parece se convencer. Pede licença para Gabi e sai do boxe, indo para cima do tapete. Puxa de cima da pia a camisa que tirou e a pendura na esquadria. — Vou pegar uma roupa sua emprestada. — Ele sai, encostando a porta do banheiro atrás de si.

— Quer uma toalha para se cobrir? — Gabi pergunta.

— Tarde demais pra ficar envergonhado.

— Me passa a esponja e o sabonete e vira de costas então.

A objetividade de suas palavras me ajuda a sair do estado de autocomiseração. Faço o que ela mandou e sinto uma pontada de dor ao descolar as costas machucadas da parede de azulejos.

Gabi me esfrega devagar, começando pela nuca.

— Quero que saiba que estou orgulhosa de você e que entendo por que fez o que fez — Ela diz. — Vai ser uma recuperação lenta. Vai ficar todo mundo em cima de você durante essa fase, não tem jeito. É isso ou voltar pra casa dos seus pais. O que prefere?

— Dadas as opções, acho que posso aguentar vocês.

— E outra: cada um vai lidar com isso de uma forma diferente. O Pedro...

— Tá com raiva — eu falo, porque já havia notado. — Dá pra ver os olhos dele faiscando. O Cael tá me saindo um amigo superprotetor. Ainda não acredito que os dois se revezaram virando a noite no hospital.

— Pois é — Gabi responde. Acho que está me distraindo enquanto passa a esponja nas partes mais delicadas. Esfregar tinta de um hematoma dói, descubro. A sorte é que nada escorreu sobre o corte no braço. — E a Amanda... Ela se faz de forte, fica toda agitada, mas uma hora vai surtar. Você tem que ser paciente quando isso acontecer.

—Você vai dar uma ótima médica, Gabi.

— Então já bati metade da meta. Porque ótima já sou. — Ela me vira de lado. — Só falta o diploma.

— Se soubesse que tinta era algo tão grudento, teria raspado a cabeça.

— Vai demorar menos do que imagina. — Ela passa um tempo tirando a tinta dos meus pelos, depois esfrega a orelha e a bochecha. — A mancha no tórax tá parecendo uma marca de biquíni ao contrário.

— Deixa eu dar uma enxaguada geral. — Tento me limpar o melhor possível antes de pegar o sabonete. A água no chão do boxe vai ficando cada vez mais clara. Gabi observa meus contorcionismos para ensaboar as costas com um único braço. Resiste ao ímpeto de oferecer ajuda, mas sei que está ali caso eu precise.

— E aí? Aprovado? — pergunto embaixo do chuveiro.

— Não ia falar nada não, mas sua bunda é mais bonita ao vivo.

— Não era bem disso que eu estava falando. Você me passa a lâmina? — Gabi demora a entender, então pega a lâmina no armarinho atrás do espelho e a espuma de barbear. — Sem gracinha, por favor, que desconcentrar uma pessoa com gilete no pescoço é golpe baixo — respondo, tentando não me enrolar com os movimentos limitados pela dor. — Não acredito que o Pedro mostrou a foto pra vocês. Vai ter troco — digo, inconformado mas não muito.

— Aposto que ele está contando com isso.

Me barbeio com a mão esquerda pela primeira vez. O pescoço é fácil, porque o maxilar funciona como guia. O queixo, contudo, se mostra um grande desafio sem firmeza nos movimentos. Gabi puxa a toalha para enxugar os respingos em seus braços. Depois de enxugar onde não consigo, me ajuda com as gazes e esparadrapos. Passa uma pomada que, segundo ela, é ótima para a regeneração dos tecidos e vai ajudar os coágulos a se dissolverem mais rápido.

Num agradecimento que dispensa palavras, colo minha testa na dela. Ficamos assim, de olhos fechados, curtindo o contato.

— Vou chamar o Cael... — ela diz ao se afastar. — E você tá lindo.

Sinto o ânimo renascer.

Como prometido, Cael me ajuda a acertar as costeletas. Está vestindo uma das minhas camisetas favoritas, que cai inegavelmente melhor nele do que em mim. Pronto. Troca de Chuviscos concluída com sucesso. Sai o cientista de armadura, entra o mestre dos disfarces. O menino ruivo de rosto liso que me sorri é quase um impostor, ladrão de reflexos, mas vou ter que me acostumar com ele.

Na sala, de bermuda e camiseta, abaixo a música para não arrumar encrenca com os vizinhos. As boas-vindas ao meu novo eu são as mais diversas possíveis. O fato de terem corrido para dentro do banheiro estragou a surpresa, é verdade, mas não acho que se importem com isso. O que vale é a bagunça.

— Tá gato — diz Pedro.

— Eu pegava — Amanda diz com as mãos na cintura gordinha.

— Tô com fome — diz Cael, pronto para atacar o bolo de dois andares que Amanda comprou.

Enquanto comemos, uns no refrigerante, outros explorando os pós de café e achocolatado que ocupam metade do armário da cozinha, faço meu ritual de agradecimentos. "O que é isso, rapaz?" "Amigo é pra essas coisas." "Nada com que a gente não esteja acostumado." "Põe na conta." "A gente é um bando de maluco mesmo."

Nenhum deles fala da agressão ou dos dias no hospital. Estamos todos bem, os passarinhos cantam, o sol brilha no céu, princesas desfilam felizes em carruagens de abóbora.

Vendo que estou achando a situação esquisita, Pedro me chama para uma conversa reservada no sofá.

— Dá um desconto pra eles — ele diz.

— Eu sei. Também não quero ficar falando de desgraça. Mas não sei direito o que dizer, como me comportar. O segredo é seguir em frente, fingir que nada aconteceu? Que não tem um bando de malucos atrás de mim por aí? Que um menino não teria morrido se por acaso a Letícia não tivesse sugerido que eu ficasse mais, se eu não tivesse saído do Vitrine justo na hora que saí?

— Mudar essa sua cara feia foi só precaução — Pedro argumenta. É raro vê-lo sério desse jeito, de cenho franzido, expressão pesada. — A situação com a Guarda Branca é passageira, prometo que logo vai estar resolvida. Sobre o resto...

— Eu sei — falo resignado. Não há promessa que possa anular o medo constante que fingimos não sentir, num pacto silencioso. — No hospital, você disse que tinha uma teoria sobre... a briga. — Ele ignora a deixa. Continua me olhando como quem se distraiu numa conversa e não percebe que é sua hora de falar. Mas sei que está remoendo algo, embora não saiba o quê, nessa telepatia de mão única que ele gosta de manter entre nós. — Pedro?

Estou a um suspiro de me dar por vencido quando ele fala:

— Soube, não me pergunte como, que a Guarda Branca mantém rituais de iniciação. Eles chamam essa merda de Caçada. Para ser aceito no grupo...

— É preciso matar alguém — completo.

Ele concorda com a cabeça.

— Foi disso que vocês dois escaparam. Mas, como falei, é um problema com prazo de validade. Além de não terem conseguido pegar o garoto, eles levaram uma baita surra. Humilhação nível hard. Acho que dá pra imaginar qual vai ser a punição pelo fracasso.

— É para eu me sentir melhor?

—Tenta abstrair e curtir a festinha. Por você e pela gente — ele fala. Ver Pedro com um ar sombrio em vez do humor costumeiro me angustia. Dessa vez, sou eu que ignoro a deixa e fico calado. Ele aproveita para me largar e ir fofocar com Cael.

Logo que abre espaço no sofá, Dudu se aproxima. Noto que Amanda e Pedro ficam de olho, ela tentando manter o papo com Gabi, ele claramente desconfiado. Tenho vontade de ignorar Dudu, mas estou em dívida desde que ajudou a me levar para o hospital no meio da catarse.

— E aí? — ele diz.

— E aí? — respondo o mais feliz possível, para escapar do julgamento da plateia.

— Como você tá?

— O que você acha?

— Pergunta idiota, né? — ele diz de um jeito simpático. A vontade de entrar na onda daquele sorriso e deixar o passado para trás é imensa, mas consigo manter um mínimo de juízo e reerguer a armadura.

— Quem sou eu pra discordar?

— Sei que você me acha um babaca, Chuvisco, e não tiro sua razão. Se eu tivesse como voltar no tempo e corrigir meus erros, juro que faria isso. Sério. Mas não dá. Então queria que me desse uma chance de compensar as coisas no futuro.

"Futuro" é uma palavra engraçada. Nela cabem todas as nossas ansiedades e expectativas. Sempre imaginei que teria essa conversa com Dudu num futuro que nunca veio. E agora estamos os dois aqui, na minha sala, cercados de gente, e tudo o que eu quero é deixar esse futuro para depois.

— Não é dia de falar sobre isso, Dudu, muito menos com meus amigos por perto, tomando conta da minha vida.

— Eu sei. Essa não é a explicação que te devo há anos. Nem um pedido de desculpas. É só, sei lá, um pedido de trégua. Te ver lá no chão mexeu comigo de verdade. Seus amigos já tinham visto seus surtos, suas catarses, mas eu não. E você tava todo ensanguentado, a mão em carne viva. Foi... Foi muito ruim.

A fragilidade do presente reavivando a culpa do passado. É bonito, poético até, e confesso que me toca. O problema é que há rancor demais dentro de mim para desaparecer por conta de um discurso ensaiado.

— Aceitei a trégua no dia em que a Gabi apresentou você e não contei pra ninguém que a gente já se conhecia. Então pode ficar sossegado. Um dia a gente põe os pingos nos *is*. Obrigado por ter me ajudado lá na Paulista, sério mesmo, mas me deixa quieto no meu canto.

A cara de tristeza dele atinge meu coração mole. Em uma estratégia perigosa, forço os dedos contra a palma e a dor que sinto varre qualquer impulso de sentimentalismo. Nada de abraços no sofá e choros repentinos.

Ele sacode meu joelho. No fundo, sei que entende meu ponto de vista. Me ajuda a levantar, e vamos os dois para junto de nossos amigos, fingindo estar de boa um com o outro.

— Quem quer mais uma rodada de café? — pergunta Amanda, analisando minha cara.

— Que acham de abrir um vinho? — sugiro. — Eu disse que, se a gente conseguisse operar o milagre de reunir todo mundo, a adega estava liberada. Acho que vai ajudar a relaxar. Sei que vocês estão pilhados.

— Mas e você? — diz Gabi.

— Fico no suco de caixinha, fazer o quê? Nem se preocupa.

— Ótima ideia então! Espera o Daniel e a Letícia chegarem e a gente abre umas garrafas.

— Eles vêm? Que legal — comento, feliz com a surpresa. Até o anoitecer, vamos jogar conversa fora como se fosse um esporte olímpico. Nossa capacidade de nos entreter com as abobrinhas uns dos outros é, afinal, um dos fatores que nos tornam amigos. Um ritual de batismo sob medida para o Chuvisco que acaba de nascer.

9
AS CATARSES CRIATIVAS

Todo amigo um dia já foi um estranho, minha avó costumava dizer. Não dá pra antecipar quem vai passar batido pela gente, e quem vai nos olhar mais atentamente e mudar nossa vida. Acho que posso dizer sem erro que o dr. Charles foi o primeiro estranho a ter esse impacto sobre mim. Não nos esbarramos na rua, mas o efeito foi o mesmo. No decorrer do tratamento, eu o fui considerando cada vez mais um amigo. Foi ele quem me fez entender por que razão desenvolvi as catarses criativas. De acordo com o psicanalista, adotei uma espécie de fuga reversa. Enquanto a maioria das pessoas usa a fantasia como uma folga dos problemas da realidade, eu fazia o contrário: criava um mundo tenebroso para que a realidade não fosse tão assustadora assim.

—Você acha seus amigos chatos?

— Uhum. A maioria.

— E a escola?

— Uhum.
— O videogame?

Não respondi nada.

—Vou conversar com seus pais para ver se podem comprar um. — Diga se esse não é o melhor psicanalista do mundo? — Mas provavelmente você vai ter que se empenhar mais na escola. — Balancei a cabeça, animado. — E fazer os exercícios que vou sugerir. Mas vamos conseguir botar você nos eixos.

Depois de falar por alto como funcionavam as catarses — foi ele quem me apresentou o termo, aliás — e me fazer entender a maneira torta como eu as utilizava, o dr. Charles me explicou o objetivo dos exercícios. Primeiro, assumir as rédeas da imaginação e combatê-la internamente. Em vez de repetir na minha cabeça que os inimigos não eram reais, eu devia derrotá-los com seus próprios truques.

— Para vencer o vilão que se esconde no caminho entre a porta de casa e a lixeira, leve uma pistola de raios sônicos no bolso. Sempre funciona.

Pode parecer loucura, mas acabei conseguindo uma audiência com o líder da irmandade sombria e fechei um acordo de paz para todas as casas pares da rua onde eu morava. Nas ímpares, não havia ninguém de quem gostasse.

Segundo, escrever, escrever e escrever. Manter algo próximo a um diário do lado da cama e registrar nele cada novo contato com heróis, vilões e criaturas fantásticas, seja em casa ou fora dela. Quando tiver descrito um número grande, começar a criar histórias com eles.

— Pode ser em vídeo? — perguntei.

— Hum, podemos tentar. Se os fantasmas continuarem a atrapalhar seu sono, acenda o abajur, pegue o celular e ligue a câmera. Descreva todos nos mínimos detalhes: cabelos desgrenhados, imperfeições no rosto, órbitas vazias, caras assustadoras, coroas de gelo. — O dr. Charles me liberou inclusive para imaginar aonde esses contatos me levariam, prevendo acontecimentos futuros. — Afinal, todo relacionamento precisa de manutenção, até os que mantemos com nossos fantasmas.

Na época eu nem desconfiava, e acho que meus pais muito menos, que esse diário em vídeo seria minha cura. Aprisionar os monstros no cartão de memória em vez de combatê-los me ajudou a controlar a imaginação, como se ela fosse um bloco de mármore que pudesse ter seus excessos retirados, os contornos definidos, para que apenas a obra de arte, o mármore lapidado, ocupasse espaço dentro da cabeça.

É claro que jamais zerei as catarses por completo. Para ser sincero, se isso acontecesse, acho que sentiria falta delas. Na adolescência, passei inclusive algumas vergonhas. Uma vez, no dia em que uma tempestade nublou o céu de repente, decidi que eu e meus amigos tínhamos ganhado o poder de controlar o tempo, e passamos a nos sentar na pracinha toda sexta no fim do dia para decidir se teríamos chuva ou sol no fim de semana.

Uma amiga conseguia se comunicar com gatos. Um amigo era um ninja em potencial. O mais chato de todos invadia sonhos. A brincadeira durou o suficiente para nos divertir, e fiquei bastante frustrado ao ver que os poderes que havia criado com tanto esmero não funcionavam no mundo real. Me convenci de que a culpa era dos meus amigos, fracos demais para manifestar os dons que eu havia aprendido a notar com o treinamento do dr. Charles.

Ameaçar os panacas que me atormentavam dizendo que colocaria o Freddy Krueger atrás deles tampouco ajudou a melhorar minha fama no quarteirão onde morava, embora tenha tirado o sono de alguns.

—Você acha mesmo que manda nos vilões do cinema?

Ouvir a pergunta em voz alta fez eu me sentir um idiota, o que experimento até hoje. Mas a verdade, aquela que não dividia com ninguém, era que sim, se não achava que mandava neles, no mínimo pensava que estavam por ali, camuflados entre as árvores, escondidos dentro dos ralos, morando em lagos, comandando seus reinos de pesadelo com luvas de garras pontudas.

Tinham que estar.

Mal sabia eu que havia perigos piores por vir. Predadores e pregadores não tão diferentes assim.

Felizmente, com a idade veio o bom senso e aprendi a guardar as catarses para mim. Graças às sessões com o dr. Charles e seus exercícios de autocontrole, encontrei um ponto de equilíbrio, um modo de conviver com as catarses criativas sem perder a noção do que era real. Quando me perguntavam como estava me sentindo, repetia a resposta feita sob medida: melhor impossível.

A imaginação voltou para o devido lugar.

Uma mentira próxima o bastante da verdade.

Meu pai até parou de comentar nos almoços em família sobre o dinheirão que gastava para um cara ficar me ouvindo falar sozinho e depois eu gravar maluquices no celular. E minha mãe começou a dizer que um dia eu daria um grande diretor de cinema, ou ganharia uma medalha no judô, ela não sabia bem.

O importante, e como agradeci a Charles por isso, foi que o escuro se tornou morada apenas de um bom cochilo, e a qualidade do meu sono melhorou cada vez mais. Foi assim, pelo menos, até o golpe fundamentalista no Brasil.

Quando o Escolhido assumiu a presidência e seus gladiadores tomaram as ruas, ser uma pessoa altamente criativa se tornou o menor dos meus problemas.

Por mais que gravar o Tempestade Criativa tivesse me ajudado, nenhum exercício nos prepara para uma briga, no meio da rua, com um bando de fanáticos. E até um cabeça-dura como eu, que não gosta de pedir ajuda, sabe quando é hora de emitir um sinal de socorro.

De: Chuvisco
Para: Dr. Charles Pontes
Assunto: Sonhos de uma noite de verão

Oi, dr. Charles,

Tudo bem com você?

Não quero pagar de chato nem de insistente, mas estou ficando preocupado. Procurei no Google e não achei seu endereço em lugar nenhum. Muito menos seu telefone.

A possibilidade mais plausível é que tenha fechado o consultório. Depois de tantos anos de trabalho, seria uma aposentadoria merecida. Mas duvido que um profissional como o senhor fosse aproveitar a ocasião para desligar o número do celular e cortar de vez o contato com os pacientes.

Não seria o caso de mantê-lo ativo por uns meses? Não estou sugerindo que trabalhe de graça com consultas pelo telefone, de jeito nenhum, mas poderia indicar algum colega para alguém atrás de conselho profissional, como eu. Estou precisando tanto de alguém com quem desabafar... O tranco foi pesado desta vez.

Aquele pressentimento ruim continua me atormentando. Me enfiei numa briga na rua, entrei em catarse criativa e tenho a impressão de que as coisas podem piorar. Não pela catarse, que já está controlada, mas pelos fanáticos com quem briguei. Não bastasse o medo constante de perder meus amigos, agora tenho a sensação de estar sendo seguido.

Que mundo louco esse, não?

Falando em loucura, tive um sonho estranho na noite passada. Mas esse faço questão de contar pessoalmente. Se esse e-mail não tiver resposta, estou pensando em dar um pulo no endereço do (antigo?) consultório e ver se alguém nas salas próximas sabe me dizer o que aconteceu.

Espero que esteja tudo bem com você, sua esposa e seu filho.

Um abraço,

Chuvisco

Obs.: Mande um sinal de fumaça, por favor!

10
BEM, MAS NEM TANTO

Amanda está deitada comigo na cama, estudando para uma prova e me fazendo um cafuné ocasional. Ela e o irmão fizeram uma oficina de teatro quando eram mais novos, mas enquanto Cael havia decidido seguir a carreira, ela quis passar para trás das câmeras e se dedica com afinco ao curso de cinema. Devo ter desmaiado de sono enquanto a ajudava a repassar a matéria.

— Oi — eu falo, bocejando.

— Bom dia. — Ela confere o celular. — Quase boa tarde.

— Te deixei na mão? — digo, com a voz rouca. Sinto o gosto de sangue. A queda na umidade do ar arrebentou a parte interna do meu nariz, que começava a cicatrizar, e precisei de uma nova cauterização. Os sangramentos mais graves pararam, mas o gostinho metálico persiste.

— A gente já tinha terminado a maior parte quando você apagou. Cochilei logo depois. — Amanda põe o livro no móvel da cabeceira. Uma pilha de papéis xerocados despenca no piso, e ela é obrigada a levantar para pegar. — Obrigada por virar a noite estudando comigo.

— Troca justa pela companhia. Acha que vai se sair bem na prova?

Amanda estava preocupada ontem à noite quando chegou. Decidiu que seu projeto final vai ser um documentário, e quer impressionar Duran, professor e documentarista famoso, para que ele a oriente. Durante nosso lanche noturno, ela me explicou que ele era disputado pelos alunos desde os primeiros semestres.

— Bem não é suficiente. Tenho que gabaritar e ainda arrasar no trabalho da semana que vem sobre a influência de culturas urbanas no documentário brasileiro. Mas se estudar mais do que isso vou começar a misturar as coisas.

Faz uns dias que meus amigos começaram a afrouxar o sistema de vigilância sobre mim. Fora catarses pontuais que nem me dou ao trabalho de contar, me sinto recuperado. Não vou negar que exista uma ponta de receio de perder o controle, mas lentamente a paranoia está passando.

O corpo, por outro lado, decidiu me pregar um susto. Mexer a mão foi um problema e tanto, o que me obrigou a remanejar dois trabalhos no último mês. A sorte é que Letícia aceitou me cobrir. A fisioterapia tem ajudado muito. Teclar está mais fácil a cada dia que passa, basta me limitar a seis horas por dia. Ao lado do notebook sempre encontro o origami de tartaruga que Daniel me deixou de presente no dia da festa aqui em casa. Às vezes ela tenta escapar dos meus dedos, me mordiscar. Em outras é só um pedaço inerte de papel. Em seu casco de dobraduras, há partes de uma frase que demorei a desvendar por não querer desmontá-lo: "Numa sociedade sã, a loucura é a única liberdade".

— Meus filmes ainda vão mudar o mundo — Amanda fala, animada.

— Disso não tenho dúvida — comento. — Mas até as cineastas precisam se alimentar. Ainda tem um pouco do bolo que você trouxe. Quer um café?

— No dia que eu recusar um café, manda me internar.

Na cozinha, continuamos a conversar. Amanda e Cael dividem um apartamento no centro. São do tipo de irmãos que conseguem conviver de forma pacífica. Quando precisam de mais privacidade — tradução: quando levam alguém pra passar a noite —, pedem para o outro dormir fora. Amanda tinha reservado a semana para estudar, mas Cael surgiu com um "imprevisto".

— Chamar peguete de imprevisto é fogo.

— Coisas de Cael. Mas nem posso reclamar. Não é como se eu não tivesse meus imprevistos de vez em quando — ela diz. — E desde que você se machucou — o eufemismo sai com naturalidade, acho que nem ela percebe a escolha de palavras —, o Cael só estava saindo de casa para encontrar o Pedro. Se ele não estivesse namorando e eu não conhecesse bem meu irmão, acharia que os dois estão se pegando.

Não consigo imaginar casal mais improvável que esses dois, tenho vontade de dizer, mas acho que minha cara de incredulidade basta.

— Cael saindo com o Pedro, você no vai não vai com o Dudu... Se a Gabi não me quiser, vou ser a vela do grupo.

— Nem vem, Chuvisco. Todo mundo te quer nesse grupo. Você é que não quer ninguém. — Ela faz um bico enquanto fala, numa cara de menina rejeitada que deveria ser engraçada. Mas algo no seu tom de voz me dá a impressão de que não curtiu o comentário. — Me corta mais uma fatia desse bolo que tá bom demais.

Durante meus dias de clausura, Amanda manteve um fornecimento de bolo constante, que me engordou uns cinco quilos. Mandioca, mesclado, brigadeiro, trufado, maçã com canela. Devo ter provado todos os sabores da loja que fica no pé do edifício dela. Não ficaria espantado se ela decidisse abrir uma franquia.

— Não aguento mais ficar trancado em casa. Ir à padaria e ao mercadinho não conta. A gente podia marcar um bar com todo mundo semana que vem.

— Adoro uma festa, Chuvisco, mas concordo com a Gabi. Enquanto você estiver com essa cara de múmia, nem pensar.

— Sou uma múmia sensual, vai. Olha aqui... — Ergo a mão, numa dança improvisada, sacudindo as últimas ataduras que me restam.

— Múmia, não sei. Mas anta...

Amanda fecha a cara.

O dia do apocalipse chegou.

— Ainda não consigo acreditar que você se meteu naquela briga sem chamar a gente antes. Podia ter morrido sem ninguém pra ajudar, Chuvisco. E a turma toda estava a três quarteirões de distância. Pra perguntar se o Trópico de Câncer é o de cima ou o de baixo você usa a droga desse celular.

—Vai jogar isso na minha cara o resto da vida?

—Vou.

— Mas eu liguei pra vocês!

— É, ligou quando já estava todo arrebentado. Não é possível que...

Sabia que a bronca viria, cedo ou tarde. Tinha apostado no cedo, inclusive, e perdido. A cada encontro, me perguntava quando Amanda despejaria o que estava sentindo. O discurso é longo e a preocupação é legítima, eu sei. A segurança no país existe para proteger o status quo. Se o Escolhido me considerar uma ameaça, estou ferrado. Se a Guarda Branca descobrir meu endereço, vou ter que mudar de casa, mudar de estado, cidade, país. Daniel e seus origamis estão aí e não me deixam mentir. Mas como eu explicaria nosso comodismo ao Júnior, a pessoas agredidas todo santo dia com olhares tortos, xingamentos e pontapés?

Acho que argumento sobre o comodismo em voz alta enquanto formulo o pensamento, porque Amanda sobe o tom de voz.

— Comodismo? Olha, se tá me chamando de...

Mais uma rodada de bronca. Enquanto ela fala, vejo seus dentes se alongarem. Caninos, molares, incisivos dignos dos sombrios. Uma fileira de estalactites e estalagmites que colidem a cada sílaba e fazem meu sangue gelar. Respiro fundo para me acalmar. Finjo ouvir o que ela está dizendo, *uhum*,

uhum, a cabeça balançando para cima e para baixo. *Sim, senhora. Você tem toda razão.*

Um a um, consigo fazer os dentes voltarem ao lugar, em tamanhos e dimensões normais. Já posso ver sua língua, um farelo no canto da boca e até uma ruguinha.

Amanda teve uma infância difícil que a oficina de atores da sua comunidade ajudou a superar. É uma menina forte. Ainda assim, me bate uma culpa de saber que manteve essa tempestade guardada dentro dela por tanto tempo. Uma tempestade com gigantes de aço lutando contra super-heróis.

— Desculpa, tive que pensar rápido. E não queria arrastar vocês pra confusão junto comigo — respondo. Imagino o que Amanda diria se soubesse que ando pesquisando sobre Santa Muerte por aí.

— E por que isso, Chuvisco?

— Porque um policial quase puxou a arma pra você e pro Cael na minha frente — acabo desabafando também.

Isso a pega de surpresa. Ela interrompe o discurso, se permite sossegar.

— Que bosta essa vida — diz. Então come sua fatia de bolo enquanto reorganiza os pensamentos. — Não aconteceu nada. A gente se saiu bem.

— Mas poderia ter acontecido — falo, erguendo as mãos. Meus amigos poderiam ter sido baleados por um racista fardado que só conheceram por minha causa. Não quero arranjar mais problemas pra vocês.

Uma pontada irradia da nuca para o resto da minha cabeça

por conta da tensão. Há dias não sinto uma dessas. Disfarçar a dor exige um esforço enorme. Amanda deve pensar que estou lacrimejando por conta dela e ameniza a bronca.

— Tá todo mundo junto nessa, Chuvisco. É como diz o Cael: eu tô nas suas, você tá nas minhas — ela fala, me fazendo um cafuné.

— Eu sei que ficar nessa de cada um por si é receita pro desastre. O difícil é pôr o contrário em prática. Pensar que existem situações que não posso controlar me deixa tenso. Você não pode pedir para eu não ficar preocupado, não tentar proteger vocês. Fazem igualzinho comigo.

Ela se cala por um instante. Sabe que estou falando a verdade. Gosto de como tomamos conta uns dos outros, mas às vezes eles exageram.

— Desculpa por bancar a brigona. Mas veja pelo lado bom: esperei um mês pra dar essa descascada. E se tô falando agora é porque você parece bem.

— Isso é mais significativo que a alta do médico e da Gabi — digo.

Cael gosta de repetir o clichê de que para morrer basta estar vivo. Costuma dizer que um meteoro pode cair na sua cabeça a qualquer momento. Ou um ônibus pode perder o controle e te atropelar na entrada de um shopping. Então não faz sentido fingir que temos tanto controle sobre nosso destino.

Uma vez, passeando com ele no centro da cidade, quase fomos atingidos por uma vidraça que despencou de um prédio comercial. Escapamos por questão de segundos, de escolher esquerda em vez de direita. Quando o vidro se espatifou do nosso lado, lembro dele virar para mim sorridente e dizer: "Tá vendo só?".

Tô.

Por mais cuidado que se tome, é impossível antecipar as vidraças. Mas, do jeito que as coisas andam, com o próprio Estado contra a gente ou tapando os olhos, mais cedo ou mais tarde um de nós não vai voltar para casa. E não remoer isso o dia inteiro exige um esforço consciente. A energia que poderia usar para domar as catarses criativas acaba direcionada à selvageria maluca em que o país se transformou. E, com a imaginação fora de controle, posso matar meus amigos de dezenas de formas diferentes. Imaginar o pior e a partir dele cavar mais e mais o fundo do poço até as unhas sangrarem.

Com tudo o que sonho, com tudo o que vejo, me preocupo é pouco.

Vendo minha cara de fim de festa, Amanda tenta me animar:

— Nada de bico — ela diz, e me dá um abraço. Sinto o corpo doer de leve, nem sei onde, mas finjo que nada acontece só para podermos continuar grudados um no outro. Ela se afasta, bagunça meu cabelo. — Espera aí... — Vai para a arca no canto da sala que esconde minha biblioteca. Sentada no chão, reclama da desorganização. — Já ouviu falar em ordem alfabética? — Por fim, levanta com um livro e o traz até a mesa. — Põe a mão em cima.

Obedecendo, encosto no exemplar carcomido de *O Se-*

nhor das Moscas, de William Golding, e improviso um ar solene para o juramento:

Eu juro
Diante do Senhor das Moscas
E tendo Amanda como testemunha
Compartilhar com meus amigos
Minhas certezas e dúvidas
Alegrias e tormentos

Eu juro
Sair da concha
Não me deixar levar pelo medo
E transformá-lo em combustível
Para chutar a bunda dos fundamentalistas
E dos exploradores da fé

Eu juro…

Sigo com mais estrofes, enquanto a inspiração persiste.
—Vê se cumpre o que jurou. — Ela larga o livro na mesa.
Mais tarde, no corredor do prédio, desfilo de pijama para segurar a porta do elevador. Atrapalhada entre bolsa, livros e apostilas, Amanda ainda consegue me dar um beijo no rosto e apertar o térreo.
— Se quiser me mandar uma mensagem quando sair de casa, um "Tô aqui no mercado", ou "Saí pra jantar com um amigo", eu ficaria mais tranquila e sei que o Cael também.

Não pela sua saúde. Mais por causa dos malucos, você sabe. O Pedro jura que não estão mais atrás de você, mas não confio muito nos chats onde ele diz que descobre essas coisas, então todo cuidado é pouco.

—Vou tirar minha bandeira de ateu vegano da janela e não cometer nenhuma burrice nos próximos meses, pode deixar.

Batidas ecoam pelo fosso do elevador. Um atrasadinho esperando. Antes de soltar a porta, agradeço pela companhia no mês que passou. Vai ser libertador parar de dar satisfação a cada passo e recuperar minha privacidade. Mas também vai ser estranho não tê-los por perto para um carinho.

— Ah, uma última coisa antes de ir. Ninguém no universo usa a palavra sensual a sério, Chuvisco. Múmia sensual é dose.

A múmia se despede.

Ouço o barulho do motor do elevador ecoar enquanto volto para o apartamento vazio. Tranco a porta o máximo permitido pelas duas fechaduras. Tento resistir ao instinto, à força do medo, mas acabo cerrando as cortinas e trancando quarto, cozinha, banheiro.

Estou a salvo, repito. Eles não vão vir atrás de mim.

Do canto do sofá onde me encontro, fico de olho no notebook aberto sobre a mesa, então a voz de Santa Muerte começa a chamar.

TEMPESTADE CRIATIVA #47
Um pesadelo acordado

Eu... não tenho muito tempo pra falar. A casa foi invadida. Tem dois estranhos batendo na porta, dizendo que são meus pais, que querem me ajudar. Sei que não é verdade. Eles querem me levar embora. Me enfiar de novo naquele laboratório cheio de médicos e experimentos. Devem ter poderes. Todo mundo que mandam atrás de mim tem. Não sei o que fazer.

Meu quarto fica no segundo andar. Tô pensando em descer pela janela. Nunca fiz isso. Não tem planta na parede, não tem cano, não tem nada em que me agarrar. Mas se eu ficar aqui, eles vão me levar, sei que vão.

Os assassinos, eles devem ser assassinos, estão dizendo que só querem que eu tome os remédios e descanse, então tudo vai ficar bem. Remédios? Eles acham que vou acreditar numa mentira dessas? Que vou engolir aqueles comprimidos brancos que eles têm nas mãos? Devem ser sedativos, isso sim. Tem um carro parado na porta, tô vendo daqui. Eles estão com tudo pronto para me levar... Acho que vou pular, sair correndo. Talvez meu corpo fique mais leve e eu consiga voar. É isso, tô me sentindo mais leve. Meus pés não estão tocando o chão, olha só! Se não aproveitar a oportunidade...

Droga! Barulho na porta. Acho que encontraram a chave reserva. Eles estão entrando. Já volto, preciso me proteger!

Oi, pessoal! Vocês devem ter notado que dei uma sumida. Passei duas semanas sem subir vídeo no canal. Acho que vocês já devem ter entendido o motivo, pelo trecho que acabaram de ver. Fiquei na dúvida se mostrava pra vocês, ou se simplesmente apagava. Achei importante mostrar que ninguém tá livre de umas recaídas. Tem dias que são mais complicados do que outros...

Mas vocês podem ver que estou bem! Este é meu quarto, ali tá a cama, a parede, a janela... Não pulei, ufa! Falei com o dr. Charles. A realidade está de volta, para minha felicidade e tristeza. Ou eu estou de volta a ela, né?

Até o próximo vídeo.

Fiquem bem.

11
COOKIES SABOR DEEP WEB

A FILA DO CAFÉ É PEQUENA A ESSA HORA. Pego dois cookies de frutas vermelhas, um chá gelado e um brownie de doce de leite, e subo para o segundo andar. No salão principal, os clientes se dividem entre as poltronas e o banco de uma longa mesa retangular de madeira que fica de frente para a copa e os banheiros. Preciso esperar de pé, o intervalo de umas mordidas no cookie, para conseguir o assento do canto, o único sem chances de um bisbilhoteiro passar atrás de mim.

O cardápio tentador e o ar-condicionado já serviriam como atrativo, mas hoje estou aqui pelo wi-fi, ou mais precisamente por um endereço de IP que não seja o do meu apartamento.

Para conseguir privacidade, me espalho mais do que o necessário, pondo copo de um lado e comidas do outro, para atrapalhar a menina mais próxima de mim. Finjo um pedido de desculpa sem graça, mas comemoro quando ela se afasta e tiro o notebook da mochila.

As senhas do wi-fi e da porta do banheiro aparecem no rodapé da nota fiscal. Com o notebook aberto, digito a sequência e me conecto à rede. Tenho algum tempo antes que Gabi e Cael cheguem para nosso encontro. Um par de horas em que pretendo procurar Júnior e estudar um pouco mais o Santa Muerte.

Dizem que a tecnologia do serviço de inteligência do governo é precária demais para monitorar as atividades on-line do país e que eles no máximo conseguem rastrear e-mails e mensagens trocadas por celular. Seja verdade ou balela, tenho uma lista de motivos para ser precavido.

Para fazer um teste, abro sites aleatórios de jornais. Conexão lenta e funcional, conforme o esperado. Passeio por notícias escolhidas a dedo, nada de novo no front.

Retiro meu pen drive de estimação da argola do chaveiro e o encaixo na entrada USB. Um único arquivo executável aparece: um navegador de nome Ghost, usado para não deixar vestígios das atividades na internet. A dica foi do Pedro, que o usa para acessar sites de encontros gays, algo que pretendo fazer mais adiante. Disse a ele que queria pesquisar um novo livro para distribuir, mas estava com medo de ser descoberto. Como não é idiota, ele também anotou o endereço do chat e me entregou num papel.

— Boa sorte, Sherlock.

A janela que abre é uma versão simplificada do navegador que costumo usar em casa. No alto, à esquerda, fica um fantasma estilizado na cor azul. Ao lado dele está a barra onde escrevo o endereço do YouTube.

Enquanto o site carrega, bebo mais chá, que já não está tão gelado, e dou uma espiada ao redor. Na bancada da parede oposta do salão, que costuma ficar vazia por conta do sol, um sujeito ri sem parar, mexendo no celular. A garota perto de mim parece distraída com um livro da faculdade. Uma menina ao seu lado dorme em cima de anotações de aula. Um casal afastado conversa sem prestar atenção nos demais.

Minha expectativa com o YouTube é baixa. Mesmo um governo precário pode mandar tirar vídeos do ar com facilidade. Mas é esse meu ponto de partida. Após tomar mais um gole de chá, digito "Santa Muerte" na área de busca.

O carregamento é lento, preguiçoso. O fantasma fica amarelo, a cor de alerta, passando para verde quando os resultados aparecem. A lista mistura trailers de animações, documentários e muitos vídeos de viagens pelo México. Nada parece útil. Deslizo o dedo pelo touchpad de olho nas miniaturas com imagens estáticas dos vídeos. Passo de uma página para a outra lendo na diagonal os títulos, usuários, datas e legendas.

É um trabalho de detetive improvisado, sem chapéu e cachimbo. Continuo procurando, perdido no mar de aleatoriedade, até que meus olhos se detêm em uma imagem. Uma senhora baixa, de idade avançada, com um pano branco amarrado à cabeça, acende velas em um altar. No recorte da miniatura só consigo ver os pés da santa, de um branco desbotado pela filmagem noturna. Mas isso não importa. É a parede atrás dela que me interessa, e a frase pichada em letras garrafais.

Meu coração acelera. Atrapalhado, cato meu headphone na mochila, esbarrando na bebida sobre a mesa. Sorrio sem graça para a funcionária da limpeza que notou o quase acidente e recebo um sorriso cúmplice em troca. Encaixo o plugue no notebook, mexo o corpo fingindo ouvir música e clico no título — "¡Un viva a Guadalajara!" — sem pestanejar.

Ansiedade é uma droga pesada. Fico atento ao fantasma do navegador. Se for uma isca, terei de arrumar minhas tralhas e sair correndo.

Amarelo.

Amarelo.

Amarelo.

Verde.

Alívio.

Decepção.

O vídeo abre com uma imagem panorâmica, feita de um ponto elevado, talvez por um drone, acompanhando uma procissão. Mais adiante, a senhorinha reaparece. Joga o que deve ser sal grosso nos cantos de uma casa enquanto fala sobre o culto. Explica como o sal ajuda a proteger dos maus espíritos.

Aprendo o que são *chamalongos*, mas de resto não tem utilidade para mim.

Não é possível, penso, ou digo. Seria apenas uma coincidência? Uma frase dita pelos cultos? Tem de haver alguma coisa, decido, e retorno a barra ao início. Dessa vez, ao apertar play, não me permito nem piscar.

Vamos lá. Vamos lá.
Eu sei que você está aí.
Mais uma vez a panorâmica. A senhorinha.
Ela caminha para um altar.
É rápido, questão de segundos, mas eu encontro. Em um minuto e vinte e cinco, uma frase aparece e desaparece da tela. Consigo reconhecer um link após algumas tentativas de pausar a imagem no momento certo: <showdown.ru>.

Confesso que é preciso coragem para digitar o endereço no meu próprio notebook. O fantasma do navegador alterna por um instante entre o amarelo e o vermelho. Porém, antes que eu tenha chance de me arrepender, a página carrega, com miniaturas e descrições do tipo que a gente não mostraria em um jantar de família. Pelo que entendo, aquela é uma ferramenta de busca para vídeos da deep web, ou qualquer coisa parecida. A frase *"Free mind, free speech"* aparece repetida em vários idiomas, do português ao finlandês. Mente livre, özgür aklın, *vapaa mieli, libre pensée*. Sem tempo a perder, digito "Santa Muerte" no espaço ao lado da lupa e aperto enter.

Quando os resultados aparecem, faço uma comemoração silenciosa.

Eu os encontrei.

Há filmagens em protestos. Massacres na periferia. Uma menina sendo arrastada pelo chão por homens fardados enquanto é xingada de puta e todos os nomes possíveis. Dois garotos enfiados em uma viatura à base de golpes de cassetetes. Outro, chamado "Cinquenta bombas em cinco minutos", mostra um protesto sendo encurralado entre dois paredões da tropa de elite paulistana. Um sujeito com a máscara de caveira aparece dizendo que aquele foi um dia comum na cidade. Mostra uma entrevista do governador parabenizando a ação e volta para dizer que nenhuma investigação por abuso de poder foi iniciada, apesar de vinte e duas pessoas feridas e três desaparecidas.

Os assuntos são variados.

Santa Muerte não tapa os olhos para nada. Pelos títulos, vejo que falam de centros culturais incendiados, livros banidos pelo governo, filmes proibidos pela censura, a nova curadoria dos museus. Um dos vídeos mais acessados aborda a mudança da grade curricular — o ensino obrigatório de cristianismo e criacionismo no lugar de disciplinas como história e biologia.

Tendencioso nas escolhas, assisto aos vídeos sobre a Guarda Branca. Ver as figuras de branco bradando seus hinos e gritos de guerra me deixa mal. Sinto as palmas geladas e, quando me dou conta, estou suando frio. Tudo ainda é muito recente. Um vídeo explica o sistema de recrutamento e a hierarquia dos fanáticos. Pessoas que até outro dia eram como eu passam a reproduzir o discurso de ódio, a apoiar as práticas dos justiceiros.

Pensar que a amiga de infância da natação, o vizinho fã de futebol, a velhinha perua que passeia com os netos na avenida Paulista, o garçom gente fina da churrascaria, todos eles podem estar passando a noite caçando e matando gente me deixa pra baixo. Sinto o controle da realidade se afrouxando novamente.

— Assustador? — diz o homem mascarado.

— Muito — respondo sem querer.

A carga é pesada demais. Será que Dudu tem razão e a única forma de virar o jogo é partir para a violência?

Como não posso correr o risco de entrar em uma nova catarse criativa logo após me estabilizar, decido interromper a pesquisa. Prefiro passar o resto da tarde em um chat, perguntando de Júnior. Numa última olhada antes de fechar a aba, porém, esbarro com uma legenda familiar. "O cotidiano da Augusta está para mudar com a nova..." E para nos três pontinhos. Sem nem pensar, aperto o play.

Bastam os segundos iniciais para reconhecer as calçadas e o canteiro de plantas espinhosas da rua onde briguei. Uma voz feminina por trás da máscara de caveira relata que a região será atacada pela Guarda Branca depois que alguns de seus integrantes levaram a pior durante um ataque. A câmera mostra cartazes colados em postes e versos de placas com o símbolo da Guarda Branca. Abaixo dele, a frase "Vigilantes, encontraremos". A região é um dos últimos centros de resistência, a figura diz, e eu paro o vídeo, sem vontade de continuar. Os comentários são em grande parte desfavoráveis às agressões. Pelo menos isso. Conectado a uma conta alternativa de e-mail, com um panda sentado na poltrona do avião como avatar, deixo o meu, curto e direto: "Quero ajudar".

Ao apertar o enter, aparece um aviso de confirmação. USE SOMENTE APLICATIVOS SEGUROS. PROTEJA SUA IDENTIDADE. NÃO COMPARTILHE SUA SENHA. VARIE OS LOCAIS DE ACESSO. TEM CERTEZA QUE DESEJA CONTINUAR?

Enfiado em casa de molho, repassando a briga com os fanáticos, lembrando do rosto cético de Júnior, eu só conseguia pensar numa coisa: entrar para o Santa Muerte. E, para isso, precisava encontrar o grupo.

Me irrita pensar que eu seja somente um sonhador, como Dudu não cansa de jogar na minha cara. Talvez eu possa fazer algo além de distribuir livros. Ajudar nas filmagens, documentar e expor a violência perpetrada pelo Escolhido. Sou bom com câmeras e programas de edição desde criança. Foram duzentos e cinquenta vídeos no Tempestade Criativa, sem falar dos exercícios do dr. Charles, registros que guardei apenas para mim.

Contudo, um receio me corrói por dentro: e se o Santa Muerte se tornou mais do que uma mídia independente? E se eles tiverem de fato desistido de lutar com ideias e câmeras e migrado para o confronto armado? Tenho que estar pronto para a verdade além dos boatos. Eu nunca pegaria em uma arma, disso tenho certeza.

Ou pegaria?

A lembrança do policial apontando o dedo para meus amigos se mistura com a dos fanáticos da Guarda Branca. Uso as palavras do próprio Cael para espantar a nuvem negra: *Dane-se aquele escroto. Nós conseguimos!*

Por quanto tempo, não sei dizer. As catarses podem ter retornado a um nível aceitável — dentes afiados aqui e ali, tartarugas brincalhonas de papel —, mas o peso no peito persiste.

Metacarpos não foram feitos para dar socos, nem mandíbulas para recebê-los. Talvez seja hora de ir além dos livros. De ouvir o corpo que não me deixa esquecer a surra, que não me deixa esquecer o desamparo de Júnior ao dizer que não pode contar com a polícia nem com o governo para defendê-lo. Existe outro caminho, outra forma de combate além da violência, eu sei. Ninguém confirmou até hoje que o Santa Muerte é mais do que um grupo de mídia independente. Preciso acreditar nisso. Pelo menos por enquanto.

Aperto o enter e envio o comentário.

Fecho a aba com os vídeos e paro quieto. Um toque no braço me provoca um tremelique. É a estudante.

—Você tá bem? Tá com o rosto vermelhão... — Ela gesticula. Pensa que estou ouvindo música.

Desço os fones para o pescoço e tento parecer simpático.

— É a música do *Titanic*, sabe como é. Sempre me emociona — consigo improvisar. Pela cara da menina, posso deduzir o que pensa do meu gosto musical. —Vou botar Adele. —Volto os fones aos ouvidos. — Obrigado por perguntar.

Ela sorri. Deve me achar maluco. Uma opção segura o suficiente.

Quando dou por mim, uma hora e vinte se passou. Droga. Uma hora e vinte passeando por vídeos depressivos sobre fanatismo e violência. Tenho somente quarenta minutos para tentar descobrir algo a respeito do paradeiro de Júnior antes de Gabi e Cael chegarem. Isso contando que não apareçam mais cedo, como eu.

Para recuperar a barra de energia, desembrulho o brownie. Ele desaparece em uma sequência de mordidas enquanto digito o endereço do chat que Pedro me recomendou. É ridículo que marcar um encontro pela internet tenha se tornado uma atividade de risco.

Embora nunca tenha estado em um desses, é fácil me orientar pelo menu. Acho curiosa a organização, tudo dividido em categorias de acordo com preferências, idade e sexualidade. Sem pensar demais, escolho a mais promissora.

O fantasma fica verde, liberando o acesso. A tela muda. Na direita há uma barra onde aparecem os nomes de todos que estão on-line, sem nenhuma imagem associada. A língua passeia buscando vestígios de doce de leite entre a gengiva e os lábios. Preciso escolher um nome de usuário. Vou com CHUVISCO_SP. Nenhum fanático conseguiria me rastrear por ele, imagino.

A área de chat público, à esquerda, fica praticamente vazia, exceto por eventuais "NEOLOIRO entrou na sala", "KATYCAT saiu da sala". Resolvo arriscar um contato por ali, em vez de falar com uma pessoa de cada vez.

CHUVISCO_SP: Oi
CHUVISCO_SP: Alguém por aí?

Ninguém responde. Sondo a lista de nomes à procura de uma pista. Tento de novo.

CHUVISCO_SP: Tô procurando um amigo que foi agredido…

Aguardo um instante e aproveito para desembalar o cookie restante. A pressão por espaço na mesa aumentou com a chegada de um grupo de estudantes. Me faço de desentendido e jogo a mochila para o lado, assegurando a área de privacidade que os lanches não oferecem mais.

Uma janela pop-up se abre no canto da tela. O nome de usuário é FINAESTAMPA.

FINAESTAMPA: Quem é vc?

Eu me apresento. Digo que estou procurando um amigo enquanto penso em uma forma de abordagem não invasiva. Imagino que falar do clima em um chat de pegação não costume dar resultado.

FINAESTAMPA: Nunca te vi aqui.
FINAESTAMPA: O que vc quer?

Sem dar nomes, digo que meu amigo teve problemas com a Guarda Branca no entorno da Augusta e quero saber se ele está bem.

FINAESTAMPA está escrevendo…

Encaro a frase por uma eternidade. Ela vai e vem, vai e vem, e dá para perceber que a pessoa do outro lado está em dúvida quanto ao que falar. Interpreto a indecisão como um sinal de que conhece Júnior. Resolvo insistir.

CHUVISCO_SP: Por favor. É importante.

A resposta finalmente aparece.

FINAESTAMPA: Se ele fosse seu amigo de vdd, vc não precisaria vir aqui.

FINAESTAMPA: Vc é GB.

A janela pop-up desaparece. Tento chamar FINAESTAMPA novamente para me explicar, continuar a conversa, mas ele está indisponível. Quando dou um clique duplo sobre o nome, uma mensagem avisa que fui bloqueado. Que ótimo. Longe de mim condenar a precaução, mas não posso negar que fiquei irritado.

Faço a embalagem vazia de cookie de vítima enquanto penso no próximo passo, cortando-a em pedacinhos. Clico no nome BLACKMAMBA e recebo a mesma mensagem. Clico em FAITH_SP e nada. Provavelmente FINAESTAMPA já passou a informação adiante, e mesmo que não me bloqueiem duvido que contem o que preciso saber. Apelar no chat público me parece uma boa estratégia. A única que tenho, para ser sincero.

CHUVISCO_SP: Não sou GB.
CHUVISCO_SP: Eu o ajudei. Sei o nome dele e só.
CHUVISCO_SP: Quero saber se está bem.

Ninguém responde. A essa altura, a embalagem de cookie parece um origami dobrado pelo Edward Mãos de Tesoura. A próxima mensagem no chat avisa que FINAESTAMPA saiu da sala. O fantasma do navegador fica vermelho. Aconselha o desligamento por tempo prolongado de uso em uma mesma localização. Simplesmente ignoro. Clico em um nome aleatório. Bloqueado. Uma janela pop-up se abre, enfim.

O nome do usuário é BERGAMOTA.

BERGAMOTA: Seu amigo está bem.
BERGAMOTA: Só GB usa o chat público.
BERGAMOTA: Té+

A janela se fecha logo em seguida, sem me dar oportunidade de resposta. BERGAMOTA saiu da sala. Num misto de felicidade e frustração, fecho o navegador, guardo o pen drive e desconecto o notebook da internet do café. Para alegria de todos e felicidade geral da nação, recolho o lixo, ponho a mochila nas costas e libero espaço na mesa.

Seu amigo está bem, a frase se repete na minha cabeça.

Júnior está bem.

Quando Gabi chega, estou em uma das mesas do terraço, fingindo adiantar um trabalho. Nada como uma tela de editor de texto aberta para se fazer de compenetrado. Cael aparece vinte minutos mais tarde, esbaforido, e pede desculpas pelo atraso.

— A família que aluga o teatro pra gente ensaiar a peça tava querendo pular fora.

— Medo?

— Dinheiro. Eles sacaram que se venderem o espaço pra igreja ou alugarem pra restaurante, mercadinho, salão de beleza, o que for, vão ganhar mais. Manter um teatro independente hoje é mais uma questão de postura política do que fonte de renda...

— E como ficou? — pergunta Gabi.

— Consegui mais dois meses. Quer dizer, os dois meses que já tinha acertado. Mas não é garantido que a estreia seja lá.

— Nenhum dos seus amigos pode dar uma força?

—Vou tentar trazer a Camila pra peça. Ela está com novela no ar. Seriam dois rostos conhecidos na hora de negociar.

— A Camila Camila? — diz Gabi. — Quer dizer, a Camila que eu tô pensando?

— A própria.

— Deve ser estranho conviver com esse monte de ator, né? Cael não se aguenta.

— Ué, e você não convive comigo?

— Conviveria se você não tivesse sumido desde... Desde o incidente — ela fala. O silêncio é breve, o gesto sutil, e se não conhecesse bem meus amigos, teria passado despercebido. Eles estão me escondendo alguma coisa.

Gabi, que não é besta, acaba com o espaço para especulação.

—Tá, eu sei que também não facilito. Me enfiei de cabeça no estágio e o ritmo da faculdade tá puxado, assumo minha parcela de culpa. A vida tá chata, mas pelo menos tá cheia.

— Acho que você tomou café demais, Gabi — Cael implica com o ritmo frenético.

Ela o ignora e vira pra mim.

— E, falando em trabalho, você me deve uma resposta.

Quem fica boiando dessa vez é Cael.

— Resposta de quê?

— Nada, assunto meu e do Chuvisco. Ele sabe o que é.

— Ei, é feio excluir os coleguinhas da conversa — ele diz, e noto aquela troca rápida de olhares novamente. Um brilho que vem e vai no intervalo de uma inspiração.

— Te ligo de noite para combinar — digo. — Se eu esquecer, pode me ligar sem problema. — É minha vez de mudar o rumo da conversa. Pergunto se sabem algo sobre os papéis colados pela cidade. "Vigilantes, encontraremos." E se foi por isso que trataram de me manter em casa o máximo possível e me deixaram com esse aspecto de ruivo radioativo.

— Papo baixo-astral, pra mim, só com frappuccino de caramelo. Vocês querem alguma coisa lá de baixo? — Cael pergunta.

— Quero, mas desço junto senão fica muita coisa pra uma pessoa só carregar — Gabi responde. — Você guarda o lugar, Chuvisco?

Claro, assim vocês podem combinar lá embaixo o que me dizer.

— Claro, vão lá — digo apenas.

Apesar das mudanças estratégicas de assunto, é prazeroso passar uma tarde entre amigos. Devem ter seus motivos, imagino, para me enrolar. Fazer malabarismos para me poupar dos assuntos incômodos. Levando em conta que passei a tarde brincando de arqueólogo na deep web em segredo, não estou em posição de julgar ninguém.

Contrariando minhas expectativas, Gabi e Cael abrem o jogo quando voltam com seus pedidos.

— Certeza, certeza *mesmo*, não dá pra ter. Mas seria uma

puta coincidência — diz Gabi. — Num dia você briga com os caras, no outro tá cheio de papel colado na mesma rua?

— Mas o Pedro acha que a caçada já era — diz Cael. Como ouvi de Amanda uma frase parecida, deduzo que tenham conversado a respeito antes. De qualquer modo, me dou por satisfeito. O mais discretamente que consigo, nos devolvo para assuntos mais agradáveis para curtir o restante da tarde.

De noite, como prometido, dou uma ligada para Gabi para combinar o programa. Ninguém atende. No quarto toque, receoso de estar incomodando, desligo e opto por uma mensagem de texto. Digo que quero conhecer a ONG assim que possível, uma forma de ajudar e de procurar Júnior numa tacada só.

Um instante depois, meu celular toca. A foto de Gabi aparece na tela.

— Atrapalhei você?

— Que ONG é essa, Chuvisco? — Numa relação delicada com a realidade, baseada em negociações constantes, esse é o tipo de pergunta que me desorienta. Por reflexo, me afundo no sofá, como que para me certificar de que ambos existimos de verdade.

— Como assim que ONG?

— É a Amanda aqui, seu tonto. A Gabi tá tirando um cochilo.

Respiro de alívio, me achando realmente um tonto após ligar a voz à pessoa.

— O que você tá fazendo com o celular dela?

— A história é longa. Te conto outra hora. Mas, sem fugir do assunto, de que ONG você tá falando?

Não sei como Gabi conseguiu a façanha de manter o trabalho voluntário em segredo até agora. Na dúvida entre falar de uma vez ou inventar uma mentira aleatória, fico com uma terceira opção, passar a batata quente adiante.

— Pergunta pra Gabi quando ela acordar — respondo. — E você não devia ficar xeretando o celular dos outros.

— Eu estava do lado dele. Tocou, vi seu número e fui olhar o que era.

Um argumento prático para disfarçar a curiosidade.

— E você tá bem? — pergunto, encerrando aquele assunto.

— Você não faz ideia. Tô com saudade de te importunar, acredita? Nem parece que passei o último mês vendo você quase todo dia.

— Dia desses, estava lembrando da nossa noite no Espiral — digo, me referindo à balada onde nos conhecemos tempos atrás. — Bateu saudade, acho.

— Ah, Chuvisco. Nenhum de nós três estava feliz naquela época, se for parar pra pensar — ela diz. — Cael se matando pra conseguir papel, chateado com a falta de dinheiro, eu indecisa entre tentar ser atriz como o meu irmão ou fazer outra coisa da vida, e você incomodadíssimo de ter que lidar com aquele produtor que só sabia falar dos amigos ricos e dos fins de semana passados em Nova York.

— *O que é que tem Nova York?* — ouço Gabi falar ao fundo. Ela resmunga outra frase que não consigo ouvir inteira. Amanda protege o celular, abafando a conversa, para responder. Acho que se distrai, pois o som fica mais nítido e posso escutar Dudu perguntando se alguém vai querer mais vinho.

— Quer aproveitar e falar com ela? — Amanda pergunta.

Sem graça com a situação, digo que preciso dar um pulo no mercadinho.

— A geladeira tá vazia, não tenho nada pra janta — falo gaguejando, então me despeço. Saber que os três estão juntos me leva a visualizar uma cena que exige pouca imaginação.

12

UMA LINGUARUDA FILOSOFANDO SOBRE A VIDA

Ter a própria mente como seu maior inimigo te leva a aprender truques de sobrevivência. Ninguém espera que o reflexo escape do espelho e tente te puxar para dentro. Se isso acontece, sei — ou deveria saber — que é somente uma ilusão, a imaginação botando as asas de fora. Se vejo alguém de capa e uniforme saltar do alto de um prédio, sei que estou projetando meus quadrinhos, criando um herói de carne e criatividade. Foi com essa fronteira consciente que o dr. Charles me ensinou a conviver.

O perigo existe quando não há vilões ou heróis. Quando o absurdo se traveste de aceitável para ludibriar o bom senso, penetrar nossas defesas, se fingindo de mais um dia comum. O que pensar da chaleira apitando em cima do fogão? Tenho uma chaleira, não tenho? É com ela que esquento a água para o café, certo?

Não, Chuvisco.

O segredo é se ater aos detalhes, enxergar além da plasticidade. Admirar os defeitos, as ranhuras, as manias.

Só uso cafeteira, uma com a beira da tampa rachada, inclusive para os chás no inverno. Dentro dela, nada de apitos, somente borbulhas. Mas a chaleira está lá, me chamando, me lembrando que ainda falta um tanto para me reequilibrar cem por cento. Alguém inventado também pode estar sentado na poltrona. Cael, Amanda, Gabi, Dudu, Pedro, qualquer um deles pode estar ali, conversando comigo sobre aleatoriedades, sem existir de verdade.

Um deles pode decidir se apoiar na janela para fumar um cigarro e se desequilibrar de repente. Correndo para salvá-lo, posso despencar junto e sozinho, na tentativa de agarrar esse alguém inexistente.

Depois que aprendi a lidar com a imaginação de dentro para fora, o dr. Charles me ensinou a cultivar vínculos com a realidade. Do jeito que achasse mais proveitoso, deveria manter os amigos sempre amigos, independente do uniforme que vestissem, do nome que usassem e do papel que tivessem nas catarses criativas.

Mais tarde, com o método dominado, passei a fazer o mesmo em lugares onde me sentisse bem. Uma vez, o dr. Charles comentou de uma menina que nos períodos de catarse transformava os pais em alienígenas que queriam abduzi-la, o que causava problemas para os três.

— Laços afetivos são uma ferramenta valiosa, Chuvisco. Saiba em quem confiar e guarde isso em um lugar seguro dentro da cabeça. — Mais tarde, ao me descontrolar a ponto de me trancar no quarto com medo dos meus pais, entendi o que ele queria dizer.

Agradeço todos os dias ao dr. Charles pelos conselhos, pelo quanto me guiou no processo de tentativa e erro até entendermos que para vencer as catarses de dentro para fora primeiro é necessário saber que se está dentro.

No desequilíbrio pós-espancamento, o chuveiro tem sido um templo de reflexão. Por preciosos quinze minutos, é embaixo dele que a mente silencia e consigo ter certeza de quem sou. E no programa de hoje é importante que não tenha dúvidas a meu respeito. Assim, após me livrar da roupa num arremesso digno de medalha de ouro, entro no boxe, ligo o chuveiro e deixo a água quente fazer seu serviço.

Com o que resta de certezas, me arrumo para sair.

Para dar sorte, visto minhas meias com estampa de tartaruga.

Meia hora depois, Gabi me liga para avisar que está chegando. Tendo em vista minha lerdeza atual, pedi que o fizesse com alguns minutos de antecedência. Por isso estou cansado de matar zumbis no celular com raios de girassol e berinjelas explosivas quando ela aparece na calçada em frente ao prédio.

Entrar do lado do passageiro sem poder me inclinar muito me faz parecer um velhinho com artrite. Com a cara de pau refinada por anos de catarse criativa, jogo minha mochila para trás e finjo estar só atrapalhado. Enquanto ajeito as pernas e passo o cinto de segurança, Gabi enfia o dedão com força nas minhas costelas e me arranca um gemido.

— Musculatura fisgando, mocinho? Alguém mentiu pra mim quando disse que estava bem?

— Eu estava... até um minuto atrás. Isso doeu! Bem que eu queria ter o dom da regeneração. A fisioterapia resolveu a mão, ó... E a pomada que você me disse para continuar passando sumiu com os hematomas. Já faço o movimento quase completo com o braço e o pescoço. — Viro a cabeça para lá e para cá numa demonstração do meu talento. — Só inclinar pra baixo que ainda dá fisgada, acho que vai ficar de recordação.

— É. Essa região é complicada, principalmente para quem passa o dia sentado. Se sentir que piorou me avisa, tá?

— Combinado.

Ela me faz um carinho na perna e disfarça a preocupação. Mas há um brilho no fundo de suas pupilas que se comunica com a dor dentro de mim, sobrevivente num recanto que dr. Charles algum saberia alcançar. Um diálogo que dispensa som, dispensa fala, e ambos fingimos não acontecer. Gabi dá a partida no carro. O vento do ar-condicionado sopra no meu nariz e eu viro as lâminas para baixo.

Ela liga o rádio e sintoniza um canal de notícias sobre o trânsito.

Fluindo tranquilo na rua isso esquina com aquilo. Retenção na altura não sei das quantas. Elevado parado. É melhor evitar o retorno da praça XII, XIII, XIV, XV, devido às obras de recapeamento. Acidente na altura da ponte do Limão prejudicando a Marginal.

Assim que escuta a informação que precisava, Gabi muda para as músicas em seu celular. Pula uma, então outra, e deixa a terceira tocar em paz.

— Vamos dar uma animada que não quero espantalho assustando as crianças da ONG.

Só então percebo que ela está arrumada. De terninho em vez de vestido. Uma maquiagem discreta, batom claro e lápis bem marcado. A roupa a deixa com uma cara mais adulta que o habitual.

— Devia ter me avisado para me vestir melhor. Tô muito molambento? — pergunto, como quem não quer nada.

— Vou de lá para uma reunião, querido. Relaxa. As crianças não se ligam em terno e gravata, não.

O dia está quente, de fundir pedestres às calçadas de cimento. A energia daquela música me soa deslocada do entorno. As pessoas desfilam de pálpebras apertadas, blusas manchadas de suor, rostos pingando. As plantas amarelam nos canteiros, sedentas numa São Paulo que morre de sede. Tento aprisionar a melodia dentro de mim, cantarolar a parte da letra que memorizei, usá-la para dizer que a vida voltou ao normal. Que posso passear por aí sem ser pego de surpresa.

Contudo, uma ilusão saudável não deixa de ser uma ilusão.

— Tá cansado?

— Muito trabalho acumulado pra dar conta — digo. Penso na chaleira imaginária que tirei do fogo quando preparava o café. No quanto me senti desanimado ao entender que só existia na minha cabeça. Mas prefiro não comentar nada. — Desculpa ter falado da ONG pra Amanda. Foi sem querer.

— Eu sei, uma hora ou outra eu ia acabar cometendo um deslize. Acabou que foi você. E não tinha como adivinhar que ela estava com meu celular. Aliás, dei um baita esporro nela por conta disso. Eu só queria... queria que fosse algo só meu por um tempo. Não sei explicar.

— Falando nisso, mocinha... — aproveito a deixa. — Que tal começar me contando o que rolou entre vocês duas e o Dudu? Tô morrendo de curiosidade e evitando perguntar pra Amanda pra não ouvir detalhes desnecessários.

— Se bem conheço a peça, você ia se sentir ouvindo um audiolivro do Kama Sutra.

Meu rosto fica vermelho. Sinto as orelhas esquentarem como se fossem entrar em erupção, mas consigo disfarçar.

— Vou te fazer cócegas, Gabi.

— Ei, nem vem com ameaça. Senão vou enfiar o carro no poste, nós vamos morrer e depois meu pai vai me matar de novo por ter estragado o carro dele.

Gabi não desvia a atenção do trânsito. Deixa o ar escapar pela boca numa bufada, acho que relembrando a noite em questão. Só ao parar em uma longa fila antes de um cruzamento complicado começa a contar.

— Ah, Chuvisco. O que tem pra dizer? Recaída pelo ex, quem nunca? Foi bom e ruim ao mesmo tempo. Eu tava precisando, sabe? Me sentir amada. Mas depois fiquei me perguntando: e agora? O que vou fazer?

Ela me olha de esguelha. Dá uma buzinada para um maluco que atravessa a rua carregando uma caixa de isopor em um carrinho. Um cachorro vira-lata segue atrás dele saltitante, e acabamos perdendo o sinal.

— Histórias assim não têm um início muito certo. Quando a gente vê, está no meio delas. É uma questão de decidir se a gente quer ou não escapar de onde se enfiou. Você sabe do meu passado mal resolvido com o Dudu.

Faço que sim com a cabeça pensando na minha situação. Se Gabi soubesse do *meu* passado mal resolvido com Dudu, um pretérito mais que imperfeito envolvendo menos sexo e posições acrobáticas, será que sua opinião a respeito dele mudaria?

— Então — ela continua. — Aí a gente parou de ficar, se desentendeu, voltou, terminou de novo, ficamos amigos, apresentei ele pra turma, e ele se engraçou com a Amanda.

— Eu tava lá, Gabi. Essa parte eu conheço. Avança na máquina do tempo e me conta o que eu não sei.

Tenho a impressão de estar sendo enrolado. Talvez ela esteja com vergonha do que aconteceu. E eu aqui bancando o desagradável, enxerido. Para mudar de assunto, comento da música que começa a tocar. Um desses synthpops desconhecidos que Gabi ouve sem parar.

— Você é péssimo pra disfarçar, Chuvisco. Deixa de bobeira. Tô contando porque eu quero. E já que comecei, vou no embalo. — Ela ignora minha manobra. — Nós três nos reunimos pra falar sobre o que tinha acontecido com você, a pedido meu, já que o Pedro e o Cael entraram num bromance e só conversam entre si. Então nos encontramos num dia, depois no outro, um drinque aqui, um afago ali…

— E me esqueceram completamente.

— A gente tem que definir nossas prioridades, né? — Ela segura minha perna outra vez. — Tô brincando, viu?

— Relaxa. Pra ser sincero, prefiro que vocês se reúnam

para se pegar em vez de conversar sobre a minha vida. Não pela preocupação, antes que fique brava, mas pelo trabalho que dei nesses últimos meses.

— Eu cuido de você, você cuida de mim, a gente cuida da Amanda e do Cael, eles cuidam da gente, todo mundo cuida do Pedro, o Pedro tira sarro com a cara de todo mundo. É assim que funciona.

— Naquele dia no Vitrine deu pra ver que você não gostou quando o Dudu sentou do lado da Amanda. Então fico feliz que tenham se acertado.

— É, eu não tinha sacado o quanto ainda gosto dele até a gente se pegar de novo. Juntou com... Como dizer? A curiosidade "intelectual" que eu nutria pela Amanda e deu no que deu. Eu medindo cada gesto, ela com aquela fala mansa. Quando vi, estávamos os três na cama. Foi bom. Foi ótimo. E não sei se vai acontecer de novo. Pode ter sido alguma combinação mágica do momento, dessas que não se repete nunca. Se for o caso, tudo bem pra mim. Valeu pela catarse.

— Cada um com a catarse que merece. Acho que nessa eu saí perdendo.

Ela abre um sorriso largo. Até em esconder nossos problemas nos parecemos. Tudo se resume a arrumar um modo de enganar o sistema de autodefesa, convencer a si mesmo que está feliz. E, se não der, fingir que se convenceu. Fingir com tanta veemência, insistência, truculência, que o fingimento se torna uma imitação aceitável da verdade.

— E como você tá se sentindo?

— Bem, acho. — Ela dá de ombros.

Um motorista passa dirigindo e falando no celular. Quase bate no motoqueiro que manobrava entre os dois carros. O capacete abafa o som, mas consigo ouvir o grito. Xingamentos tão comuns quanto buzinadas no trânsito de São Paulo.

— Gabi?

— Oi?

— Mais sinceridade, menos enrolação.

Ela suspira.

— Sei lá, Chuvisco. Quando voltei pra casa, me senti um lixo. Burra, burríssima. O tanto que me prometi que nunca mais ia encostar no Dudu e de repente lá tô eu, e com a Amanda no meio. Depois, comecei a me questionar: por que tô aqui me flagelando, me fazendo de coitada? Afinal de contas, tinha acabado de passar a noite com duas pessoas de quem eu gosto, que me tratam com o maior carinho, que nunca me julgaram. Decidi parar de frescura e curtir o momento.

— E ficar repetindo que tá tudo bem até acreditar. Sei como funciona — digo, e ela concorda com a cabeça. — E vocês se falaram de boa depois?

— Me convidaram para uma pizza na sexta.

— Ou seja...

— Ou seja.

— Naquele dia que liguei? — pergunto.

— Foi a terceira vez.

— Entendi.

Sem estresse, todo mundo mente, uma cota saudável em nome da boa convivência. Mas são tantos os sentimentos conflitantes que nem sei em que gavetas arrumá-los para lidar com eles mais tarde, um de cada vez. Quer dizer, me preocupo de verdade com o bem-estar de Gabi. Tenho medo de que se envolva emocionalmente com um cara que a dispensou e que foi dispensado por ela em mais de uma ocasião. Mas, no fundo, num cantinho egoísta do coração, temo que o envolvimento dos três possa acabar afastando todos de mim. Ainda mais com o Dudu no meio. Ou onde quer que tenha ficado.

— Me promete uma coisa? — pergunto.

— Fala.

—Vai com calma. Só isso.

Ela aperta as mãos no volante, depois batuca no ritmo da música. Não sei se está relembrando os bons momentos ou se dei mancada.

—Vou te falar que bateu uma invejinha — arrisco.

— Justo você que não é muito de intimidade?

Dou de ombros e resolvo me abrir.

— Por ter que lidar com as catarses, aprendi desde novo que precisava me aceitar. Que, independente da opinião dos outros, dos comentários dos babacas da escola, eu nunca seria igual a ninguém. Isso foi libertador, de certa maneira. Aí veio a adolescência, e apesar de sentir atração por algumas pessoas logo vi que as catarses não eram a única coisa que eu tinha de diferente. Mas para quem aprendeu a lidar com brinquedos que falam, foi fácil entender que eu sentia menos desejo que meus amigos transbordando hormônios. Hoje sei que meu gatilho é conexão emocional mais do que qualquer outra coisa e tô bem com isso... O que não me impede de sentir uma invejinha de vocês de vez em quando. Acho que eu queria ser descolado assim, no fim das contas.

— Chegou a conversar com o dr. Charles sobre o assunto?

— Menos do que deveria. Fui em outra psicanalista aqui em São Paulo, depois da alta, já na faculdade. Ela argumentou que minha relação com o mundo dependia de controle, que eu precisava pensar nisso de maneira consciente o tempo inteiro por conta das catarses, e que situações que tirassem esse controle da minha mão seriam mais desafiadoras.

— Como essa não é uma área em que eu pretendo me especializar, isso que vou te falar é só uma opinião pessoal, tá? Não tome como conselho profissional, por favor! Até porque tô longe de receber o diploma. — A música chega ao fim. Gabi pula as três seguintes até encontrar outra que goste. — Pra mim, sexo funciona como um bom remédio. Se parar pra pensar nos filmes, romances, seriados, o normal é o sexo aparecer como um complicador. A tentação que te faz largar o casamento perfeito, a vergonha do próprio corpo, um otário que trata a menina mal no dia seguinte, uma mensagem moralista no fim do episódio. E sexo pode ser mais do que isso. Pode ser só diversão e tudo bem. Uma noite casual. Se acontecer uma vez só, não quer dizer que não valeu a pena ou que alguém foi desrespeitado. E pensa comigo: às vezes um casal tá brigado e basta uma noite de sexo para se entender, uma conversa sem palavras.

— Uma DR da pele.

— É a melhor definição. E entre amigos o sexo pode aprofundar uma relação, levar a intimidade para outro nível, livrar da paranoia tipo "o que será que ele acharia de mim se me visse sem roupa, de cabeça pra baixo". Ninguém precisa querer namorar ou casar no dia seguinte, nem resumir tudo a sexo. Não é isso que estou dizendo. Existe um meio-termo saudável. É que...

Ela dá de ombros.

— Acho que entendi o que quer dizer.

— É bom perder os medos, não se sentir julgada. De manhã, quando tomei café com eles, todo mundo arrumadinho, fiquei curtindo a sensação. Aqueles dois tinham me aceitado do jeito que eu era. Com cada mania, cada estria, cada gordurinha. E vice-versa. E de repente notei que eu também tinha me aceitado como eu era. Economizei uma grana de terapia, olha só. Eu nunca, nunca mesmo, me senti tão leve comendo bolo de laranja e tomando chocolate batido.

Amanda deve estar ganhando comissão da loja de bolos, é o que penso, embora não possa reclamar dos agrados nem do quanto comi durante meu período de repouso sustentado pelos seus cafés da manhã. Em seguida, percebo que, com tudo que acabo de ouvir, me prender justamente à parte do bolo pode significar alguma coisa.

No embalo do clima de sinceridade, pergunto:

— Acha que se eu fosse mais aberto a esse tipo de experiência, algum de vocês... hum... tentaria ir pra cama comigo? Porque todo mundo fala que sim, mas meio que na brincadeira.

— Opinião sincera?

— Manda.

— Ia ter fila na sua porta.

Apesar do rosto pegando fogo novamente, me sinto bem com a resposta.

Gabi está torta sobre o volante, tentando ler uma placa. Deve ter se distraído com a conversa e entrado na rua errada. Vira de repente à esquerda, arrancando uma buzinada de protesto.

— Eu dei seta — ela fala.

— Sou testemunha — respondo.

Enquanto discursa sobre a falta de amor ao próximo no trânsito, encontra uma vaga embaixo de uma sombrinha que o sol logo levará embora.

— Pra ficar claro, deixa eu falar uma última coisa antes da gente sair. Todo mundo sabe que você não gosta de se expor — ela diz com calma. — E a gente te dá uma bronca atrás da outra por conta disso. Vai além de ser uma pessoa reservada, o que te prejudica. Com essa mania de independência, você guarda demais as coisas. Mas isso é uma coisa. Outra é sua relação mais distante com sexo, e ninguém tem que se meter nisso. No seu corpo quem manda é você e ponto final. Se os dois assuntos estão ou não ligados, só um profissional pode te ajudar a entender. Sou só uma linguaruda filosofando sobre a vida. O que posso dizer, sem dúvida, é que gosto de você do jeito que você é.

Agradeço com um carinho grudento. Culpa do calor. Enquanto estamos ali, juntos, penso se não seria hora de compartilhar minha vontade de entrar para o Santa Muerte. Ainda não, decido. Antes, preciso encontrar o grupo.

Fora do ar-condicionado, sinto como se tivesse acabado de pisar no inferno. Gabi confere o rosto no espelho e se ajeita toda antes de descer.

Eu a acompanho, curioso, pensando no pessoal da ONG, em como será a experiência. Nem me passa pela cabeça que ela armou pra cima de mim.

13
CAIXINHA DE COINCIDÊNCIAS

São muito parecidos, os mundos de ontem e de hoje. Quem não atenta aos detalhes pode pensar que permanecemos os mesmos. Os carros são iguais, apesar dos modelos mais novos, nacionais ou importados graças à queda dos impostos. Os prédios seguem de pé, as fachadas pintadas, vidraças espelhando o que pretendem manter à parte.

A diferença não está no que se vê, está na ausência. Não nas calçadas e seus buracos costumeiros, ou no asfalto cada vez mais liso feito de borracha reciclada de pneus, mas nas pessoas. São Paulo perdeu a mistura, a heterogeneidade.

Meus passeios pela rua mostram turbas de clones, sempre iguais, sempre iguais. Os chapéus e barbas dos judeus ortodoxos desapareceram. A maioria deles saiu do país ou se adaptou a um visual discreto. As muçulmanas, que já eram poucas, agora se escondem sob outros véus. Os umbandistas não exaltam mais seu Xangô. O silêncio substituiu o orgulho efusivo dos candomblecistas. São Jorge abandonou as estampas de camisa e entradas de barbearias e foi se esconder na lua. Até os santos dos católicos, que pareciam inabaláveis, sumiram das prateleiras das papelarias, das barracas de bijuterias e badulaques. As igrejas se tornaram o último refúgio. Gente como nós, que mostra a outra face, apanha. Os próprios evangélicos, tão diversos em opiniões, escolheram o silêncio para não serem expulsos das igrejas. Há quem diga que os mais fervorosos a bradar contra as ideologias do Escolhido resolveram viajar para longe de repente, ninguém sabe quando, ninguém sabe como, sem data para voltar.

Simplesmente desapareceram.

Ver pichado na parede da ONG o símbolo da Guarda Branca, o olho sobreposto à suástica, me faz pensar num futuro possível. De calça surrada e camiseta, um homem trabalha para cobri-la com tinta roxa. Mergulha o rolo em uma bandeja plástica ao lado da lata e o desliza para cima e para baixo, secando o suor na testa. Quem nunca viu o desenho antes poderia julgá-lo um rabisco qualquer.

— Oi, seu Zé — Gabi o cumprimenta. Ele bate a mão na calça várias vezes e depois a estende.

— Tá tudo sujo.

— Tem problema não. Esse aqui é um amigo meu, o Chuvisco.

— Prazer. — Ele aperta minha mão. — Nome diferente.

— Meio nome, meio apelido.

— Ah, tá explicado.

A ONG ocupa uma casa de dois andares, de paredes roxas e

janelas gradeadas amarelas. Para eles, ser invisível não é uma opção. O jeito é lidar com as consequências. As cores iguais às do Santa Muerte me deixam desconfiado. Me afasto para ter uma visão mais ampla, e noto um canteiro com espadas-de-são-jorge pintado de azul.

Apesar da porta entreaberta, Gabi toca o interfone para avisar que chegou. Ouço-a perguntar por um nome que não entendo direito e, pouco depois, o barulho de um tamanco batendo na madeira. *Toc, toc, toc, toc.*

Uma moça de sorriso largo faz cara de susto ao nos ver.

— Falaram que era o Zé me chamando, vê se posso com essas crianças! Que bom que vocês vieram.

Ela dá um beijo no rosto de Gabi e me cumprimenta em seguida, se apresentando.

— Oi, eu sou a Milena. — Então pergunta pro seu Zé como está indo o serviço.

— Quase acabando — ele responde.

A naturalidade da conversa me incomoda, não sei por quê. O que eu esperava que ela fizesse? Pegasse a lata e arremessasse na parede? Por mais que seu Zé passe o rolo encharcado de tinta roxa sobre o símbolo da Guarda Branca, ele vai continuar a existir, escondido, soterrado, germinando. E se você não parar de pintar e retocar, se não fizer a manutenção diária, se não o asfixiar com afinco, um dia a tinta vai descascar e revelar o olho e a suástica que tentamos esconder. Se não se apegar ao carinho dos amigos, à certeza de que pequenos gestos fazem diferença, à esperança de que não tem ninguém te seguindo, um dia a tinta vai descascar e revelar a sede de sangue dos homens que te caçaram numa rua deserta não para roubar sua carteira, mas para te matar. Que te caçaram porque você ousou não ser invisível.

Esse não é só mais um serviço, tenho vontade de dizer. *Me deixem pintar essa parede com vocês.* Em vez disso, estendo a mão.

— E aí, tudo bem?

— Tudo ótimo! Bem-vindo. A Gabi fala sempre de você.

— Só histórias boas, espero.

— As ruins a gente descobre convivendo, fica sossegado — ela diz. Deve ser bom ter esse talento de criar amizades instantâneas. Acho que é um superpoder necessário para alguém com o trabalho dela. — Vamos entrar que esse cheiro de tinta ataca minha rinite. Aceitam uma água?

A casa é antiga, com pé-direito alto. Na sala, um pufe e duas poltronas ocupam o espaço principal. No meio delas, há uma cesta com revistas antigas. Ver as capas é passear pelo passado recente do país, por tudo o que fizemos de errado. Numa delas, caída para o lado devido à falta de espaço, está um dos principais homens do Escolhido. O presidente da Câmara dos Deputados tem os cabelos grisalhos quase brancos, óculos retangulares de aros invisíveis e um olhar constante de ódio. Apesar de ser considerado pela Interpol um agente da máfia italiana na América Latina, é citado na reportagem como um exemplo de dignidade no combate à corrupção.

Minha cara não deve ser das melhores, porque Milena trata de explicar a revista.

— Minha mãe assina. Digo a ela que trago para o trabalho

para despertar a consciência política das pessoas, o que não deixa de ser verdade.

— Ela gosta do Escolhido?

— *Gosta?* É fã de carteirinha. Se ele fosse um cantor de axé, ela passaria a noite atrás do trio elétrico. Mas ao contrário da mãe da maioria dos meninos da nossa ONG, ela respeita o fato de eu ter outra opinião.

— E sua mãe sabe o que ele mandaria fazer com você se soubesse que faz oposição ao governo? — pergunto no tom mais gentil que consigo.

Ela fica visivelmente constrangida. Gabi, de tão sem graça, começa a se camuflar, replicando na pele as cores do ambiente. Absorve o bege do teto, o escuro do mofo na quina da parede, o estampado das poltronas atrás de si.

— Desculpa, não quis parecer rude. É que... — Aponto para a casa em volta. Jamais me passaria pela cabeça que uma pessoa que ajuda a amenizar a dor da rejeição dos outros, que parece tão iluminada, poderia ter esse tipo de problema.

— Ela é uma velhinha que acompanha o mundo pela televisão. Vê a economia indo bem, o preço baixo dos importados, a gasolina em conta... — É um assunto delicado para Milena, percebo. — Tem uma hora que a gente cansa de brigar e prefere agir pra fazer a balança pesar pro outro lado. É como dizem por aí: casa de ferreiro, espeto de pau.

— Sinto muito.

— Você e seus pais se dão bem? — ela pergunta.

— Quando morava com eles, a gente brigava bastante. Eu e os velhinhos enxergamos o mundo de um jeito muito diferente. Mas depois que mudei, e principalmente depois que comecei a trabalhar e ter meu próprio dinheiro, conseguimos parar com as brigas e conviver em harmonia. Uma vez por mês passo em São Bernardo para dar um oi. Às vezes são eles que vêm pra cá. É uma relação mais amistosa que amorosa, sabe?

Ela responde que sim.

Para tirar o foco das famílias, Gabi comenta como lida com opiniões controversas no trabalho. Diz que não aguenta mais falar de política na hora do almoço. Já eu, fico imaginando uma senhorinha negra como Milena, sentada no sofá, rasgando elogios para um cara que finge combater grupos de extermínio de negros enquanto os deixa agir livremente pela cidade. Penso na frieza que ela precisa ter para lidar com a mãe, e em como eu reagia nas discussões com meus pais, no sangue-frio necessário para não pirar com uma situação assim.

— Eu poderia trazer uns gibis para colocar junto com as revistas — digo.

— O pior é que não dá — diz Milena. — Quando vem a fiscalização, as revistas funcionam como uma espécie de disfarce.

Notando os pontos de exclamação sobrevoando minha cabeça, Gabi me explica que os gladiadores, a polícia de elite do Escolhido, percorrem abrigos como esse à paisana para sondar se as crianças e os adolescentes não estão sendo doutrinados contra o governo. Qualquer deslize pode servir de desculpa para uma intervenção. Da última vez, a conversa com um dos fiscais do Escolhido terminou com uma leve suspeita. Agora, cerca de uma semana depois, a casa foi pichada.

— Eu ia mesmo perguntar como a suástica tinha ido parar lá fora.

— Tem um garoto aqui na rua que fica pichando as paredes com o que vê pela cidade, nem sabe o que significa. Tá só imitando. Por enquanto vou considerar que foi ele de novo, já que não é incomum esse tipo de coisa em São Paulo. Mas de noite pode ter certeza de que vou conversar com a mãe do garoto. Se não foi ele, o jeito é passar uma tranca extra na porta e começar a pesquisar um novo endereço.

— Prestar queixa na polícia nem pensar?

Ela nem se dá ao trabalho de responder. Seu ânimo imbatível também é uma armadura. Mais uma entre tantas de modelos diferentes que venho conhecendo. Vidro blindado para a sanidade, um item opcional.

Dando o assunto por encerrado, ela nos guia pela casa. Como Gabi havia adiantado, a ONG recebe jovens expulsos de casa. Alguns são gays, lésbicas, transexuais. Outros, filhos de pais violentos.

— Com a cultura de ódio que tá se espalhando por São Paulo, também temos abrigado jovens que simplesmente não concordam com as crenças políticas dos pais.

Os quartos são organizados, dentro do possível. Há beliches e colchões no chão. Os lençóis e cobertores seguem um padrão, como se tivessem sido doados todos pela mesma pessoa ou empresa.

— Aqui cada um cuida do seu espaço. Os mais velhos

ajudam a supervisionar os mais novos e a manter a casa em ordem. Os com algum talento para cozinhar se responsabilizam pelas refeições.

— Aposto que a louça sobra para os novatos.

Um menino que não deve ter dez anos de idade faz que sim com a cabeça. Ele tem o cabelo raspado, os pés grandes e desproporcionais ao corpo franzino. No futuro, vai ser um gigante.

— Você nem alcança a pia. Tá reclamando do quê? — brinca Gabi.

— Alcanço, sim — diz o menino, encabulado.

— O Dudu tá de castigo hoje — explica Milena.

A coincidência faz Gabi e eu nos entreolharmos.

— Eduardo! — ele corrige.

— *Eduardo* — repete Milena. — Ele diz que Dudu é nome de criança, é mole?

Castigo é jeito de dizer. Eduardo foi dormir com uma ponta de febre e está em observação. O restante das crianças está no pátio, fazendo algazarra. Vão sair daqui a pouco para passar a tarde no Parque da Aclimação.

— A Aclimação foi considerada um dos bairros mais tolerantes da cidade — Milena me explica. — A gente organiza passeios para ajudar a manter o clima de normalidade. Se ninguém sair de casa, acaba enlouquecendo.

— O problema é que não tem nada normal nesse país, muito menos nessa cidade.

Quem fala é um sujeito barbudo e gordinho de camisa xadrez que vem dos fundos da casa. Tem uma tatuagem em zigue-zague na panturrilha e usa sapatos parecidos com os meus. Seu aperto de mão é apressado e nervoso. Seu jeito, inquieto. Milena faz as devidas apresentações.

— O André é nosso "informante" — diz ela, marcando as aspas com os dedos.

— Odeio essa palavra — ele fala. — Informante é sempre o primeiro a morrer nos filmes. Sou um cara atento, que sabe com quem conversar.

O clima fica pesado quando ele chega. Dudu nos olha com sua curiosidade de criança. A tentação de participar deve ser grande, mas ele tem o bom senso de ficar de fora da conversa dos adultos. Imagino se vai repetir a frase na próxima brincadeira com os amigos. "Informante é o primeiro a morrer. Pou! Pou!"

Gabi me puxa pelo corredor. Diz que quer me apresentar o restante da ONG. Ao que tudo indica, Milena e André vão ter uma conversinha em particular.

— Pode me explicar o que aconteceu?

O burburinho encobre minha pergunta. Um grupo grande papeia no pátio nos fundos da casa. Estão todos com roupas de verão: camiseta, regata, bermuda, shorts. Carregam bolsas e mochilas que devem estar cheias de lanches e garrafas d'água. Se eu não soubesse onde estou, diria ser uma turma de colégio indo para uma excursão.

— Eles são uns lindos, não são? — diz Gabi, apontando para os jovens, toda orgulhosa. — O André é contra o passeio. Tem um boato rolando de que o Pacto de Convivência foi anunciado justamente para dar essa impressão de aumento de liberdade, de retorno à normalidade, e assim gerar mais exposição.

— Para quem for contra o governo sair de casa para protestar — completo. — Ou simplesmente baixar a guarda, deixar escapar uma crítica nas redes sociais, um comentário descuidado ao telefone...

Ela concorda em silêncio.

— Mas ele acha ou tem certeza? — pergunto.

— É o papel dele na ONG. "Ouvir as ruas", como gosta de dizer. É o que estão falando por aí.

Nas minhas buscas pelo Santa Muerte, encontrei um vídeo chamado "Os gladiadores estão voltando". A jornalista com rosto de caveira comentava que o Escolhido estava aumentando o efetivo de sua tropa de fanáticos nas ruas sem fazer alarde, e que isso não podia significar boa coisa. "Para defender o povo é que não é", ela comentava no encerramento.

— Entendo o pé atrás dele. Mas a Milena tem razão. A solução não pode ser ficar trancado em casa. E o símbolo pichado na parede está aí para mostrar que não pôr o pé na rua não é sinônimo de segurança.

— Concordo com você. Em defesa do André, ele queria adiar o passeio por duas semanas, e não cancelar indefinidamente — Gabi me explica com a voz baixa. — Enquanto sonda a respeito.

E eu pensando que o Pacto era uma estratégia publicitária. Usá-lo como uma ratoeira seria um golpe baixo, mas faria sentido vindo deles. Quanto mais gente protestando, mais fácil pra Guarda Branca encontrar seus alvos enquanto o governo paga de bom-moço fingindo aceitar opiniões diferentes e nos proteger. Sinceramente, queria estar errado na minha desconfiança. Mas alguém que investe todos os seus recursos em um projeto de poder como o Escolhido não fica bonzinho de repente.

— O André parece um sujeito fechado.

— Ele é desconfiado, fala apenas o essencial. — Um cuidado consigo mesmo e com o próximo que, de repente, me faz simpatizar com o cara. — Mas imagina se a Guarda Branca atacasse a gente no parque...

Gabi nota que me distraio e se cala. Uma dupla de marmanjos passa por nós pedindo licença e entra na casa. Tiram uma dúvida com Milena, que tenta controlar a ansiedade dos dois com o passeio. O modo como se tratam me deixa incomodado, não por eles, mas por mim. É uma identificação, uma conexão espontânea.

— Chuvisco?

— Tô aqui.

— Certeza?

— Palavra de escoteiro. Só lidando com sentimentos conflitantes. Me sentindo mal de estar feliz.

— Por não ser o único fodido do mundo?

Respondo com um suspiro. Não é certo o que aquelas pessoas estão passando. Gostaria de fazer mais por elas, pela derrubada do Escolhido e o que ele representa. Talvez distribuir livros seja mesmo inútil.

— Quem financia a ONG? — Alugar uma casa daquele tamanho deve custar um bom dinheiro, mesmo num bairro mais em conta. Isso sem falar em comida, vestimenta, roupa de cama, remédios.

— Não somos os únicos contra os fanáticos. Tem muita gente disposta a contribuir se puder ser discreto. Falando nisso, você não trouxe um presente pra esse povo?

— Verdade! — Tiro a mochila das costas. Na sala onde estão André e Milena, não resta nenhuma dúvida de que a discussão acabou, então pego a sacola com os livros que restaram da ação na praça Roosevelt. São um presente meu para as crianças, uma forma de ajudá-las a passar o tempo e se afastar do mundo de vez em quando. Podem não derrubar os ditadores hoje, mas vão dificultar a trajetória deles no futuro.

André agradece mais por educação do que qualquer outra coisa, e minha simpatia por ele volta à estaca zero. Milena, por outro lado, parece feliz com o gesto. Larga a sacola na poltrona perto das revistas e dá uma folheada em um dos exemplares. Ao ler as orelhas, comenta conosco:

— Eu nem sabia que isso existia: punk death metal.

O trio de palavras funciona como uma senha. A porta da entrada da ONG explode para dentro com um chute. O policial que encontramos na praça entra com tudo, atirando. Antes que eu possa gritar, estão todos mortos.

— Você deu sua palavra de escoteiro.

— Hum?

— Sua palavra de escoteiro, Chuvisco. Você acabou de me dizer que está bem.

Garanto a ela mais uma vez que estou apenas preocupado. André e Milena não entendem nada. Ela faz cara de paisagem, ele ergue a sobrancelha. Dá para ver que não sabem das catarses criativas, e é melhor assim.

Para recolocar a conversa nos trilhos, pergunto:

— E quando vou ter a honra de conhecer a Denise? Não quero atrasar ninguém.

— Hã, acho que esqueci de comentar com você. — A pausa proposital de Gabi para criar suspense me deixa irritado. — Me ofereci para ajudar a Milena e o André a tomar conta das crianças durante o passeio. Na verdade, ofereci você, porque tenho aquela reunião de trabalho daqui a uma hora. Mas pode ficar tranquilo que volto pra te buscar.

O frio que sinto no estômago se espalha pelo corpo. A pele estala como um cubo de gelo num copo de refrigerante. Uma avalanche desaba da altura do umbigo e cobre meus pés, se espalhando pelo chão do abrigo. André deve ter notado o desespero, porque faz cara feia.

— Se achar que é muita responsabilidade, arrumo outra pessoa — ele diz.

— Bobagem. Eles são menos baderneiros do que parecem. O Chuvisco vai tirar de letra! — diz Milena. Seu entusiasmo me devolve parte do calor.

— Não me subestime, rapaz — tento consertar. — Vai ser bom passar umas horas na companhia deles. Aliás, quantas horas mesmo?

A insegurança fica evidente. E se eu começar a escutar tiros imaginários? Ou suspeitar que um deles é um sombrio infiltrado e acionar a armadura?

— No que depender de mim, o mínimo possível — fala

André. Ele deixa a sala para fazer a conferência final de comidas e bebidas e chamar o restante do grupo. Milena e Gabi tiram sarro da minha cara e tento entrar no clima de brincadeira. Não devia ser tão assustador passear no parque, digo a mim mesmo. O que pode haver de ameaçador em sentar para comer e papear em frente a um lago, sob as sombras das paineiras? No fundo da cabeça, entretanto, a voz de André sussurra seu receio. O Escolhido e a Guarda Branca estão se preparando para atacar.

14

O AGRESSOR PODE SER QUALQUER UM (INCLUSIVE UM CISNE)

O Parque da Aclimação foi a sede do primeiro zoológico de São Paulo. Seu idealizador se inspirou no Jardin d'Acclimatation francês e usou de influência política para transformá-lo em realidade. Mais tarde, com a transferência do zoológico para a Água Funda num projeto de expansão, restou à Aclimação duas quadras poliesportivas, um parque infantil, a vegetação e a fauna livre, como o martim-pescador que acaba de arriscar um mergulho.

Quem me conta a história é Milena. Estamos assistindo a um grupo de ioga. A mistura de equilíbrio e alongamento me deixa cansado só de olhar. O professor faz tudo parecer fácil, com gestos leves e a voz tranquila. Os alunos que o acompanham parecem sofrer a danação eterna. Sob a copa das árvores, curtindo a brisa, é fácil se iludir pensando que a vida retomou o curso normal.

—Você gosta de fazer exercícios? De algum esporte?

— Só de luta — digo. — Mas tô longe da academia desde o começo do ano por causa de dinheiro. E você?

Ela me conta de suas mudanças de hábito nos últimos tempos. O quanto ficou perigoso sair na rua à noite para fazer os exercícios que curtia.

— Mulher nunca teve muita segurança nesta cidade, mas fazer parte de um dos grupos-alvo da Guarda Branca tornou as corridas noturnas inviáveis.

— Nem uma volta no quarteirão?

Ela balança a cabeça em negativa.

— É louco pensar que sair para correr sozinha acaba sendo um ato político. Cheguei a entrar para um grupo de corredoras, doze mulheres. Duas delas saíam armadas, acredite se quiser. Mas um dia tivemos problemas e… — Ela conta de um caso de agressão que testemunhou e como sentiu medo ao chamar a polícia. — Decidi parar. A gente nunca sabe.

É o gancho que preciso para falar de Júnior. Poupando a nós dois dos detalhes da violência, digo que tenho tentado encontrá-lo para saber como está, e pergunto se alguém da ONG o conhece. A probabilidade é pequena, já que a cidade é enorme, mas não custa tentar.

Milena assovia para André, que conversa animado com os meninos mais para cima, num banco sombreado. Quando ele chega, ela explica a situação.

— Como é esse Júnior? — André me pergunta. Improviso uma descrição, como fiz com Pedro. Por mais que me esforce, não consigo lembrar de nenhum traço marcante e me pego pensando que talvez o tenha inventado. Para não pirar, me prendo ao que me disseram no chat.

Seu amigo está bem.

Só GB usa o chat público.

Té+.

— Sabe se ele é politizado?

— Sim. Talvez — digo. A imprecisão é suficiente para sua falta de interesse. — Por quê?

— Tem um protesto agendado pra daqui a uns dias. Vão descer a Consolação. Pode ser que o encontre por lá.

Pergunto mais detalhes. Hora marcada, ponto de aglomeração, se há um grupo específico por trás da coordenação. Ele responde o que lhe convém, ignora o resto, mas é um papo proveitoso para minha busca. Com alguma sorte, também esbarro com o pessoal do Santa Muerte.

Esse vai ser o primeiro protesto sob a égide do Pacto de Convivência. Se a Guarda Branca aparecer, será que a polícia vai intervir a favor das vítimas? E, nesse caso, vai distinguir os alvos de suas pancadas?

O prospecto de violência me dá um frio na barriga.

— Boa sorte — ele diz. — Se aceita um conselho, ao menor sinal de problema saia correndo. Ah, e evite o metrô, porque eles adoram encurralar gente nas catracas.

—Você não vai aparecer?

— É o mal de ser alguém como eu: tenho que ficar invisível em eventos públicos, para que as pessoas continuem a me contar o que preciso saber.

Mais um na fila da invisibilidade, um mestre dos sussurros do mundo real.

— Chega desse papo depressivo, gente — diz Milena, batendo as mãos. — As crianças estão começando a ficar inquietas e eu tô morrendo de fome. Vamos aproveitar o clima e escolher um canto para o piquenique.

Eu, André e meu estômago concordamos na mesma hora.

O canto ideal aparece após uma volta no lago. Durante o percurso, tento puxar assunto com Denise, que mais ouve que fala. A tática de Gabi de trazê-la no carro conosco a deixou mais tímida do que o contrário. Em parte por ser naturalmente reservada, em parte por eu e Gabi sermos dois linguarudos filosofando sobre a vida que não sabem medir palavras.

Sem Gabi, tento deixar Denise à vontade. Abrir uma brecha para que fale dos seus problemas em casa sem cair na besteira de forçar a barra como fiz com Daniel e seu machucado no rosto.

É só quando Milena se afasta para orientar o restante do grupo e nós dois nos esticamos no gramado para começar o piquenique que ela dá sinais de relaxar.

— Tô morrendo de fome — diz, nosso primeiro ponto em comum. Do maior bolso da mochila, pega duas caixas de sanduíche e uma cesta de batatas fritas murchas. — Disseram para trazer um lanche. Queria fazer bolo de cenoura, mas a semana em casa foi ruim. Acabou que passei no McDonald's.

— Ela me estica um pacote de bolacha recheada, presente da Gabi. — Ela falou para te entregar quando chegássemos e você desmanchasse o bico.

— Obrigado — digo. — Pensou em tudo, aquela peste.

Denise se enrola com as folhas de alface, que tentam escapar de sua mordida. Garante que a bagunça está controlada e que o molho não vai escorrer na roupa. A franja cai no rosto e, sem mãos livres, ela estica a cabeça para que eu coloque os fios para trás da orelha.

— Uumrrugudu — diz de boca cheia.

— De nada.

Entre croc-crocs de sanduíches de isopor e croc-crocs de bolachas deliciosamente engordativas, vou ouvindo ela contar sobre os gansos que moram no lago, incluindo um filhote que não entra na água de jeito nenhum, e uma família de patos que pega comida na mão e com o tempo começou a compartilhar banhos de sol perto da bicicleta dela.

— Parece que você vem aqui com frequência.

Denise pede um minuto para terminar de mastigar, então bebe um gole da latinha que um dos meninos do abrigo nos entregou.

— O parque é meu cantinho de sossego. Quando minha mãe começa a me enlouquecer, fujo para cá para esvaziar a cabeça. Poderia ir ao abrigo, mas não acho certo chegar lá com a energia ruim e despejar meus problemas em cima deles.

— As brigas com sua mãe têm um motivo específico? — pergunto, ciente da resposta. Com o que Gabi me contou sobre ela, não é preciso muito para deduzir o que acontece em sua casa.

— Pra minha mãe, respirar demorado demais já é motivo de briga. E não estou exagerando! — Ela tenta ver humor na situação. — Se ela me pega meditando diz que vou morrer sem ar, que isso é coisa...

— Do capeta?

Denise concorda, desanimada.

— Deve ser fogo para uma ateia ser filha de fundamentalistas.

— Quem dera, talvez achasse minha mãe maluca e me indignasse menos. Mas sou cristã. Evangélica. Nós três éramos, eu, ela e meu pai. Durante a campanha do Escolhido, nosso pastor começou a surtar pedindo apoio, e eu decidi sair da igreja. Já minha mãe, pro meu azar, disse que finalmente tinha descoberto um propósito, uma causa pela qual lutar.

— O fim da democracia?

— E a criação de uma constituição cristã.

— É assim que eles chamam?

Denise dá um sorriso sem graça e faz que sim com a cabeça. Aproveito seu silêncio para pedir desculpas pelo preconceito de minutos atrás. De partir do princípio de que fosse ateia por sofrer com pais fundamentalistas.

— Tudo bem. Todo mundo tem um preconceito escondido. É só prestar atenção para poder decidir como lidar com ele. — Ela rouba uma bolacha do meu pacote. Separa as laterais e arranca o recheio com os dentes, como a pá de uma retroescavadeira. Com a boca cheia e levemente grudenta, fala: — Hábito de criança.

— Sem preconceitos — respondo. Falo o mínimo possível para evitar inibir Denise, que me parece mais confortável agora.

— Minha mãe vem de uma família cheia de dinheiro. Na cabeça dela, está lutando para reforçar as bases de crescimento do país. Recuperar os valores da família e tal. É uma coleção de frases prontas de fazer inveja a muito discurso de político, fico horrorizada. Tudo isso vem das reuniões na igreja. Eu desisti de argumentar. Ela é cega a todo o resto.

— A Gabi me disse que você assistiu aos vídeos do Tempestade Criativa. Então deve saber que meus pais e eu não tínhamos uma relação tranquila. Eles eram cheios de opinião sobre tudo, principalmente quem merecia ou não ser meu amigo. Acabavam falando bobagem, daí já viu.

— Foram esses vídeos que me deram vontade de ver mais. Tem aquele sobre racismo, e um em que você conta de quando sua mãe resolveu escolher uma namorada pra você.

— Você tá rindo, mas foi péssimo.

— Desculpa. — Ela tenta se controlar.

— Tudo bem, tô brincando. Se importa de me dizer a opinião da sua mãe sobre a Guarda Branca?

— Ela acha que o Escolhido está começando a amolecer, e que a Guarda Branca foi um passo importante no processo civilizatório do país. Que enquanto houver gente disposta a lutar pela moral e pelos bons costumes, não importa quem seja o presidente. Isso responde sua pergunta?

— Ô.

Não consigo esconder o choque. Até então, nunca havia imaginado que o Escolhido poderia ser a referência de político moderado para alguém. Um fundamentalista que subiu ao governo por meio de um golpe frio, criou uma milícia para se proteger — ou a Força Tática dos Gladiadores, se preferir o nome oficial — e estimulou grupos radicais a chacinar seus opositores.

— Teve uma noite que acordei pra assaltar a geladeira e ouvi minha mãe conversando com uma amiga no telefone sobre fazer uma doação. Organizar uma campanha pra dar dinheiro pra eles.

— Pra Guarda Branca? — falo espantado.

— É! — ela confirma, mais espantada ainda.

— Seu pai tomou partido?

Um cisne que pegava sol vem em nossa direção para participar da conversa. Enquanto André grita para tomarmos cuidado com mordidas, dizendo que não quer ter que levar ninguém pro pronto-socorro, cato pedacinhos de bolacha no pacote para oferecer ao visitante. Denise me passa um sermão tão grande que o cisne quase desiste do contato. Sem movimentos bruscos, ela coloca a mochila entre nós e pega um saco transparente com ração.

— Comida de gente pode deixar os cisnes doentes. — Ela joga um punhado da ração para o cisne, que vem xeretar a grama e come sem parar. — Não que fast-food seja comida de gente.

— Será que eu consigo bater uma foto antes dele se mexer? — diz Milena, sentada com um grupo atrás da gente. — Queria usar vocês dois de moldura. Acho esse cisne tão bonitinho.

—Vai lá perto dele. Eu bato a foto — ofereço.

— Ele não vai morder?

— Ele é tranquilo — diz Denise.

Milena fica receosa de início, mas acaba aceitando. Se aproxima bem devagar para não assustar o bicho e segue as instruções de Denise.

— Isso, nessa distância. Esse barulho é normal. Ele faz pra todo mundo. Põe mais ração na mão e finge que está oferecendo. Estica mais, ele não vai atacar...

— Aah! — É o início de uma bela história de amor. A coordenadora da ONG corre com o cisne grasnando atrás dela, percorrendo a grama mais rápido que os corredores na pista de cima, e seus protegidos passam mal de tanto rir. Denise fica vermelha, da cor de seu cabelo, e chega a engasgar. Aponta para André, que desaparece atrás das árvores para se proteger do terrível animal. Se ele tivesse ido para o outro lado, provavelmente teria se atirado no lago.

— Do que a gente tava falando?

— De nada tão divertido — respondo. Ver essa menina que acabei de conhecer feliz me faz um bem danado. Fico olhando para o lago, para a tartaruga que o atravessa a nado lento, a cabeça para fora até alcançar as pedras e exibir o casco. Quem dera pudessem ser essas nossas preocupações, deitar para pegar sol e correr de gansos mal-humorados.

Vendo que estou distraído, Milena pergunta:

— O que foi?

— Esse devia ser um passeio comum, programação de fim de tarde, de fim de semana, e não um escapismo.

— A gente chega lá.

— Será que chega?

Depois de despistar o cisne, Milena pega a câmera comigo e parte para mais uma tentativa de foto, sem conseguir parar de rir do ocorrido.

— Sabe a conversa que escutei? — Denise fala quando ela sai. — Então. Minha mãe tava toda chororô porque o Escolhido estava perdendo influência e eles precisavam fazer alguma coisa urgente, antes que um mal maior se abatesse sobre nós. — Ela faz uma voz engraçada, meio dramática. — Então ainda tenho uma pontinha de esperança.

Sua ingenuidade me faz lembrar de outro Chuvisco, que pensava de forma parecida anos atrás. Juntando os cacos de informação, me pergunto se o Escolhido e a Guarda Branca não estariam se preparando para medir forças, numa demonstração de poder para determinar quem é que manda. Se a mãe de Denise acha que ele está perdendo influência, só pode ter escutado isso na igreja.

— Olha, se você quiser mudar de assunto, podemos falar de coisas mais leves — eu digo.

— É bom desabafar. Não é algo que eu faça com frequência, mesmo na ONG. Ainda mais sobre esse assunto.

— Nunca dá pra saber se tem algum maluco por perto escutando, né? Lembro quando dava para conversar sobre política na rua sem ter que ficar analisando as caras feias em volta. Quando a gente podia escolher a camisa que gostava para sair sem se preocupar se a estampa ofenderia os fanáticos do governo. Mas hoje é melhor prevenir do que remediar.

Ela concorda. Política e religião são coisas sobre as quais a gente só conversa com quem é de confiança.

— Quando procurei a ONG, achei que meus pais iam me colocar para fora de casa. Foi uma época horrível, discussão no café, no almoço e na janta. Estava disposta a fugir, se fosse o caso. Mas chegando lá, vi que tinha gente em situação pior do que a minha e resolvi aguentar a barra. Mais tarde me ofereci como monitora. Minha família tem dinheiro. Mais do que qualquer um na ONG. Enquanto puder ajudar e eles me quiserem lá, vou ficando.

Dá para ver que Denise guarda muita coisa. Tem vergonha de ter dinheiro e ter problemas. Talvez, vergonha de sua mãe ser parte do problema das crianças com quem convive. Sua postura forte parece desmoronar aos pouquinhos. Conviver diariamente com pais fanáticos lhe fazia um mal que eu sequer conseguia imaginar. Para eles, a filha era um símbolo. Se conseguisse convertê-la, sua mãe salvaria o país, derrotaria o inimigo sem nome, recuperaria os valores da família.

— Você não falou do seu pai. Foi de propósito?

— Não tenho muito pra dizer. Eu até queria. Ele perdeu o emprego com aquela crise que colocou o dólar nas alturas e serviu de plataforma pro Escolhido. Minha mãe fez uma pressão enorme em cima dele. Tinha que ir pra igreja pedir por uma chance divina. Pra cortar a ladainha, ele aceitou.

— Evangélico de corpo presente.

— Ele é bom de teatro. Minha mãe acredita que ele é crente de carteirinha. Mas sai pra beber escondido com os amigos, ameaça ir embora. Ela fala que não vai desistir da família, que ele não pode largar a igreja, e eu fico perdida no meio das brigas.

— E os vídeos que você tem gravado? — pergunto num corte proposital. Se o assunto começa a *me* fazer mal, imagino como ela se sente. Acho que também preciso de um momento de utopia para desafogar os pensamentos. Encenar minha felicidade diante de um espelho de água brilhante, entre pássaros beliscando pedaços de mamão e fugas cinematográficas de um cisne. — A Gabi me falou que você viu tudo o que coloquei on-line, mas não sei nada dos seus.

— Tudo é exagero, são duzentos e cinquenta. Mas vi um monte.

—Acho que nem eu teria paciência de ver aquela porcaria toda.

— O primeiro vídeo seu que vi foi sobre leituras — ela conta. — Em que você comenta como os livros e quadrinhos foram importantes para aprender a se concentrar, ser menos ansioso e controlar as catarses criativas. Aí fui vendo os vídeos relacionados. Um foi puxando o outro e eu caí no de racismo, como te falei. Então comecei a gravar os meus. Mas tá mais para um diário, já que ninguém vê.

Ela comenta sobre um em que ensaio passos desajeitados de tango e me deixa com vontade de cavar um buraco na terra e sumir. Enquanto algumas pessoas se intimidam ao saber que estão sendo filmadas, a câmera tem o efeito contrário em mim.

—Você ainda tem contato com o dr. Charles?

— Bem que eu queria — digo. As palavras saem com mais facilidade do que eu havia imaginado, e meu cenário utópico fica um pouco mais triste. — Mas ele sumiu. Tenho mandado e-mails, ligado, mas nem sinal dele.

— Sinto muito.

— Não, não foi esse tipo de sumiço — trato de explicar.

— Pelo menos acho que não é culpa do governo. Ele deve ter trocado de número, ou coisa assim. Nosso contato foi se reduzindo depois que recebi "alta" — digo, fazendo as aspas com os dedos.

Denise me conta mais sobre seus vídeos: ela tem dificuldade de conseguir uma boa iluminação, geralmente espera a mãe sair de casa para começar e de vez em quando grava aqui no parque. Lá pelas tantas, no fim da tarde, quando Milena nos pede para arrumar a bagunça e zarpar, a garota tira da mochila um pen drive e me entrega.

— É pra você.

— São os vídeos? — pergunto.

— Minhas garrafas jogadas no mar.

— Obrigado pela confiança.

— Tentei escrever um livro, mas acabei indo pra câmera do celular, inspirada por você. — Suas bochechas ficam coradas. É a timidez de quem mostra seu trabalho a um desconhecido pela primeira vez. — O rascunho do livro tá aí também. É uma lembrança. Um favor e uma retribuição. Um favor porque se eu guardar isso em casa e minha mãe achar vou ficar de castigo pelos próximos cem anos. Uma retribuição porque você me ajudou sem nem me conhecer. E uma lembrança…

— Não — eu a interrompo. — A gente ainda vai se ver, combinado?

— Combinado — ela diz.

Me sinto lisonjeado. A enorme responsabilidade me faz

entender, enfim, os motivos de Gabi me largar sozinho com a ONG. Sou capaz de domar a catarse. Faço isso desde moleque. Não seria diferente agora. Só porque tive uns contratempos não preciso entrar num looping de autocomiseração. Tem mais gente por aí precisando de mim, posso deixar para me lamentar depois.

Então uma ideia me vem:

—Vamos fazer o seguinte: a gente marca um almoço num lugar legal e passo minhas impressões dos vídeos. Me dá uns quinze dias para eu conseguir ver tudo. Você me liga para dizer a hora e o local. Se puder ser perto do metrô, agradeço. E aí meu telefone já fica com você, para qualquer eventualidade.

Ela salva meu número no celular e me passa o dela. Do lado de fora do parque, falamos sobre sua futura faculdade enquanto aguardamos Gabi. O cansaço é geral, mas a conversa não para. Milena e André administram a bagunça como podem, dividindo as crianças e os adolescentes em grupos, que vão voltar em carros diferentes. O combinado, pelo que entendo, é alternar os veículos na ida e na volta, para ninguém se sentir preterido.

—Vocês têm certeza que pode ser assim, gente? Não quero ninguém reclamando no meu ouvido depois! — diz Milena.

—Você é muito mole — diz André. — Decide e pronto, eles que obedeçam.

O movimento na rua paralela onde nos enfiamos é pequeno. Gabi está ligeiramente atrasada, e as crianças — ainda acho engraçado que Milena os chame assim — não param de matraquear. Quando um carro se demora na calçada oposta apesar do sinal aberto, confiro a posição de cada um de nós e penso em como nos proteger. Os vidros são escuros, e o interior é uma caixa vazia que preencho a toda velocidade. No lugar de monstros com dentes afiados, vejo fanáticos de armas e bíblias na mão.

Se alguém da Guarda Branca descer do carro, posso me jogar sobre ele e esperar que o ato de loucura seja distração suficiente para a fuga dos demais. Posso também tomar um teco e inflar os ânimos, acelerando nossa execução.

— Milena — eu a chamo como se quisesse falar algo do passeio. Indico com a cabeça o outro lado. Ela entende minha apreensão, então pede para todo mundo entrar e esperar sentado.

Uma pessoa na calçada oposta se aproxima do carro e gesticula, dando direções. Só um motorista perdido. Eu e Milena respiramos aliviados. Acho que ninguém notou o susto. O carro de vidro escuro vai embora.

A insegurança, contudo, insiste em ficar.

15

SANTA MUERTE VIVE
E ESTÁ COM VOCÊS

Conheci Amanda e Cael no Espiral, uma casa de três andares que é uma mistura de barzinho, pista de dança e dark room. Toda quinta-feira recebia figuras do mundo artístico, incluindo atores, diretores e produtores de cinema e teatro. Além de atrair fãs que achavam o máximo dançar ao lado de rostos conhecidos que os desprezavam solenemente, logo ganhou a fama de ser o lugar certo para quem quisesse cavar contatos profissionais dentro da área.

A probabilidade de alguém como eu frequentar um lugar desses era nula. Mas semanas antes, Firmino, dono de uma produtora, havia me procurado para falar da possibilidade de adaptar meus vídeos. O que significava levar as catarses criativas e a pior parte da minha vida para a televisão. O que significava que não ia acontecer de jeito nenhum.

Firmino, contudo, era bom de papo, e disse que um caso como o meu podia ajudar outras pessoas.

—Você não é tão famoso quanto deveria — ele disse. Na hora, só consegui balbuciar uma frase sem sentido, tímido pra caramba diante do figurão. Ele me pediu para pensar durante a semana e encontrá-lo no Espiral para conversar melhor. Meu instinto inicial foi inventar uma desculpa, mandar uma mensagem dizendo que tinha outro compromisso. Contudo, estava numa fase de "diga mais sim do que não", para ver se saía mais de casa, e acabei aceitando.

O esquema de segurança do Espiral impressiona. Após uma revista mais reveladora que uma endoscopia e um detector de metais, os frequentadores passam por uma cabine que escaneia nossa identidade para livrar a casa de menores de idade tentando se aproximar dos seus ídolos e dos problemas causados por ídolos que se aproximam de menores de idade. Mas Firmino parece burlar as regras com suas reuniões.

Nunca me senti tão deslocado entre os descolados. Enquanto driblava os bêbados dançantes, torcia para Firmino ter tido um piriri e faltar ao nosso encontro. Nem a boa música ajudou a me acalmar. Ele havia me falado que seria fácil encontrá-lo, bastava perguntar, então fui direto para uma das áreas privadas, com direito a garçom exclusivo.

Para minha infelicidade, lá estava ele no segundo andar, cercado de alguns rostos familiares da televisão e outros nem tanto. Dentro de uma sala de vidro, numa lounge room blindada contra a música eletrônica que tocava no piso de baixo, ele conversava com os amigos. Estavam todos arrumados, mas ao contrário da cena que eu havia imaginado — com tridentes afiados e aparelhos de tortura medieval —, não se comportaram de forma excêntrica e me trataram bem.

Firmino usava óculos retangulares de aro grosso e uma franjinha humilde para disfarçar as entradas. Parecia aquele tio que a gente só vê no almoço de domingo. Com a simpatia que lhe era característica, me apresentou a cada um daqueles nomes famosos e pediu que me sentasse justo ao lado dos dois que eu desconhecia. A escolha, que devia ter sido intencional, veio bem a calhar. Ambos estavam tão deslumbrados quanto eu com o ambiente e pareciam ter idades próximas da minha.

E idade de verdade. Sem botox, fio de ouro ou bisturi.

A mesa era grande, e a conversa às vezes corria em paralelo, dividida em dois ou três assuntos diferentes. Separações, brigas de casal, barracos em shopping, bebedeiras em festas, tudo parecia engraçado nas vozes de pessoas reais, mas que eu associava a personagens de novelas e programas humorísticos. Embora me divertisse a ponto de não conseguir controlar as risadas, torcia para Firmino não inventar de comentar sobre minhas catarses criativas na frente deles.

Notando que eu era marinheiro de primeira viagem naquele mundo, Amanda puxou assunto. Perguntou se eu queria beber alguma coisa e explicou que estava tudo por conta do Firmino, inclusive a comida. Após uma olhada no cardápio da casa, inventei que estava tomando antibióticos e ficaria só no chá gelado. Não sei por quê, fiquei sem graça de explicar que álcool e eu não éramos exatamente bons amigos.

— Relaxa. Meu irmão também não bebe. Tá numa fase

"vida saudável" pra ficar com corpão — disse ela, implicando com Cael, ainda um sujeito sem nome.

— Não começa. Já falei que o papel que eu tô querendo exige um preparo físico foda. — Ele virou pra mim. — É uma peça com acrobacias. Não é por vaidade. Ou não é *só* por vaidade. Claro que eu tô aproveitando a motivação pra me cuidar direito.

Amanda sacudiu a mão no ar, com um jeito de "faz o que você quiser". Fiquei pensando em como alguém visivelmente em forma como Cael podia se sentir pra baixo com o próprio corpo, e encenei um pequeno protesto mental contra as agências de publicidade. Devo ter viajado, porque Amanda estalou os dedos na minha frente.

— Já que não bebe, temos que arrumar outro jeito de acabar com essa sua cara de quem acabou de ver um chupa-cabra fazendo pole dance. Você tá tão sem graça que tô começando a ficar sem graça por você.

— Deixa o cara. Ele vai acabar se escondendo embaixo da mesa.

— Uma taça de vinho, a gente levanta pra dançar e eu paro de pegar no pé de vocês — disse ela, estalando os dedos para o garçom. — É uma boa proposta, admitam. — Meia hora de passos dessincronizados depois e uma bundada que quase derrubou uma atriz no chão, interagíamos como se nos conhecêssemos desde criancinha. Para alguém como eu, que tem mais dificuldade de falar com estranhos do que de abraçar palhaços, foi uma bela vitória. Em retrospecto, dá pra ver que o efeito que o Cael e a Amanda tiveram na minha vida foi quase imediato. Também contou a favor o gosto musical. Descobrir que alguém também se acaba dançando com suas músicas favoritas cria vínculos para uma vida inteira.

Pelo menos foi assim com Amanda. Cael demorou uns dias para ir com a minha cara. Mais do que uns dias, para ser sincero. Naquela noite, foi simpático, ensaiou proximidade enquanto nos sacudíamos na pista, mas de resto não me deu abertura. O fato de eu não entender nada de teatro e ele ser cria dos palcos contribuiu para a situação desconfortável. Cael vinha construindo uma carreira de respeito apesar da pouca idade, e eu não tinha ouvido falar de nenhuma de suas peças. Em princípio, achei que seu incômodo fosse por vaidade, depois entendi onde estava o problema. Eu não fazia ideia do sufoco que um ator passava correndo atrás de uma peça atrás da outra, para poder pagar as contas e não sumir de cena. Achava que fosse uma questão de ter bons contatos e dei a mancada de falar isso abertamente.

— É claro que contato ajuda, mas não é só isso.

Minha sorte foi ninguém mais ter escutado.

Ele respirou fundo e me situou na realidade. Sabia que teria de me esforçar para recuperar os pontos perdidos.

—Você precisa saber atuar, dançar, se manter em forma, ter boa voz, estar disponível nos horários mais malucos possíveis.

— E ser bonito não atrapalha — eu disse, meio sem querer. A frase soou como uma cantada, mas nem ele nem Amanda demonstraram se importar. Quando ele terminou a explicação, comentei: — Por isso muito ator abandona a profissão.

— Não é só ator que faz isso — ele respondeu. — Mas, sim,

tem gente que fica desestimulada ou sem dinheiro e pula fora. Um amigo começou numa escola de figurino, pra ver se consegue uma porta de entrada.

Amanda aproveitou para provocar o irmão:

— Já falei que ele devia tentar um papel na televisão. Mas o Cael tá com uma ideologia purista de que atuar em novela é vender a alma pro capeta.

— Não é nada disso. Ela tá querendo tirar uma com a minha cara pra aparecer pra você. Meu ponto é o seguinte: o que eu tô buscando nessa fase é a experiência do contato direto com o público, a troca de energia, a sensação de que uma apresentação nunca é igual à outra. Sem falar que a gente fica esperto no palco. Esqueceu uma fala, tem que improvisar. Se enrolou, precisa seguir sem dar bandeira. Na televisão é tudo plástico, tá você, a câmera e toda uma equipe por trás. Errou, o diretor corta e repete tudo.

— Acho que entendi o que você quer dizer. Mas será que a televisão não ajudaria na promoção das peças por você ser um rosto mais conhecido? — me arrisquei. A cara de "Viu só?" da Amanda e a de "Te odeio ainda mais" do Cael vieram juntas, para meu desespero.

"O que um tradutor que nunca trabalhou na área entende de teatro?", Cael parecia querer dizer. Na verdade, falou algo mais educado como:

— A gente sempre tem solução pro problema dos outros. — E o clima ficou bem ruim e ele acabou bebendo.

No fim da noite, alcoolizado, Cael estava abraçado comigo contando de uma menina da oficina de atores de quem ele gostava, embora o relacionamento não tivesse dado certo, e de uma peça que não conseguia financiamento nem com promessa, mas que a companhia estava pensando em montar num esquema independente.

O momento foi devidamente aproveitado por Amanda, que me convidou para dormir na casa deles — não! — ou tomar um café no dia seguinte — sim! Antes de ir, passei na padaria e comprei uns croissants recheados. Ficamos conversando até anoitecer.

Spoiler 1: minha vida nunca foi parar na televisão nem no cinema. O Firmino da Sete de Copas — eles o chamavam assim, como se a produtora fosse um sobrenome de família — se envolveu com outro projeto e perdeu o interesse.

Spoiler 2: Cael se tornou um ator de televisão conhecido e ficou se revezando entre novelas e teatro.

Spoiler 3: Amanda desistiu de atuar e resolveu ir para trás das câmeras.

Spoiler 4: Nunca dormi com nenhum dos dois.

Ou será que dormi?

Relembrar o passado é um exercício intencional, um dos vários ensinados pelo dr. Charles para afastar as catarses. Ajuda a manter firmes os blocos de realidade que constituem o presente junto aos laços de confiança. É também uma forma de me acalmar no sacolejo do trem, a caminho do protesto.

A mensagem gravada avisa que cheguei ao meu destino, com uma doçura que destoa do resto. Desço cabreiro, atento à presença de agressores em potencial, e vejo somente os seguranças esparsos do metrô. Subo uma sequência interminável de escadas rolantes. As propagandas nas paredes anunciam os supostos benefícios da nova onda de privatizações do governo. HOSPITAIS E ESCOLAS DE MAIS QUALIDADE PARA TODOS, dizem as letras amarelas. Só não dizem que "todos" seria esse. Aqui e ali, ouço comentários de que dessa vez vai ser diferente, que a polícia prometeu seguir o Pacto de Convivência e respeitar os manifestantes. Ilusões sobre tratamento igualitário.

— O país tá mudando.

Uhum, vai nessa, eu penso.

Os irmãos me esperam na saída da estação Paulista. Dessa vez fui eu que atrasei, vindo de uma linha diferente. Nos cumprimentamos com versões econômicas de beijos e abraços, querendo ir logo para a rua. Estamos todos ansiosos com o que está para acontecer e para que nada de mau nos aconteça. Cael veste uma roupa branca com a palavra LAICO em letras verdes e amarelas garrafais.

— Comprei de um ambulante — ele explica.

— Não importa se é Copa do Mundo, impeachment, protesto, Carnaval: esse pessoal tem sempre um produto pra vender — diz Amanda. Ela está com uma câmera portátil encaixada na mão. Muda o peso de uma perna para outra sem parar, inquieta pelo que está por vir.

—Você vai filmar? — pergunto, pensando no Santa Muerte. Será que ela conseguiu contato com o grupo?

— O Duran me pediu um curta!

— O diretor que você quer como orientador? Porra, isso é ótimo.

— Sim. Vai ser meu teste pra ver se ele me aceita como

orientanda ou indica outra pessoa que tenha mais a ver com minha linguagem. Entrevistei uma menina da organização enquanto esperava você chegar. Vou filmar o que der do protesto, ver em casa e planejar o restante no sentimento.

Minha capacidade de avaliar a quantidade de pessoas numa multidão é nula. De duzentos a dois mil, para mim é tudo a mesma coisa. Mas o importante é que o aglomerado é maior do que eu esperava. Estão todos na Praça do Ciclista, antigo ponto de encontro de pedaladas noturnas pela cidade.

Ao contrário do que imaginei, o público é diverso, com gente de todos os credos e todas as cores. Reconheço um cantor chamado Vinícius Grilo parado próximo ao canteiro central. Cael nos larga por um momento e vai falar com ele, cheio de intimidade.

— Meu irmão conhece mais gente que político — diz Amanda. — Será que o cara dá uma entrevista? Vou lá perguntar.

Ela me deixa sozinho sem pestanejar. Se apresenta ao cantor e logo está filmando um depoimento que de longe parece sério. Será que os fundamentalistas consideram as letras afiadas de suas músicas um crime mais grave do que dobrar origamis e punk death metal numa orelha de livro juvenil? Do lado direito da rua, onde a calçada é maior, a polícia forma seu paredão, observando a movimentação a uma distância respeitosa. Há viaturas e motos suficientes para deter uma invasão alienígena, mas os blindados vindos de Israel ficaram de fora, como gesto de boa-fé.

Quanto mais pessoas aparecem, mais entendo que achar

Júnior vai ser uma missão complicada. Se a armadura não estivesse no conserto, poderia sobrevoar a massa humana e usar meu programa de reconhecimento facial, pedindo ao sistema que varresse cada rosto até encontrá-lo. Seria uma questão de minutos.

— E aí? — diz Cael, olhando animado o povaréu.

— O Grilo não vem com a gente?

— Quer que eu te apresente?

— Não, não, obrigado. Eu ia ficar sem graça.

— Ele tá esperando uns amigos chegarem. O que você tá achando do movimento?

Dou de ombros. Está tudo tranquilo demais, normal demais para o governo do Escolhido.

— Se falar do Pacto de Convivência eu juro que vou embora.

— Tô quieto no meu canto.

Quarenta minutos se passam até a organização decidir puxar a formação adiante. Vamos descer a Consolação, sentido Roosevelt. Amanda aproveitou o tempo entrevistando cada um disposto a falar, o que não foi pouca gente. É como se estivéssemos todos com o discurso entalado na garganta. O fato de manterem a coragem diante da câmera acende uma chama miúda dentro de mim, que identifico como esperança. Ao expor meu pensamento, Amanda retruca dizendo que o paredão policial torna a câmera inofensiva por comparação.

— Sei que você não vai mostrar a cara dessas pessoas — digo, porque o registro serviria como guia para os fanáticos traçarem seus próximos alvos. — Mas elas não sabem disso.

— Tem um canal de televisão cobrindo a passeata de cima do carro de som, Chuvisco. O anonimato já era.

Tomar consciência das câmeras me deixa ansioso. Se ser feliz era de fato uma forma de protesto, se expor — para os policiais, para os repórteres, uns aos outros — é um ato de coragem. Não dá pra garantir que não há agentes infiltrados. Ainda assim, é orgulho, e não medo, o que sinto por estar aqui.

Ocupamos uma pista da avenida, protegidos pelo cordão de isolamento policial. Na frente, em uma picape, um homem e uma mulher que devem ter por volta de vinte e cinco anos se revezam no megafone fazendo discursos e puxando os gritos de protesto.

— Vem, vem, vem pra rua vem, contra o Escolhido — eles gritam, tentando romper a timidez inicial dos presentes. — Pula, sai do chão, tira da igreja e investe na educação.

— Vou seguir numa reta até o fim e voltar — digo aos dois. Eles sabem o motivo.

— Quer que eu vá junto? — pergunta Amanda.

— Não — berro, por conta do barulho. — Fica com o Cael. Eu já volto. — Disparo no contrafluxo, em meio à multidão.

Onde você está? Lanço numa mensagem telepática, como se Júnior fosse capaz de responder. Me concentro ao máximo nas lembranças do nosso encontro, reconstruindo seu rosto, buscando traços distinguíveis. Sem armadura ou alternativa, o jeito é seguir desviando, aproveitar os espaços entre os grupos distribuídos pela rua, olhar para cada um sem me demorar demais.

Onde você está?

São mais de três quarteirões ocupados, uma maré de cores variadas. Corro até um ponto elevado na esquina, onde há um posto de gasolina, para ter uma visão melhor da multidão. Olho da esquerda para a direita. Bastam alguns minutos e começo a me conscientizar de que, mesmo se ele estiver aqui, não serei capaz de identificá-lo. Mais do que um rosto conhecido, procuro alguém que demonstre me reconhecer. Respiro fundo para espantar o desânimo. Desistir não é uma opção. Decido permanecer parado, o mais exposto possível, para que Júnior tenha a chance de me ver. Será que viria até mim?

A ideia é esperar o amontoado de gente passar e andar pela calçada até encontrar Amanda e Cael, numa última tentativa. Com a mão em concha para me proteger da claridade, dou uma última espiada no amontoado cada vez mais animado com os gritos de guerra. Só então noto a mulher parada no canteiro central olhando diretamente para mim.

Seu semblante é familiar. Uma frequentadora do Vitrine? Uma colega dos anos de faculdade? Não. Já tive essa dúvida antes. Recentemente. O entendimento percorre o espaço entre nós num voo ligeiro, e ela me brinda com a resposta. Solta os cabelos presos num coque, que caem compridos, abaixo dos ombros. Seu rosto se enche de cores, transpira o azul-escuro de órbitas profundas, a rosa nos cantos da testa, a máscara de Santa Muerte. Ela aponta para o fim da rua, o manto recém-surgido cobrindo seu corpo, e envia um comando silencioso:

—Vê.

O protesto estanca de repente, e o homem no megafone pede calma.

— Vamos mostrar que somos de paz — ele fala. Ainda sem entender o que acontece, corro procurando meus amigos. Driblo pessoas, salto obstáculos, desvio dos que começam a debandar. Com o celular nas mãos, tento ligar para Amanda. Só pode ser problema, eu sei. Ela não me atende. Então tento o telefone de Cael.

— Droga, vocês dois — reclamo pra ninguém.

Consigo encontrá-los em questão de minutos, correndo na minha direção.

— E aí? Metrô?

— Melhor não — respondo, seguindo o conselho de André. Nada de ficar encurralado nas catracas. — Vamos voltar para a Paulista. O que tá acontecendo?

— Tem outro grupo subindo a rua.

— Quem? — pergunto. — Quem, Cael?

A voz de Santa Muerte ecoa em meus ouvidos:

— Vê.

Viro para trás. Sinto uma mão puxar meu ombro, mas peço que espere. Uma onda branca segue na direção do protesto, seu grito inconfundível cada vez mais alto, cada vez mais próximo: *Vigilantes, encontraremos.*

A esperança de um duelo verbal, um confronto ideológico, se desfaz quando eles disparam para cima de nós. Manifestantes, policiais e fanáticos de branco se misturam numa confusão. A ponta de esperança acesa no peito se apaga, e posso ver a fumaça atravessar minha pele, denunciando a morte da chama.

— Chuvisco, pelo amor de Deus — diz Amanda, e voltamos a correr.

— Esquece a Paulista. Vamos por aqui. — Eu os puxo para uma das transversais que nos salvaram tantas vezes.

Mal alcançamos a primeira paralela e ouço o disparo, o barulho típico de bombas de efeito moral. Algo me diz que a polícia não vai distinguir agressores e vítimas no meio do caos. Que não haja asas de querubins em seus uniformes, é só o que espero. E que a razão nos proteja.

16
NO MEIO DO CAOS, SUSHI

Minha avó morreu de um jeito ruim, pesado. Uma doença no sangue a levou de um dia para o outro ao hospital, e de lá ela só saiu para o enterro. Foi com ela que aprendi o quanto despedidas são ruins e que a dor pela partida de alguém é uma saudade acumulada que bate toda de uma só vez pelos anos que nunca virão.

Um soco dado por um titã capaz de levar embora todo o ar dos pulmões.

Desde sua morte, sonho com ela esporadicamente. A reação costuma se repetir. Uma surpresa legítima — ué, o que você está fazendo aqui? — seguida da alegria por revê-la. Em sua última visita aos meus sonhos, estávamos em seu apartamento. Embora não os veja, sei que meus pais estão presentes, me esperando no corredor enquanto o elevador não sobe. É de um deles a voz indefinida que grita:

— Anda logo, estamos atrasados, Chuvisco!

A voz vai se distanciando, até que desaparece, me deixando só. De repente, não me lembro do motivo de estar ali. O sol forte do lado de fora me faz pensar em Natal, o calor de dezembro aumentando para abraçar janeiro. Tenho de me despedir da minha avó para ir para casa, é só o que sei.

Ela está de pé, no meio do quarto, ao lado de sua cama de viúva. Além do tradicional abraço apertado, lhe dou um beijo no rosto. Em algum lugar no fundo da cabeça, a consciência avisa que aquilo não pode ser real, mas eu a ignoro.

Ela usa um vestido florido. Sempre gostou deles, desde moça, quando costurava as próprias roupas e as das filhas para economizar dinheiro. Sorri e fala coisas engraçadas, a que respondo com uma piada de improviso. Após recusar o convite para levar num pote o que restou da sobremesa, tomo o rumo da porta.

No sonho não fica claro o motivo que me faz parar e voltar. Aceitar a sobremesa, talvez. Algo que esqueci de pegar, de olhar, de dizer. Algo insignificante diante do esquecimento.

Ao entrar novamente no quarto, encontro minha avó chorando, parada, no mesmo lugar. Com o coração apertado, repito o gesto de carinho e a abraço. Pergunto baixinho o que aconteceu, em parte pela cumplicidade, em parte para não chamar a atenção dos familiares banidos pela lógica tempestuosa dos sonhos. Limpo seu rosto molhado com um lenço que acabo de inventar, enquanto ela me responde:

— É saudade. Um beijo na avó é sempre um beijo de adeus. — E, apesar de querer continuar a lhe fazer companhia, acordo ciente de ter conversado com alguém que existe apenas em minhas memórias.

Esse acordar é uma surpresa inversa à do encontro. Primeiro vem a alegria, depois o vazio. Por mais aquecido que seja o abraço, por mais engraçada que seja a piada, minha vó partiu.

Na noite passada, sonhei com Júnior. Estamos na rua onde ocorreu a agressão. De longe, não consigo saber se está vivo ou morto. Ao vê-lo ensanguentado, olho ao redor procurando ajuda e me surpreendo com a plateia na varanda. Apoiadas nas grades das sacadas, as pessoas batem palmas em vez de panelas. Sugerem que eu o deixe ali e vá embora para não atrapalhar seu sono.

Me aproximo sem saber o que aconteceu, assustado. Pego o celular no bolso, mas nessas horas nunca sabemos o número da polícia, da ambulância, de um amigo a quem chamar. Ajoelhado rente ao meio-fio, busco um sinal de vida. Encaixo um braço atrás de suas costas, o outro em seu pescoço, e o pego no colo.

Ao sentir que ainda respira, limpo com a manga da camisa o sangue que suja seu rosto. Então Júnior abre os olhos. Saber que aquele desconhecido está vivo faz meu coração bater mais forte. Pergunto o que posso fazer por ele, que me pede um beijo.

Me inclino para alcançar seus lábios. Embora não haja textura ou atrito, sinto o gosto ferroso do sangue. Enquanto beijo a boca daquele menino ao mesmo tempo estranho e conhecido, é difícil dizer quem sopra vida para dentro de quem. Ao me afastar, com o corpo tremendo, percebo que nós dois estamos chorando. A rua, sem palmas e panelaços, nos envolve de silêncio. Memorizando cada detalhe de seu rosto, peço que aquele não seja mais um beijo de adeus.

Quando Júnior começa a se dissolver, tento agarrar a tessitura dos sonhos, manter sua companhia, num esforço vão. Desperto com o corpo suado, o lençol ensopado embaixo de mim, como quem desperta de uma noite febril. Sem pensar duas vezes, me livro da roupa e corro para o chuveiro. Aproveitando o restinho de sua imagem, me esvaio em felicidade e aproveito o banho frio.

Sozinho em casa, deito na cama sem me preocupar em me vestir de novo. Observo o branco do teto querendo desenhar seu rosto, firmar na memória um traço reconhecível, mas me resta somente a incerteza.

Seu amigo está bem.

Só GB usa o chat público.

Té+.

O caos do protesto corrói a felicidade adquirida no chat. As notícias on-line se limitaram a falar que grupos a favor e contra o Escolhido tinham se enfrentado de maneira violenta em uma das ruas mais movimentadas da região, obrigando a polícia a intervir. Dois dias depois, o assunto morreu.

Não consigo pensar em nada além de incomodar Pedro, minha fonte confiável de informações, com essa história novamente. Ele me atende com voz de sono. Quando descobre quem é, pergunta se aconteceu alguma coisa.

— Preciso de ajuda — digo.

A frase escolhida não poderia ser pior. Ao perceber o erro, tento acalmá-lo, mas é tarde demais.

Os xingamentos catárticos de Pedro são tão criativos que nem sei o que responder. Não existe pessoa nesse mundo que enfileire dois palavrões aleatórios como ele. Geralmente acho divertido, mas confesso que a graça é menor com meu nome no meio.

— Você sabe que hoje é sábado, não é? — ele pergunta quando a raiva passa.

— Não é sexta?

— Seu taaapaaado — ele diz. Ou talvez tenha sido um bocejo. — Por que frilas nunca acertam o dia da semana?

— Desculpa a mancada. Tô criando raízes em casa por causa da tradução e não me liguei nas datas. Você saiu ontem?

— Saí ontem e cheguei *hoje*, Chuvisco — ele enfatiza. Depois fala mais alguma coisa que não entendo e tenho a impressão de que enfiou a cara no travesseiro.

— O Joca deve estar me odiando nesse momento.

— Não. Só eu te odeio — ele diz. — Para sua sorte e meu azar, tô sozinho. Ele terminou comigo.

O tom dele é de desânimo, mas o sono não tem nada a ver com isso. Não consigo me lembrar de alguém que tenha terminado com o Pedro antes. Geralmente é ele quem cumpre o papel de destruidor de corações. Não sei como consolar alguém que sempre pregou o desapego, então tomo seu partido.

— Mas por que ele fez isso? Que trouxa.

— Acredita? Quando finalmente encontro alguém que quero namorar, com quem toparia morar junto, ele me dá um pé na bunda.

— Mas vocês estão bem?

— Nhé — ele fala. Um longo suspiro se transforma em

silêncio, e então Pedro me conta que os dois resolveram ser amigos, seja lá o que isso significa. — Agora me fala no que posso ajudar.

Num resumo prático, conto a ele sobre minha dificuldade de descobrir algo concreto no chat que ele recomendou. Falo da conversa na ONG, de como fui para o protesto procurar Júnior e acabei tendo que fugir.

— O Cael me contou que foi por pouco — ele resmunga, respirando fundo. — Sabe de uma coisa? Acho que não vou conseguir dormir de cabeça cheia. Demorei uma garrafa de vinho pra parar de pensar no Joca. Então vamos combinar o seguinte: vou pra Liberdade te encontrar e a gente almoça junto naquele rodízio com sobremesa inclusa. Você paga e eu conto o que me disseram. Não é chantagem, é uma multa por ter me acordado antes da hora socialmente aceitável.

— Tudo bem pra mim. Que horas? — Combinamos e desligamos. Vou fazer faxina no apartamento para não ser engolido pela ansiedade. Ver mais uma vez de perto a violência da Guarda Branca aumentou minha vontade de encontrar o Santa Muerte. Infelizmente, até agora nada.

À uma e meia da tarde, sento com Pedro no restaurante japonês. Pegamos uma mesa no segundo andar, perto da janela, para poder ter vista da praça e ar-condicionado. Enquanto aguardamos, conversamos sobre trivialidades. Falo pra ele do sonho que tive, e que acabei acordando excitado e indo para o chuveiro. Posso jurar que ele pensa em me sacanear, mas acaba mudando de assunto.

Para minha felicidade, o garçom não demora em trazer

meu temaki de supersalmão, uma mistura de peixe cru, grelhado e pele tostada. Para desespero dos tradicionalistas, encho o cone de molho tarê.

Além de nós e dos funcionários, na parte de cima há somente um casal de velhinhos comendo o que parece ser uma porção de legumes refogados na chapa. O andar de baixo, porém, está lotado para o horário. O movimento subiu desde que os gladiadores voltaram às ruas, me explicou a dona, com alegria reticente. A Liberdade, por um motivo que desconheço, tem sido um dos locais preferenciais do desfile das tropas de elite do Escolhido.

É uma imagem para guardar na memória, dar de cara com os gladiadores em seu uniforme negro, identificar as asas douradas, sentir o chão vibrando com as botas. Eles marcham em um ritmo castrador, cassetetes batendo contra escudos. Mantêm o rosto oculto sob o capacete. Funcionam como uma entidade coletiva, sem identidade que os diferencie ou qualquer identificação.

Seu único objetivo é infligir o medo, lembrar quem manda no fim das contas.

Na televisão, o porta-voz do governo disse que a ação visava aumentar a segurança em um momento em que grupos de justiceiros vinham tirando a tranquilidade dos cidadãos. O estopim, claro, tinha sido o ataque ao protesto. Ironia demais pensar nas tropas do Escolhido nos protegendo da Guarda Branca.

Para minha surpresa, Pedro está com o governo nessa.

— Ouvi dizer que teve um racha na Guarda Branca, disputa de poder. E dois grupos de fanáticos se enfrentando para decidir quem é o mais violento não pode dar em boa coisa.

— Ele perdeu o controle dos bichinhos de estimação, então.

Pedro confirma enquanto enfia mais um uramaki na boca.

— É o que parece. — Ele mastiga pensativo. Desde minha briga na rua, seu semblante sombrio só piora, uma mudança radical em sua personalidade festeira.

— Os Vigilantes estavam atrás de mim?

Ele demora a associar o nome ao grupo. Ergue as sobrancelhas quando a ficha cai. Observa a movimentação policial do lado de fora. Volta a falar somente ao ter certeza de que não há nada com que se preocupar.

— "Vigilantes, encontraremos" — diz consigo mesmo. — Como soube disso?

— Esbarrei nuns vídeos do Santa Muerte. Depois confirmei com a Gabi e o Cael.

Ele molha uma fatia de salmão no shoyu. Mastiga vagaroso, para ter tempo de pensar.

— Eles me fizeram prometer que não ia contar nada e deram com a língua nos dentes.

— Hum... Pelo visto, não me contaram tudo. Você tá com uma cara péssima.

O garçom se aproxima ao ver o copo vazio e pergunta se quero mais um suco de melancia.

— Com muito gelo e sem açúcar, por favor.

Pedro espera que ele se afaste.

— Aquele grupo que quebrou sua cara e a do Júnior e

que acabou apanhando de vocês... — Sinto a mão doer só de lembrar. — Bom, eles foram reprovados no ritual de iniciação, como eu disse no hospital. Foram humilhados pela Guarda Branca. Resolveram se vingar indo se alistar na nova facção, os Vigilantes, ou seja lá como se chamam.

— E a Guarda Branca não gostou da atitude.

Ele faz um não discreto. Mata mais um dos uramakis do combinado sobre a mesa.

— Os corpos foram achados perto do Vitrine, esquina com a rua onde os encontrou. Vou poupar você dos detalhes, de que partes estavam inteiras e que partes não estavam.

— Obrigado — respondo, para ele e para a catarse criativa, por não se manifestar nesse instante. — Foi um recado para os desertores, tá na cara.

— Uhum. E você se deu bem nessa — ele comenta.

Eu devia ficar feliz, imagino. Nada mais de fanáticos vingativos no meu pé. Assassinados por malucos mais fanáticos do que eles. Mas me sinto para baixo, de algum modo responsável por eles, os homens que queriam acabar comigo.

Notando minha tristeza, Pedro continua:

— Acabou de verdade, Chuvisco. Os caras que conheciam seu rosto e o do Júnior encontraram o Paraíso que eles tanto perseguiam.

— Sinceramente, não sei o que dizer.

Ele ergue as mãos, tipo "fazer o quê?". Vivemos uma época de extremos. Insistir nos interstícios, na zona de diálogo, é desgastante. Permanecer neles exige equilíbrio, ponderação. Sigo duvidando que eu seja capaz de apelar para a violência.

Mas será errado sentir alívio? Um alívio que não me impede de ser sensível às mortes?

— Como soube disso tudo? — pergunto.

— Sou um gay num país fundamentalista, Chuvisco. Ser bem informado é a única forma de continuar vivo. Tenho bons contatos, e ajudamos uns aos outros. Essas histórias correm depressa. Qualquer dia explico os detalhes, se tiver paciência.

— E essa sua rede de contatos que sabe até a agenda da Guarda Branca não achou o Júnior por aí?

— Tô quase lá. Confia em mim.

— Você já disse para eu não ficar preocupado, mas será que a gente não tem notícias porque ele...

Pedro me interrompe.

— Escuta, pra começo de conversa, o fato de ser gay não me faz conhecer automaticamente toda a população LGBT de São Paulo. Isso se ele for daqui! Olha o tamanho da cidade. Outra: se você teve de ficar entocado, se esconder, mudar de visual, imagina ele. É normal o garoto sumir de circulação por um mês ou dois numa situação dessas. Eu arrumaria as malas e fugiria para o interior, pra casa de um parente em outro estado.

— Isso é indireta porque eu não quis voltar pra São Bernardo? — pergunto, por implicância. Não é como se precisássemos usar indiretas entre nós. — Vocês vão precisar da Guarda Branca inteira e dos gladiadores batendo à minha porta pra se livrar de mim.

— Melhor não provocar o cara lá em cima — ele devolve

a implicância, o que considero um bom sinal. Pedro acabou de ser dispensado pelo namorado, foi acordado duas horas depois de deitar, está com a cabeça rodopiando, e ainda assim está aqui comigo. Não é hora de discutir.

— Era essa a novidade? Que está quase lá? — pergunto decepcionado. — Fiquei cheio de esperanças quando liguei.

— Depois sou eu que ando sério demais...

— Sombrio demais — eu o corrijo. — Será que tô ficando louco?

—Você tá obcecado por uma ideia, Chuvisco. Não por uma pessoa. Você conversou com ele o quê? Cinco minutos? Dez numa situação de adrenalina pura? Recebeu uma dica de um total estranho em um chat? Os últimos meses foram pesados, quebraram em algum canto o sentimento de realização que distribuir os livros te dava. Você quer fazer mais, e tá canalizando isso pro Júnior.

— Ele parecia mais do que uma ideia no meu sonho — respondo, embora entenda o que ele tenta me dizer.

— Talvez o cara tenha acendido alguma coisa aí dentro. Mas a certeza só vai vir se um dia você conseguir sentar com ele para conversar. E sem querer ser estraga-prazeres, pode ser que o Júnior de verdade não esteja interessado em rever você. Ou tope tomar um chope e depois não queira manter contato. E você vai ter que respeitar isso.

— Claro que vou, não é esse o ponto.

Não tinha parado para pensar em como Júnior reagiria ao meu interesse. Talvez mantivesse a posição manifestada no dia da agressão. Tipo "segue com a sua vida que eu sigo com a minha". Quem sabe já tivesse alguém, um relacionamento, e eu fosse atrapalhar. Mas, no lugar dele, eu gostaria de saber que alguém se preocupa comigo. Mesmo se for só um chope, um café, tudo bem.

— É melhor deixar pra lá? Não quero parecer um psicopata.

— Bom, a decisão é sua. Mas...

Meus olhos se acendem. Poderiam iluminar quilômetros à frente.

— Fala logo!

— Na próxima sexta vai ter uma festa e eu fiquei sabendo que o melhor amigo do Júnior vai estar lá. Pensei em chamar o Cael e você para ir comigo, pra gente desestressar. Mas aí você vai ter que cumprir sua promessa e me contar sua história com o Dudu. E não tem negociação, não adianta.

Abocanho mais um temaki.

— Pode ser. Está na hora de dividir essa história com alguém.

Alguém além do dr. Charles, me corrijo mentalmente. Na sessão em que conversamos sobre isso, ele me disse que não temos como controlar as decisões alheias.

— As pessoas entram e saem da nossa vida de maneiras que não podemos prever. Às vezes nem elas mesmas podem. — Da última vez que o vi, ele parecia um desses velhinhos simpáticos que figuram em novelas. De vez em quando, um auxiliar o levava do consultório até um táxi numa cadeira de rodas. Charles me explicou que a doença tinha picos aleatórios: num dia ele se movia tão bem quanto possível para alguém de sua idade que havia se cuidado e praticava esportes com frequência; no outro, suas articulações eram como as engrenagens enferrujadas de um robô.

— Os joelhos não obedecem, Chuvisco. Mas a cabeça funciona perfeitamente, o mais importante para continuar trabalhando — ele havia dito.

Os próximos minutos com Pedro são de muita gula e fofoca sobre nossos amigos. Ele aceita minha promessa de contar sobre Dudu no carro, indo para a tal festa, e para de me pressionar. Sondo discretamente se ele sabe sobre o trio recém-formado por Amanda, Gabi e Dudu. Mas não sou especialista em rodear um assunto sem entregar o jogo, então acabo medindo demais as palavras e ele não entende nenhuma das minhas dicas. Para mudar o rumo da conversa, pergunto o que ele e Cael andaram aprontando enquanto estive de molho.

— Amanda me falou que vocês saíram juntos direto.

— Ah, ele foi companhia pra bebedeira, pra esfriar a cabeça. Como costumo dizer, se a gente não tirar um minuto pra relaxar, acaba explodindo.

Quero perguntar se existe algo que *eu* possa fazer para encerrar o luto, um evento simbólico, algum jeito de devolvê-los à alegria costumeira. Algo que aprendi com as bordoadas das catarses criativas é que cabe a nós inventar nossos próprios marcos e ritos de felicidade. Decidir a data de estourar champanhes.

Para variar, fico na minha.

Quem sabe a festa não acabe desempenhando esse papel?

17
VAMOS ABRIR PARA PERGUNTAS DA PLATEIA

UMA LUZ APARECE NO ALTO DO MORRO, no meio da estrada. Na direção do carro, Cael brinca que seremos abduzidos, então o fim da curva revela uma lâmpada LED potente. O poste ilumina uma ruazinha de terra dessas que ninguém sabe de onde vem e para onde leva, e que de manhã costuma ter vacas em volta, perto de uma portinhola de madeira.

— Como deve ser morar por aqui?

— Dependendo da cidade, pode ser pior, pode ser melhor. Foi o que ouvi dizer.

Paramos em um posto de gasolina para Cael reabastecer. Conforme o combinado, dividimos a conta em três, minha parte paga com a comida e a bebida que pego no restaurante ao lado. Algo para forrar o estômago, algo de limão para dar uma aquecida, algo para garantir a glicose, pedidos que traduzo com alguma imaginação.

De volta à estrada e ao carro em movimento, Pedro me pergunta:

— E aí, está pronto para pagar sua dívida?

—Vamos lá. Mas já aviso que não é o que você está pensando — digo, dando a mordida final no meu cookie antes de embarcar na máquina do tempo.

Dudu e eu nos conhecemos de outros carnavais. Eu tinha acabado de me mudar para São Paulo. Estava com dezessete anos, falsificando identidade com xerox para entrar nas festas, e ele com dezenove quando uma amiga em comum do cursinho nos apresentou. Depois de uma saída ou duas, passamos a nos ver com frequência. Quando essa garota mudou para outro estado, assumimos um para o outro a posição que ela havia deixado, e ficamos mais próximos.

Se bem me lembro, ele sonhava em ser mecânico de aviões e tanques de guerra. Sabia de cabeça o nome dos modelos mais novos que o Brasil usava e seu preço de mercado, além de viver reclamando da falta de investimento do governo na defesa do país.

Assim que tirou o aparelho dos dentes, fez um tratamento para a pele e começou a malhar como um condenado, conseguindo um corpo que eu jamais sonharia em ter. Essa autoconfiança recém-adquirida acrescentou mais um assunto às nossas conversas. Acho que Dudu ficou com todas as minhas amigas e com as amigas delas, que o passavam de uma para a outra como um cachimbo da paz, sem nenhum ciúme. Nas baladas que curtíamos, entretanto, preferia ficar na dele. Às vezes bebia, às vezes dançava, arriscava um flerte aqui e ali, mas nunca ficava com ninguém.

Certa vez, bebemos demais e decidimos fazer hora em um café até o amanhecer. Eu estava numa fase de controle absoluto sobre minhas catarses criativas, o que me permitia abusar de vez em quando, contanto que não estivesse sozinho. Mais desinibido que de costume, perguntei por que ele ficava com todo mundo que eu conhecia, mas nunca dava em cima de ninguém em nossas saídas noturnas.

— No começo, achei que era pra não me deixar sem companhia — falei. — Mas depois que *eu* comecei a largar você, minha teoria furou.

Me lembro dele esticar o silêncio antes de responder. Enfiar na boca as gotas de chocolate distribuídas no pires ao redor da xícara e ficar mexendo nelas com a língua enquanto derretiam. Depois, com um ar pensativo, culpou a timidez.

— Uma coisa é ficar com uma garota que me conhece, alguém com quem eu tenho um mínimo de intimidade. Outra é falar com gente que provavelmente vai me dar um fora e estragar minha noite.

Não sei bem por quê, mas fiquei chateado ao ouvi-lo falar aquele "minha", mesmo sendo eu o desnaturado que o largava e sumia na balada para ficar com alguém. Como sempre soube ler minhas reações antes de eu mesmo entendê-las, Dudu me perguntou de cara:

— Isso te incomoda?

—Você ficar sozinho?

Ele sacudiu a cabeça num movimento curto, quase um tique.

—Você toca um foda-se bem grande na hora de me largar sozinho. Estou falando de eu ficar com as suas amigas.

— Se falar que me incomodo, vai deixar de ficar com elas?

— Só se elas também quiserem isso.

— Palhaço. Então qual é a diferença?

—Vai deixar de ficar com as maluquinhas que você gosta se eu falar que me incomodo de ficar largado? — ele disse sério, mas seu sorriso enviesado dificultava o julgamento.

— Elas não são malucas.

— Pra ficar com você, só podem. — Ele começou a rir. O pisar em ovos inicial, se é que havia um, ficou para trás. Dudu colocou açúcar no café e deu um gole. Abriu mais um envelope e despejou dentro da xícara. Meu desjejum foi um chocolate quente com leite condensado e doce de leite na borda, o item do cardápio com o maior teor de açúcar que consegui encontrar.

Aproveitei a pausa na conversa para pedir um croissant. Estava sem comer nada sólido havia mais de doze horas, e o estômago não parava de reclamar. Mastigadas de um lado, goles do outro, o sol começou a chegar pelas janelas. Quando perguntei se queria pagar a conta e ir embora, Dudu disse:

— Quero te falar uma coisa.

— Tá. Mas preciso ir ao banheiro primeiro.

— Daqui a pouco.

— Desembucha logo então — falei, meio apertado meio curioso.

— Acho que você é gay. — Em um dia normal, retrucaria com um comentário engraçado, em uma reação de autodefesa para fugir do assunto. Mas algo no tom do Dudu me disse que aquela não era uma piadinha movida a álcool, e sim uma opinião legítima. — Tô falando de boa, sem julgamentos.

Mesmo com metade de um chocolate quente, eu continuava mais bêbado que gambá em despedida de solteiro. Além disso, considerava o cara um amigo de verdade, por isso dei corda.

— Acha que estou a fim de você? — perguntei. Dudu tinha uma autoestima bipolar. Ia do "Sou o rei do universo e pego geral" ao "Não existe ninguém mais desprezível do que eu" em minutos. Então eu sabia que a resposta viria dos extremos, nunca de um meio-termo.

Dando uma bufada que morreu na boca antes de produzir qualquer som, ele falou:

— Se estivesse, já tinha dado em cima de mim.

Bingo.

— Sem querer ofender, mas... com essa sua cara de guaxinim? Sem chance. — Ele bufou de novo. Um "vai se foder" silencioso escapou de seus lábios, e achei melhor deixar de lado a comparação com o Rocket Raccoon. — Posso saber por que acha isso?

— Pode — ele falou, com os olhos estreitos como os de um vilão de desenho animado. — Mas antes vai ao banheiro pra não se mijar todo rindo da minha cara.

Fui para o segundo andar aliviar a bexiga e a cabeça. Aproveitei a pausa estratégica para pensar na resposta. Eu queria mesmo ter aquela conversa? Para onde levaria nossa amizade? Ou pior: para onde ela me levaria, já que pensar na minha sexualidade me deixava bastante confuso?

Quando desci, Dudu havia pagado a conta. Perguntou se tudo bem conversar ali ou se eu preferia ir para o carro. Considerando o estado de zumbi das pessoas ao redor, decidi que nenhuma delas prestaria atenção em nós e sugeri que ficássemos por lá. Eu queria terminar o chocolate com calma, e duvidava que ele estivesse em condições de dirigir.

— E então? — retomei.

— E então? — ele nem lembrava mais.

— Por que acha que sou gay?

— Ah. É só um palpite. Vejo você com as maluquinhas na balada e, sei lá, pode ser impressão, mas não sinto como se estivesse se divertindo de verdade.

— Por que nunca tentei levar nenhuma delas para a cama?

— Porque nunca me apresentou ninguém, porque nunca te vi com a mesma garota duas vezes, porque faz questão de restringir o contato com elas ao espaço da balada, aos cantos escuros da pista, porque nunca levou nenhuma delas para nossos passeios apesar de saber que eu teria companhia. Por isso.

— Acho que gosto dos dois — falei. Sua sobrancelha subiu por um instante, mas ele continuou a mexer o café com a paleta de plástico e controlou a reação antes que ela chegasse a me inibir. — Quer dizer, olho para os dois, sabe? Como se estivesse vendo um quadro bonito. Mas não sinto vontade de dar em cima de ninguém. Existe um limite de intimidade claro pra mim. Talvez um dia eu queira ir além dele, talvez não.

Dessa vez suas sobrancelhas subiram e não baixaram, e comecei a me sentir mal por ter dividido algo tão íntimo com alguém. Como de hábito, Dudu se antecipou aos meus comentários e ergueu a mão pedindo calma.

— Sem neura. É que eu tinha ensaiado outro discurso.

— Como assim?

— Você ia se assumir gay, eu falaria que tudo bem, que somos amigos, que pode dividir comigo suas experiências e frustrações. E que se algum maluco fizesse mal a você eu ia quebrar a cara dele.

Eu o interrompi.

— Você parece mais novo do que eu, imagina a cena...

— Não me sacaneia. Tô dando uma força.

— Eu sei. Obrigado, tô só zoando.

Sem saber como continuar, usei meu chocolate como refúgio e enfiei a cara nele até o último gole. Acho que o tempo foi proveitoso para Dudu digerir a novidade e ajustar o discurso, porque ele retomou a conversa.

— Você já ficou com homem e mulher?

— Não — respondi, com vontade de me esconder embaixo da mesa. É complicado expor seu desinteresse sexual quando a maioria das pessoas é movida por uma vontade louca de transar o tempo inteiro. Para piorar, começava a entender aonde ele queria chegar e não conseguia pensar numa boa estratégia de fuga.

— Só com menina — ele continuou.

— Uhum.

— E só na minha frente? — a pergunta saiu mais como uma afirmação do que uma pergunta.

Confirmei com um gesto, a cabeça subindo e descendo, subindo e descendo, como um boneco de mola. Acho que nunca tinha me dado conta do fato. Não demorou para entender que fazia aquilo buscando desesperadamente a aprovação do Dudu. Para que ele não me achasse um cara estranho. Talvez para *eu* não me achar um cara estranho ou coisa do tipo perto dele.

A resposta que eu esperava ouvir foi resumida a duas palavras:

— Seu mané. — No carro, horas mais tarde, enquanto me levava para casa, Dudu disse que podia contar com ele sempre que precisasse desabafar. E que, se eu achava que ele ia ficar me julgando, era porque não tinha entendido o valor da nossa amizade.

Menos de um mês depois, perdemos contato. Dudu arrumou uma namorada fora do nosso círculo de amigos. Um telefone sem fio me disse que ela não queria mulherada nem amigo gay dando em cima dele, e foi por isso que Dudu se afastou, sem um telefonema de despedida sequer. Foi como se, de um dia para o outro, eu não existisse mais.

Qual não foi minha surpresa, milênios depois, quando Gabi apareceu com Dudu a tiracolo e o apresentou como uma amizade colorida para o restante do grupo.

— Aposto que vão se dar superbem! Vocês dois têm bastante em comum — ela falou enquanto nos cumprimentávamos, fingindo ser dois estranhos, o que era próximo da verdade. Logo que teve a oportunidade de falar comigo a sós, dentro do banheiro de um bar, para deixar a situação ainda mais esquisita, Dudu pediu que eu fosse compreensivo e não contasse nada a ninguém.

— Fica tranquilo — foi tudo o que consegui dizer.

Através de Gabi, soube que ele havia tido uma filha supernovo. Com a convivência, dei um jeito de ficar amigo daquele novo Dudu, como se de fato fosse uma pessoa diferente. Mas, vez ou outra, em geral quando me contrariava, era como se o velho Dudu ressurgisse na minha frente, e me brotava uma vontade de bater com a cabeça dele na parede até a raiva passar. Confiança foi algo que sempre prezei, e que o dr. Charles me ensinou a valorizar ainda mais. Nunca consegui aceitar a virada de página de Dudu. Teria sido por descobrir que nossa amizade não valia tanto assim? Por me lembrar de que eu não podia controlar todos os fatores da minha vida? Não sei dizer.

Narro tudo isso a Pedro e Cael no carro, e depois comento:

— Nossa conversa sobre o passado, claro, nunca aconteceu.

E o que havia para ser dito? Dudu tinha sido um babaca, descartando a mim por conveniência.

De certo modo, eu também era alguém diferente quando nos reencontramos — foi o que disse a mim mesmo, para tornar o convívio possível. Recebera alta do dr. Charles, estava me formando na faculdade, tinha conseguido trabalho e ido para a cama com uma menina ou outra, ora por carinho, ora por curiosidade. E, no que dependesse de mim, jamais compartilharia esses momentos com Dudu.

— E é essa nossa história. Agora vamos abrir para perguntas da plateia.

A reação de Pedro quando termino parece com a de Dudu

na manhã de nossa conversa naquele café. Ele afasta o cinto de segurança e vira para trás. A facilidade que tem de me ler por completo depois de tanto tempo de amizade é inversamente proporcional à minha de saber o que ele está pensando.

Diante do seu silêncio, resolvo perguntar:

— Fala logo, caramba. O que foi?

— E eu esperando uma história de casalzinho.

Segundo o GPS, estamos próximos do endereço da festa. Pedro se restringiu a descrições vagas para manter o clima de surpresa, então não sei o que esperar. Nada que me importe se o amigo de Júnior realmente estiver presente e a música me ajudar a expurgar o ódio fundamentalista que se adensa mais e mais ao nosso redor a cada dia que passa.

— Desculpe frustrar suas expectativas.

— Obrigado pela confiança, de qualquer modo.

Cael e eu fazemos contato visual pelo retrovisor.

— Que bizarro isso, Chuvisco. Você e Dudu são amigos de adolescência e ficaram na miúda. Devia ter me contado antes. Quero só ver a cara da Amanda quando souber dessa história. Se o Duduzinho lindo vai colocar os pés lá em casa de novo.

— Ei, eu tô contando só para vocês dois.

Cael deixa o ar escapar, incrédulo com minha resposta. Pede que Pedro preste atenção nas placas à direita e descubra em que quilômetro estamos.

— Temos de pegar a próxima entrada e seguir reto — explica Pedro. — Foi assim que me disseram, pelo menos.

— Acho muito nada a ver ser leal a um cara que te tratou desse jeito, Chuvisco.

— Isso é história velha — digo a Cael. — Quem tem que contar pra Amanda e pra Gabi é ele, não eu.

— Não acho certo ter segredo entre nós — ele fala, diminuindo a velocidade. — Não é, Pedro?

— Claro, claro — ele concorda sem dar trela.

— Mas tem uma coisa boa nisso tudo: saber que ele pode desaparecer a qualquer momento!

O debate segue pelos vinte minutos que restam de viagem. Pedro parece ter se contentado com a história. Diria que se sente aliviado até, apesar de não entender por quê. Cael, por outro lado, fica mais incomodado do que eu havia previsto, e não para de fazer perguntas. Talvez ele e Dudu tenham se estranhado por causa da Amanda, ou por algum outro motivo. Para o bem da minha sanidade, o assunto morre assim que um aglomerado de carros se revela no meio de um matagal.

— Chegamos! — grita Pedro, a senha para o começo da diversão.

18
CONFIE NAS BORBOLETAS

A GALILEIA ACONTECIA EM UMA VELHA BOATE nas cercanias da Marginal Tietê, um casarão com três pistas, cobertura e piscina. Foram três atentados, quinze feridos e dois mortos até as donas decidirem que não havia mais condição. Para tentar resistir, adotaram uma programação careta, mas a fama libertina do lugar não atraiu o público desejado. O golpe final foi o aumento de impostos para casas noturnas, uma censura financeira, tática preferida dos políticos que apoiavam o Escolhido. Mas a festa sobreviveu.

Meses de silêncio depois, a Galileia voltou à ativa, dessa vez de maneira itinerante. Contava com o boca a boca dos antigos frequentadores para divulgar data e local, que jamais se repetiam. Era uma forma de despistar a Guarda Branca e outros grupos violentos.

No meio do mato que transformaram em estacionamento, um guardador sem camisa acena para Pedro. Solitário com sua lanterna e uma antena de borboleta que pisca sem parar, ele tenta pôr ordem inventando vagas de estacionamento. Ao descer, noto que além das antenas também veste um par de asas.

— Vinte e cinco — ele pede. — Adiantado.

Recusando minha oferta, Cael dá o dinheiro para o sujeito. Estou feliz que tenha vindo esta noite, pois faz um tempo que não nos vemos. No caminho para cá, quando perguntei se andava me evitando, ele respondeu que eu devia deixar de ser cismado e garantiu que só estava ocupado com os ensaios da peça.

— Por ali — a borboleta aponta, como se precisássemos de indicação para seguir os tunt-tunts da música. — Divirtam-se!

— Valeu!

Aquela região de Mairiporã já havia servido como uma das maiores represas do sistema Cantareira, a principal fonte de água de São Paulo. Devido à década de seca, tinha se transformado em uma extensão desértica, de solo rachado. No lugar da água, cresceu uma vegetação abundante. Na maior parte, um mato malcuidado agora se mistura às árvores do replantio. No meio delas, entre clareiras e lugares obscuros, acontece nossa festa.

— Ei, preciso falar uma coisa antes da gente entrar — eu digo, e paro no lugar.

— Hum, sabia que tinha mais nessa história — fala Pedro, com uma camada de brincadeira sobre a preocupação.

— Na manhã que visitei a ONG com a Gabi, eu vi uma chaleira. — As caras de interrogação são a resposta. — Tive uma catarse com um objeto real, despida de fantasia, entenderam?

— Caramba, Chuvisco. Você vai ficar bem?

— Tô atento. Achei que estava melhorando rápido. Só catarses inofensivas e identificáveis como de costume. E aí...

— Suspiro. Me sinto mais leve por ter contado. — E já que estamos prestes a entrar num bosque regado a álcool, borboletas cintilantes e música eletrônica...

— Você acha que a realidade aqui segue outras regras e pode acabar perdendo suas referências? — adivinha Pedro. — Faz sentido.

— Precisamos de um código — eu falo.

— Uma frase? — sugere Cael.

— Não, algo mais tátil — Pedro diz, se aproximando de mim. Com o indicador e o dedo médio esticados, ele toca duas vezes na altura do meu coração. Com a mão fechada em punho, repete o gesto no próprio corpo. — Temos nosso código?

— De onde tirou isso? — pergunta Cael.

— De uma comédia romântica. E então, Chuvisco?

Repito o gesto com ele e agradeço com a cabeça.

— Temos nosso código. E agora? — pergunto.

— A gente se diverte — diz Cael.

— Obrigado por ter vindo. Sei que não é exatamente sua praia.

— Fica quieto. Não entrega que o cara é hétero — Pedro fala alto, retornando ao modo festeiro. Está tão empolgado que não para quieto um minuto. — Quer apanhar? Essa floresta tá cheia de ursos com o dobro do nosso tamanho.

Nossas saídas funcionam assim. Não importa se o ambiente é gay, hétero, careta. Aonde um quer ir, o restante acompanha. Se em alguma balada careta alguém se irrita com nossos amigos gays, nós os defendemos. E se em alguma balada gay alguém invoca com os héteros... Bem, isso jamais aconteceu.

— Resumindo: é uma noite pro Pedro arrumar problemas novos para ele e nós dois esquecermos os nossos — conclui Cael.

—Vixe. Algum projeto furou? — pergunto.

— Papo pra outro dia, Chuvisco. Vamos logo.

Recado entendido, mudo de assunto. Meus amigos e eu sempre fomos próximos. Conforme a situação do país degringolava, nos tornamos mais afetuosos, uma forma de equilibrar a balança da cultura de ódio. É inegável que no Brasil o culto à ignorância nos levou a um fanatismo comparável apenas ao dos radicais islâmicos. O ódio, contudo, se fortaleceu inclusive nos países ditos desenvolvidos. Nos Estados Unidos, o número de atentados em escolas aumentou e chacinas da população negra foram televisionadas sem que qualquer policial fosse condenado. Na Europa, surgiram histórias sobre paramilitares contratados pelos governos para afundar barcos de refugiados de guerra, colocando a culpa em atravessadores e piratas, e de empresas que lucravam incitando a instabilidade e a guerra.

Para resistir, nos abrigamos uns nos outros e tornamos esse afeto nosso escudo. Por isso, minha vontade é segurar Cael e mandar um "desembucha logo", mas prefiro evitar o atropelo. Ao menos enquanto ele estiver sóbrio.

— Não existe fossa que sexo não cure — diz Pedro, empolgado. — Esse é meu lema.

— Te dou cinco minutos para arrumar alguém pra transar e parar de encher nosso saco então.

— É pra já!

Pedro corre na nossa frente. A luz entre o estacionamento e o início do bosque é fraca, mas reflete em um objeto em sua cintura no sobe e desce da camisa. Brilha como um cinto saído de um filme dos anos 1990, um relance metálico entre as roupas.

— Quem eu quero enganar? Se beijar na boca hoje, tô no lucro. — Ele desanima e nos deixa alcançá-lo. Por mais que finja ter superado o fim do namoro, sei que está com medo de ver Joca se pegando com alguém na pista da Galileia.

— Ei! É uma noite de comemoração. Faz um milênio que não saímos os três juntos. Melhora essa cara, por favor.

Pedro é rápido. Não nasceu para lidar com tristeza. Volta a pular na terra batida e reencena seu ar de menino bem resolvido. Está com um jeans escuro e uma camiseta estampada com a cara da Marilyn Monroe, metade dela a loira normal, metade caveira. Seria esse seu uniforme de Cérebro em nosso QG de super-heróis?

Ataque de bobeira nunca fez mal a ninguém. Cael imita seus pulos. Me pergunto qual seria seu superpoder, como ficaria de uniforme. Seguimos os três para o meio do mato, tentando nos orientar. Uma borboleta sinalizadora segurando uma varinha de condão aponta para a clareira após as árvores, transformada em pista.

— Naquela direção ficam os food trucks — ele grita, competindo com a música. — Depois deles vem a área reservada.

Área reservada *pero no mucho*. Nem a borboleta se aguenta ao repetir o texto escrito pela organização da festa. Dá uma piscada, solta o "Divirtam-se!" do seu manual de instruções e começa a falar com um grupo de meninas que vem logo atrás.

Dançar sob um céu de estrelas é uma experiência sem igual. Um ritual de exorcismo pagão no qual possuídos e demônios se divertem juntos. É gostoso explorar os movimentos, erguer os braços e me inclinar sem gemidos doloridos. Assim que a adrenalina começa a correr no sangue, me sinto invencível. A necessidade de controle, a insegurança, o medo de falhar comigo e com o outro se transformam em suor, sublimam.

A cadência da música me arrepia. A batida forte e marcante vai se amenizando, dando lugar a uma melodia hipnótica. Não sei que música é aquela, mas danço sem parar. Ao meu redor, pessoas parecem se movimentar em câmera lenta. Vagam em seu próprio mundo, em suas próprias catarses criativas, de olhos fechados, esperando o sinal para recomeçar.

Tunt. Tunt. Tunt.

A batida retorna. Gritos, passos, pulos. Se faço sentido, não sei, nem me interesso em saber. Deixo que braços e pernas se movam independentes, descoordenados. Meu coração ecoa as batidas eletrônicas, mais ritmado do que eu. Há quanto tempo não me sinto assim livre? Fodidamente livre. Mais forte que monstros embaixo da cama, que as criaturas atrás das paredes.

Num susto, abro os olhos. Mas é apenas Pedro interagindo. Dança com as costas apoiadas em mim. Solta o peso do corpo com um equilíbrio mágico, como se nada devesse à gravidade. Me sinto bem ao vê-lo bem, e pulo ainda mais, capaz de alcançar as estrelas. Tunt. Tunt. Tunt. Se o céu desabasse sobre nós, se a água voltasse a brotar de suas nascentes e inundasse a Cantareira, morreria feliz.

Um sujeito sem camisa, com peito peludo e tatuagem de âncora no ombro, se aproxima de Cael. Ele fala algo em seu ouvido e ficamos na expectativa. Cael o despacha com sua elegância costumeira e vem para mais perto da gente, por via das dúvidas.

— Partiu o coração do urso. Ele não faz seu tipo? — Pedro pergunta.

— Nada de urso, só ursinhas para mim — Cael rebate espirituoso. — Existe isso?

Eu e Pedro temos um ataque de riso. Voltamos a dançar, os três juntos, sem novas interferências. Muitas músicas depois, estou me desintegrando.

— Preciso de água — digo.

— E eu de um banheiro — diz Cael.

— Você tá dentro de um bosque reflorestado. Escolhe um matinho e pronto.

— Não vai dizer que não tem banheiro nessa festa?

— Tem, naquele declive. Antes do estacionamento, uns cinco juntos, perto de um caminhão.

— Aquela fila era pra isso? — Ele solta um palavrão. O matinho se torna uma opção tentadora e começamos a atravessar a pista, de volta para as árvores na direção dos food trucks. No meio do percurso, enquanto Cael se alivia, pergunto a Pedro se ele sabe o que tem para comer.

— Pelo que me falaram, de tudo. Até sushi.

Fico enjoado só de pensar na condição de um salmão guardado naquele lugar. Ele jura que há geradores sustentando os freezers, além de um gato puxado da beira da estrada.

—Vou ficar no refrigerante. Me parece mais seguro.

— É, porque nada sobrevive dentro deles — Pedro diz. Ouvimos um barulho de cascalho sendo arrastado. Paramos no suspense. Uma dupla passa se beijando, os cabelos coloridos se misturando. Não consigo distinguir o gênero. Mais atrás, Cael surge batendo as mãos contra o tecido da calça. A camisa suada está pendurada no ombro.

— Foi mal pela demora. Tinha um povo se pegando, então tive que ir mais longe. Bora comer?

—Tá a fim de sushi? — pergunto.

— É. E de morrer de intoxicação alimentar.

— Esquece o sushi, Chuvisco. Só comentei. Podia ter falado de yakissoba e picolé de fruta, daria no mesmo. Quero te levar num food truck bem específico — diz Pedro. — Com um cardápio que, com certeza, vai abrir seu apetite.

— Seja nosso guia na floresta, Gandalf — digo. A piada sobre não poder mostrar o cajado se perde no barulho. Ele finge verificar a direção do vento e aponta para o fluxo de pessoas que segue pela trilha improvisada: — Por ali.

A peregrinação, mais longa do que havia imaginado, termina em outro sujeito de antenas cintilantes. Pedro o reconhece, exímio estudioso de lepidópteras. Pede para esperarmos e vai cumprimentá-lo. Ele nos apresenta de longe. Acho que vai perguntar do Joca e não nos quer ouvindo, mas posso estar imaginando coisas.

— Tô me sentindo um fracote nesse lugar — digo a Cael.

— Todo mundo é malhado e tem barriga definida. Olha só o braço daquele cara, é maior que a minha coxa. Que a minha cabeça, se duvidar. Olha só... você.

Sem resistir à vaidade, Cael move o tronco numa dança sem sair do lugar. Em seguida mexe o bíceps, como se estivesse se comparando com a borboleta conhecida de Pedro.

— Estaria mentindo se falasse que ter um corpo bem condicionado não ajuda na autoestima, Chuvisco. E você pode se inscrever de novo na academia, ué. O ritmo de trabalho não voltou a ficar estável? Podemos malhar juntos, se quiser.

Suspiro. Não era o que esperava ouvir.

— Ei, você não devia falar que isso é bobagem? Que padrão de beleza é algo aleatório e que todo corpo é bonito ao seu modo ou algo assim?

Cael me puxa para o lado, para liberar a passagem. Um grupo grande passa animado, rindo e falando alto. Um garoto me olha tão fixamente que seus olhos parecem saltar das órbitas. Mas logo se distrai com outra pessoa.

— Você sabe o que passei no começo da carreira, Chuvisco. Preciso mesmo dizer o quanto é ruim ser refém da opinião dos outros? E não é você que diz que prefere não chamar atenção?

— Isso não é sinônimo de gostar de ser o patinho feio da festa.

—Você não se acha bonito? — Cael pergunta, seu tom de voz inalterado. Posso ver que presta atenção em Pedro.

— Me acho bonito o suficiente.

— Suficiente pra quem?

Droga, devia ter previsto a pegadinha.

— Pra mim mesmo.

— Então tá reclamado do quê? O truque é descobrir onde termina o amor-próprio e começa a necessidade de aprovação. — Ele para de vigiar nosso amigo e me olha nos olhos. — Se tá bom pra você, é o que vale, Mister Múmia Sensual.

— Essa Amanda... — eu falo resignado.

A conversa é interrompida por Pedro, que nos puxa para o descampado, sorrindo de orelha a orelha.

— Desculpem pela demora — ele fala. — Meu amigo se empolgou. — Ele conta que a próxima festa deve ser em Santos, daqui a três meses, em uma parte do porto fechada para reformas. O que descobriu a respeito de Joca com a borboleta sarada guarda para si. Mas está claramente feliz.

Mesas e cadeiras de ferro compõem a área de alimentação, organizada de acordo com as irregularidades do terreno. Enfileirados, os food trucks formam um corredor impreciso, a luz de um ajudando a do outro. Por estarmos ao ar livre, o cheiro de fritura não chega a ser enjoativo, servindo mais como uma antecipação dos cardápios.

— Tá vendo? Eu disse. Uma porrada de opções.

— É melhor arrumar um lugar pra sentar primeiro — diz

Cael. Há gente nas mesas, de pé, espalhada pelo chão. Comem, conversam, se agarram, se beijam, numa alegria deslocada no tempo, um retorno à normalidade do passado.

Sem nos dar ouvidos, Pedro continua procurando a terra prometida. Diz que há cerveja viva, seja lá o que for isso, e pizza por fatia a um preço em conta, e nada mais seguro do que pizza num lugar com corrida de obstáculos para o banheiro. Pelo menos sem calabresa em cima.

— É aqui — ele diz. Se não o food truck, a fila que leva até ele. No topo da Kombi prateada, está uma placa com um javali estranho anunciando a venda de cervejas artesanais.

— Se for uma droga, tem o carro de churros do lado — aponto.

— Confie na dica das borboletas.

Dez minutos de fila e Cael decide se abrir. Um desentendimento entre atores de sua nova peça tem estragado o clima dos ensaios.

— Perdi o papel em um comercial, a novela de que eu ia participar foi adiada na grade e agora me vem mais esse problema.

— Acha que é por causa do seu posicionamento político? — pergunto, com a atenção dividida entre nós e a tabela de preços estampada na carroceria da Kombi.

— O comercial, sim. O resto foi azar. — O assunto o aborrece. Cael é um ator dedicado, bom no que faz, e nunca teve a escalada fácil dos apadrinhados. Com três das quatro maiores emissoras do país defendendo o Escolhido e a asfixia da cultura com o congelamento do orçamento, as oportunidades se reduziram. — E tá meio foda continuar dividindo apartamento com a Amanda.

— Dudu?

— É. Dudu.

Ele suspira e aproveita para vestir a blusa.

— Ei, os sofridos já escolheram? — Pedro nos chama. Com a conversa, nem percebi que havia chegado nossa vez. Para não irritar a turba atrás de mim, faço uma leitura dinâmica do cardápio, torcendo para ter pizza de frango com catupiry. Dentro da Kombi, um garoto de avental com lápis preto nos olhos e cabelo para o lado me observa curioso. Na confusão, havia passado despercebido, mas agora, de perto, me faz perder o ar.

— Júnior?

— Oi — ele acena. — Qual o pedido?

19

UM METEORO PODE CAIR NA SUA CABEÇA

Eu poderia contar dezenas de versões desse encontro. Durante um mês, sonhei de olhos abertos e fechados com nossas falas e reações. Em uma delas, nos encontramos no metrô, por acaso. É uma esperança que carrego, nos dias de maior solidão, esbarrar com um rosto conhecido. Com um estranho que puxe o assunto certo e nos transforme através de seu contato. São Paulo, contudo, é grande demais, faminta demais. Do que engole, pouco regurgita. Aqui, só se esbarra com alguém com hora marcada, um mês de antecedência, pedido enviado em três vias.

Por isso, quando descia as escadas infinitas da linha amarela e via Júnior passando pela catraca, sabia que era um sonho. Não o reconhecia de imediato sem o sangue no rosto e o supercílio inchado. Tinha o cabelo penteado para o lado e uma barba rala mantida com carinho. Sua camisa branca com uma tartaruga estampada combinava com o jeans.

Enquanto registrava os detalhes, sumi com as escadas rolantes e nos transportei para a plataforma de embarque.

— Nem te reconheci — falei gaguejando.

— Mas eu te reconheci de cara, ruivinho.

Não, o cérebro dorminhoco registrou. Faltava algo no diálogo, então o rebobinei. Na nova tentativa, o vi passar pela catraca e corri para ficar ao seu lado na escada.

— E aí, como é que você tá? Se recuperou cem por cento?

— E você? Acho que nunca agradeci direito por ter salvado minha vida.

Em outro sonho, fui sozinho a uma balada gay. Tinha pesquisado o endereço na internet e, depois de complicadíssimos cálculos estatísticos, descobri que a probabilidade de encontrá-lo naquele endereço era infinitamente maior, com direito a muitas exclamações no caderno. Todo de preto e com pomada no cabelo, passei a noite inteira em um banco no canto do bar. Sem falar com ninguém e, para minha decepção, sem ser abordado por ninguém, mantinha o olhar atento, procurando Júnior.

No fim da noite, depois de provar todos os petiscos do cardápio e me aventurar em um drinque de tangerina, decidi ir embora. Na fila para pagar, ostentando minha cara de derrota, ouvi um "Ei!" e virei para trás. Na luz difusa da balada, o rosto de Júnior era pura androgenia. Ele havia conseguido uma bolsa para estudar na Islândia, me contou de um jeito doce. O diálogo foi interrompido pelo despertador.

No reencontro mais ensolarado, eu atravessava o Parque da Juventude com meu cão imaginário. Na coleira, uma pug chamada Lola conduzia a mim mais do que o contrário. Ela caminhava com a elegância típica da raça e deixava um rastro de aquarela pela grama ressecada quando começou a latir sem parar.

Constrangido como se meu filho tivesse sido flagrado fazendo arte na areia do parquinho, tentei dissuadi-la, mas se você já conheceu uma pug chamada Lola sabe o quanto elas são teimosas. Joguei a toalha e me abaixei junto a ela para entender o motivo do escândalo, então encontrei a peça mecânica. Um monte de roldanas que, depois da análise, reconheci como parte da minha armadura.

Muito bem, muito bem, disse eu, parabenizando o cão, e soltei sua coleira. De peça em peça, seguimos a trilha deixada no parque. Acho que em algum momento Lola se engraçou com um basset hound e me abandonou, não lembro direito. Sei que, sozinho, continuei a recolher as engrenagens, um amontoado cada vez mais difícil de carregar, e cheguei a um quadrilátero de bancos de concreto.

Júnior estava de costas para mim, um pé protegido pela bota metálica, o outro de meia. Usava uma armadura que cobria apenas o tronco e deixava as pernas nuas. Como se fôssemos velhos conhecidos, sentei ao seu lado e disse:

— E aí? Quer ajuda?

Com o olhar fixo no chão, ele respondeu:

— Acho que a armadura quebrou de vez.

No encontro real, não há pug, bares, metrô ou armaduras. Passado o choque, peço duas fatias de pizza da casa, um refrigerante, e fico mudo, observando Júnior. Pedro conhecia um segurança da festa, que conhecia alguém, que conhecia o dono do food truck, e assim o encontrara.

— Posso adiantar meu intervalo? — eu o ouço dizer para o homem no caixa que julgo ser o dono da Kombi.

— Nem pensar em me largar aqui, rapaz! Olha essa fila. A gente combinou até as três. Depois você sai pra curtir a festa e seu amigo, e a Sílvia assume o atendimento. Isso se ela não estiver vomitando em alguma árvore por aí.

A imagem não é das melhores. Júnior pega o celular no fundo do balcão e confere as horas. Nem falta tanto para o fim do seu turno.

— Te encontro daqui a uma hora. Fica pelas mesas — ele me fala. — Você pode esperar, né?

Não preciso responder. Com um carrinho de mão de pedreiro, Cael e Pedro tiram da frente do balcão a estátua em que me transformei, junto com o cimento e as lascas de tijolo.

Uma hora depois, quando Júnior vem atrás de mim, os dois já deram um jeito de desaparecer. Estou sentado com cara de exausto, sofrendo com a sola dos pés doloridas de tanto dançar. Ao vê-lo se aproximar, com a maquiagem preta dos olhos ligeiramente borrada pelo calor, as palavras que tanto ensaiei se rebelam na garganta, decretando greve. Chegou a hora de descobrir se ele está bem... E se me acha um tremendo inconveniente.

— Oi — Júnior diz, puxando uma cadeira. — Gostou da pizza?

— Ótima, muito boa mesmo. É você que faz?

— É ruim de me deixarem usar o forno. Sou um desastre na cozinha.

Ele me passa uma lata de refrigerante. Abro com cuidado para evitar espuma e dou um gole. Um gesto para ocupar espaço, enquanto penso no que dizer. Tantos ensaios durante o banho, tanta cumplicidade com os lençóis e o travesseiro, e ninguém me alertou para a possibilidade de ser eu o garotinho perdido da história.

— É na faixa?

— Uhum. Peguei da minha cota — ele diz.

— Tá quente, né?

Falar do tempo, o recurso dos desesperados.

— Acabei de sair de perto de um forno de pizza. — Ele se diverte com a minha falta de jeito, então puxa a cadeira mais para perto. — Olha, como nosso último encontro foi meio tumultuado, vou começar me apresentando novamente. Sou o Júnior.

— Chuvisco, prazer.

Sua cara de surpresa dura segundos.

— Muito prazer, Chuvisco. — Ele segura minha mão. — Obrigado por ter me ajudado naquela noite. E não manda o discurso de que qualquer um teria feito o mesmo, por favor. Aceite meu agradecimento mais sincero.

— Obrigado — digo, ou penso, os olhos dele fixos nos meus. Quero perguntar se também sonhou comigo, se nos imaginou dividindo o banco do ônibus ou conversando nos pufes da livraria, decidindo de última hora qual sessão de cinema pegar. Mas a única frase que sai é um: — Você tá bem?

Ele dá de ombros.

— Fisicamente, sim. A parte interna da bochecha continua machucada. Trinquei os dentes num dos chutes que tomei e arranquei um pedaço fora. O buraco tá quase fechado. — Sua língua dança em lentidão provocativa para indicar o lugar. — De cabeça mais ou menos. É meio foda, né? E você?

— Eu... Como dizer? Tô inteiro. Mas não te procurei em todos os cantos da cidade pra ficar relembrando aquele pesadelo.

— Olha só! Quer dizer que ficou me procurando por aí? — ele aproveita a deixa.

— Se me achar meio stalker, posso ir embora.

— Se eu não quisesse falar com você, não estaria aqui, garanto.

— É bom ouvir isso — respondo, e fico tímido de repente.

Mas Júnior sabe levar a conversa. Vamos ficando mais e mais descontraídos. As bordas dos cacos que restavam dentro de mim se encontram, trocam átomos, metáforas quânticas, se recompondo de uma forma que a medicina ainda não consegue explicar. Ele pergunta do meu nome — "É de batismo ou você que escolheu?" —, o que me dá saudades do dr. Charles. Quer saber há quanto tempo conheço Pedro, se já vim à Galileia antes, se aquele bonitão de regata — também conhecido como Cael — é gay. E conclui perguntando se já fiquei com meninos.

— Só meninas — digo.

Ele parece não acreditar.

— É uma história longa — aceno com a mão. Fico surpreso ao notar que falo de mim com despojamento. — Gosto dos dois. Sabe aquela coisa de olhar, achar interessante? Mas quando rolou foi com menina. Intimidade de modo geral não é a minha, nem com um nem com o outro. Tenho dificuldade com essas coisas.

— Tô sentindo que tomei um fora.

— Fora? Não, não! — trato de responder, embora não entenda exatamente o que espero que aconteça.

Júnior é um sujeito espirituoso. Sabe expor suas curiosidades sem me constranger. Um talento, imagino, conseguido com anos de treinamento árduo. Ouvir que raramente penso em sexo o diverte.

— Sabe, quando me disseram que estava me procurando, fiquei irritado. Não queria contato com alguém que me lembrasse daqueles malucos de branco. E já tinha dito pra você cair fora, né? Depois vi que estava sendo injusto.

— Pensou que eu fosse tentar te convencer a ir à polícia?

— Pensei. Você vai? Porque se for o caso…

— Não, não, não — eu digo. As reticências dançam no ar entre nós dois como esferas de chumbo. Na garganta, o sindicato começa uma nova rodada de negociação com as palavras.

— Eu só queria… É, só queria saber se você…

Então ele me beija. O corpo, tenso do contato inesperado, vai aos poucos relaxando. A eletricidade que irradia de nosso toque é tamanha que tenho medo de as luzes e os equipamentos ao redor pifarem. Quando começa a se afastar, enfio a mão em seus cabelos e o prendo junto a mim. Com a respiração ofegante, eu o beijo novamente e o deixo escapar.

— Pronto! — diz Júnior. — Você escolhe em que conta colocar.

Abobalhado, demoro a entender que o malandrinho está me testando.

— Hein? — Ele não fala nada. — Ah... Ah! Na dos meninos, com certeza.

Meu sorriso não se desfaz por nada nesse mundo.

Júnior fica de pé, joga o braço para trás das costas e se alonga até ouvir um estalo. Seu jeito de lidar com a eletricidade espocando, acho.

— Ainda tem forças pra dançar, *senhorito* Chuvisco?

A resposta sincera? Nenhuma. Meus pés continuam doendo e posso jurar que tem uma bolha no calcanhar. Por mim, improvisaria uma cama perto da antiga represa, com três mesas dobráveis enfileiradas, e fecharia os olhos na esperança de que as saúvas me carregassem para casa. Se tudo mais falhasse, Cael e Pedro me encontrariam ao amanhecer, adormecido.

Apesar disso e da dificuldade em lidar com intimidade que faz parte do meu DNA, respondo que sim, sim, ele adivinhou meus pensamentos, a música vai me ajudar a recarregar as energias. Ainda no bosque que nos separa da pista, ele começa a se agitar, acompanhando a batida. Pergunta se gosto de EDM, breakcore, french house e outros nomes que eu desconheço. Se diverte bastante quando pergunto se drone music é tocada por drones.

— Sim, drones DJs — responde. — Você podia passar lá em casa qualquer hora para eu te mostrar algumas coisas.

— Vou adorar — respondo berrando.

Antes de nos jogarmos de vez no meio da multidão, Júnior pede meu celular e grava seu número na agenda.

— Assim ninguém se desencontra mais. — Sinto um frio na espinha. Até então, não havia pensado no futuro e, em consequência, na possibilidade de perdê-lo.

A Galileia parece um portal para um universo paralelo, uma cidade itinerante que se conecta com São Paulo a cada ciclo lunar, sem garantias de uma nova visita. A diversidade, os visuais alternativos, o comportamento sem medo da morte, nada disso existe no mundo que nos espera do outro lado da fronteira. Entre vê-la como um último grito de liberdade ou a possibilidade de dias melhores, escolho ser otimista. E preso a esse otimismo alimentado pelo gosto daqueles lábios, me decido a lutar para que a festa, Júnior e a música que ecoa no bosque embalando sátiros e ninfas permaneça real.

Nenhuma catarse criativa se compara ao que sinto neste momento.

— Falando em desencontro, tudo bem a gente procurar o Cael e o Pedro primeiro?

— Você que manda, Chuvisco. Vocês marcaram um lugar?

Repasso com ele as orientações de Pedro, nossa referência é o palco improvisado para o DJ. Cortando pelo meio da multidão, aproveitamos as brechas que se abrem, o vaivém orgânico dos círculos, losangos e outras formas geométricas que constituem o labirinto humano. Quando o beco é sem saída, paramos para dançar e esperar uma nova passagem. Júnior está empolgado, não sossega. Tento acompanhar seu ritmo, apesar do cansaço. Com o tanto que suo, não duvidaria se minha pele rachasse como o solo das antigas represas.

— São eles! — Eu o puxo comigo e, estabanado, quase engancho os dedos no vestido de uma drag. Peço desculpas. Ela aperta minha bochecha, solta um "Coisa linda!" e continua a se divertir. Mais um bloco de pessoas suadas vencido, chego até Pedro, que está se acabando de pular com o fortão de asas de borboleta. Cael está se pegando com uma menina ao lado deles, tentando dançar ao mesmo tempo. Se abrirem mais a boca, seriam capazes de se engolir por inteiro.

— Era verdade, ele é hétero! — diz Júnior, e se diverte como se estivesse entre amigos de longa data, o que pelas leis da física da Galileia é a mais pura verdade.

— Amo essa música!

— O quê?!

— Amo essa música! É do Bright Light Bright Light.

Se o nome é apenas Bright Light e Júnior está repetindo por conta da minha surdez repentina, é difícil saber. Onde estamos, o som é tão alto que sinto um tímpano colar no outro para trocar confidências. Faço um minuto de silêncio pelas células auditivas que se vão. Após uma longa introdução, os efeitos do remix diminuem e deixam uma voz limpa ecoar:

We all have days when we're empty
We all have days when we cry

I look across the water for miracles
But things only change if we try★

Lá pelas tantas, a letra desaparece e ficamos pulando com a batida. Cael e a menina decidem subir à superfície para respirar e se juntam ao grupo. Ela dá um rápido oi para nós, que acabamos de chegar. Sacode o cabelo colorido de um lado para o outro e demonstra ter mais equilíbrio de salto do que eu descalço. Pode ser a tatuagem dos Perpétuos que circunda o braço ou seu jeitão descontraído, mas acho que vamos nos dar bem.

Eu, ela e Cael interagimos nas coreografias — Júnior me trocou por Pedro e pelo fortão alado — quando a música para. A sensação é a de uma queda vertiginosa de volta ao mundo cinzento. A multidão faz um "aaaaaah" e depois um "uuuuuuh", enquanto o DJ testa o microfone.

— Alô? Alô? Um, dois, três. Um, dois, três.

No meio da sinfonia improvisada, ouço Pedro falar:

— Finalmente!

— Finalmente o quê? — pergunto, sem prever o caos que vai nos engolir.

★ Tem dias que nos sentimos vazios/ Tem dias que tudo o que fazemos é chorar/ Olho por sobre a água procurando milagres/ Mas as coisas só mudam se a gente tentar.

20
A TÁBUA DAS MARÉS

São quatro da manhã. A microfonia é mais eficiente em calar a multidão do que os pedidos de silêncio. A hipótese de que o equipamento pifou é descartada assim que o DJ passa o microfone para uma mulher chamada Vivi, que Pedro me conta ser uma das organizadoras da Galileia. Ela veste jeans e uma camisa social de manga comprida sem uma mancha de suor, prova irrefutável de que veio de outro planeta. Meu primeiro contato imediato de terceiro grau, quem diria, vai se dar numa festa LGBT.

Estamos no meio do nada. Posso sentir a tensão como sinto as ondas de calor emanando dos corpos mais próximos. A organizadora, contudo, aparenta calma. Pergunta se estão todos se divertindo, evoca gritos de euforia como prova de atenção, comanda seu show particular com desenvoltura.

— Como vocês sabem, o país está passando por um momento difícil. Fundamentalistas tomaram o poder e estão destruindo tudo o que conquistamos nos últimos trinta anos, gritando por aí que são cidadãos de bem quando pregam a morte, o retrocesso, a xenofobia, a exploração dos mais pobres. Agridem pessoas por causa da cor de sua camisa...

O discurso inflamado faz sucesso. Não há ninguém naquela multidão que não deseje se livrar dos fanáticos e que não se indigne com o apoio que o Escolhido recebe. Todos sabemos que a liberdade de ir e vir é ilusória. Basta estar atento para ouvir histórias sobre pessoas espancadas, agredidas, desaparecidas, encontradas mortas — crimes que as investigações transformam em suicídio sem o menor pudor.

Basta não viver embaixo de uma pedra e não se esconder atrás do comodismo para saber do que ela fala.

— Liberdade! — a mulher grita, esticando o braço para cima com o punho fechado. — Liberdade! Diversidade! Dignidade! — Ela faz sua adaptação e nós acompanhamos. Em tom mais bravio, Vivi cita o Pacto de Convivência. Acaba com a esperança de alguns inocentes ao repetir várias e várias vezes: — É uma farsa! Uma grande mentira! Não podemos acreditar nas palavras de um governo covarde que mata seu próprio povo, que nos descarta como lixo! — Ela engasga. — Eles tiraram nossos direitos! Não podemos mais casar, adotar filhos. Há hoje, *hoje!*, um projeto de lei que visa criminalizar a homoafetividade no país. Nos banir dos concursos públicos! Outras minorias também estão sofrendo. Pergunte aos candomblecistas e umbandistas pelo que passam. Pergunte às mulheres negras. Daqui a pouco voltaremos ao tempo da escravidão; daqui a pouco, vão proibir o casamento inter-racial, suspender o direito ao voto da mulher...

A lista é longa. Conheço parte dos projetos que tramitam no Congresso. Em um governo são, faríamos piada, certos de que parariam na gaveta. Mas com o Escolhido no poder, toda insanidade é permitida. Uma análise mais fria o revela como um estrategista consciente dos seus atos. O projeto religioso é, não canso de repetir, um projeto de poder. O perigo, ou o maior deles, é o ambiente de fanatismo e instabilidade social que o Escolhido cultiva em seu entorno para que continue sendo necessário, um falso ídolo da ordem, enquanto se enche de dinheiro vindo da corrupção.

O pecado é uma forma de controle. Ele inventa a doença para vender a cura com exclusividade. Foi essa a linha de ação que implantou na política. Incentivar o crime para, em seguida, nos oferecer a proteção.

— É por isso que no fim do mês, no dia 28, convoco todos a participar da marcha...

O Escolhido está se enfraquecendo, ela diz, está perdendo apoio entre os aliados. É preciso aproveitar esse momento para derrubá-lo. A baixa de impostos dos importados não maquia mais a situação econômica do país. As empresas estão indo à falência, as famílias estão endividadas.

— A mídia se cala, mas o povo precisa fazer sua parte.

Cada pausa que faz para recuperar a voz é preenchida pelos gritos do público. Um lado meu sente o sangue ferver, tem vontade de pegar cartazes e bandeiras e acampar na avenida Paulista esta noite. O outro quer roubar o microfone e gritar que estamos sendo inocentes. Não basta entender que o Pacto é uma mentira, é preciso vê-lo como uma isca, uma ratoeira esperando por nós.

A euforia é uma forma de cegueira, e disso o Escolhido entende bem. Precisamos nos preparar para o pior. Não para um protesto pacífico, mas para uma emboscada. Seja pelas mãos da Guarda Branca, da polícia truculenta do governador ou da tropa de elite do presidente, muitos de nós vão morrer.

Infelizmente, nem meu lado esquentado nem o cauteloso terá oportunidade de se manifestar. O barulho que ecoa na clareira é familiar a todos nós, habitantes de um país em guerra civil. O estouro seco de um tiro.

Vivi deixa o microfone cair. O barulho da colisão é amplificado pelas caixas de som. Ela leva a mão à barriga, percebendo o sangue e desabando para trás. Cai nos braços de seus amigos. Passado o instante de choque, as pessoas começam a correr. Outros tiros derrubam os que tentam fugir na direção da área de alimentação e do estacionamento. Uma nova rajada funciona como intimidação. Gritos ecoam de dentro do bosque, e uma parte numerosa de nós vai sendo encurralada.

Os sombrios atacam. Abandonam a pele humana e revelam a verdadeira face. Com gritos de ordem, vão cercando o rebanho. Os dentes afiados, a selvageria, a sede de sangue se repetem como no dia do ataque próximo à Augusta.

— Quem se mexer morre! — diz um sujeito de camisa branca.

Mais um tiro ecoa. Disparado para o alto, revela o homem que atirou em Vivi a poucos metros de nós. Posso ver o suor no seu rosto, o ir e vir dos ossos durante a respiração. As pupilas quase engolem a íris com seu negrume sombrio.

— É isso aí, escória filha da puta! Todo mundo ajoelhando quietinho pra aprender a rezar. Aqui é a Guarda Branca. E se o Escolhido amarelou e não vai fazer a faxina, a gente faz. Quem for comportado, obediente e não tentar bancar o esperto pode ganhar uma chance de morrer sem sofrimento.

Com a respiração pesada, tento entender quantos eles são. Cinco? Dez? Mais? O início de catarse atrapalha a contagem. Barulhentos, irascíveis, transtornados, os sombrios se espalham, se multiplicam. Abrem os braços, se exibindo. Um desafio gestual que diz "Venham, me ataquem, covardes", como se não mantivessem armas apontadas em nossa direção.

Um assassino pega o microfone caído.

— Antes de devolver vocês pro inferno de onde escaparam, vamos dar uma chance a quem quiser se converter e confessar os pecados aqui na frente de todo mundo. — Ele está alterado. As sílabas chegam a se embolar. — Deus vai julgar vocês e nós vamos aplicar a sentença. — Ele aponta o cano da arma para mim. — Ninguém aqui? — Vira de costas. — E desse lado?

Cael e Pedro aproveitam para cochichar alguma coisa. Se pudesse desacelerar o tempo, faria isso. Pediria que pensassem direito, não fizessem bobagem. Mas nesse mundo estranho, cercado pelos inimigos, meus poderes não funcionam. Nada de armadura, nada de voos para o alto das nuvens, de onde os problemas iam parecer minúsculos.

O cochicho chama a atenção do fanático. Ele vira para nós, com faíscas nos olhos.

— Quero me confessar — diz Cael, antes que ele possa se manifestar. Ergue os braços e cruza as mãos atrás da cabeça. Se destaca vagaroso do amontoado de gente, medindo os passos. Sabe que ser inofensivo aos olhos do agressor é o único jeito de não tomar um tiro. — Quero pedir perdão a Deus — prossegue. — Por ter trazido a minha namorada para essa festa imunda. — Ele dá mais uns passos e circunda o maluco, obrigando-o a virar de costas outra vez.

O contato visual é rápido. Pedro entende o sinal, saca uma arma e atira. Uma, duas, três, vezes. Os sombrios também têm seu momento de choque. Aqueles que se autodenominam predadores jamais esperam o revide de suas presas. As pessoas aproveitam para contra-atacar. É da natureza da maré derrotar quem se afoga, e ela vira a nosso favor. Numerosos, engolimos os sombrios e sua arrogância. Um deles tenta voar sobre nós para se empoleirar na mesa de som, e eu o empurro de volta. Um gesto automático, que o derruba no chão, ao alcance dos pontapés.

— Queimem o monstro — ouço dizerem, em meio a palavrões.

— Não! — grito, mas sou ignorado. Tento adentrar a redoma que o envolve e sou jogado para trás.

O sangue de vítimas e agressores escorre, alimentando os lençóis da Cantareira. Num misto de alívio e tristeza, respiro fundo para retomar um mínimo de controle. O cheiro de morte no ar não facilita a tarefa. Minhas pernas bambeiam.

Júnior me abraça forte, e posso sentir seu coração disparado junto ao meu, uma âncora na realidade. Retribuo, apertando-o contra mim. Cael vem ao nosso encontro e nos abraça também, então corre para a menina de cabelo colorido, que pergunta se ele está bem.

Minhas mãos tremem sem parar. Choramos as lágrimas uns dos outros, sem saber o que dizer.

Júnior se abaixa para ajudar alguém que passa mal. Acena pra mim rapidamente e volta a falar com a pessoa. De onde estou, vejo alguém morto entre as árvores, com o rosto virado para a terra.

Tento tirar as pessoas de cima do garoto de branco. Satisfeitas, elas se afastam. Ele está com os dentes quebrados, cospe sangue. Mal consegue firmar as mãos ao lado do corpo.

Minha mente está em choque. Repassa sem parar a visão de Pedro erguendo a arma e matando alguém. Disparos certeiros, num momento de tensão, que só alguém treinado conseguiria dar.

— Aguenta firme, Chuvisco. Como era mesmo? — pergunta Cael. Ele bate no seu peito e no meu. — Essa merda é real, essa merda real — fala para mim e para si. — Vamos dar um jeito de sair daqui.

— Por que não me contou? — pergunto gaguejando para Pedro, que nem sei se escuta. Cael vai para perto dele e o ajuda a baixar a arma que mantém apontada para o corpo sem vida. Nos filmes de terror, vilões sempre voltam para o susto final.

— Acabou — diz Cael, tentando romper o transe do franco-atirador. Ele sabia, percebo. Talvez guarde sua arma na cabeceira da cama, embaixo do colchão. No mesmo lugar onde empilho meus livros.

Pedro é incapaz de reagir. Está petrificado. Relaxa o braço, mas é só.

—Você tá bem? — Júnior para ao meu lado e entrelaça os dedos nos meus. Sinto como se todo o sangue do meu corpo pressionasse minhas têmporas.

Não sei, deveria dizer. O ar subitamente se tornou gelado. O calor humano desapareceu. A indignação e a incerteza do meu direito a ela são colocadas em segundo plano pelas pessoas que saúdam Pedro como um herói, que comemoram os fanáticos dominados ao longo da clareira. Há os mudos, os de riso histérico, os que misturam choro, suor e maquiagem. Há os que gritam pedindo socorro, ajudando os feridos.

Como era de se esperar, muitos aproveitam para ir embora, e tem início uma fuga desenfreada. Quem não gostaria de negar o que acabou de acontecer e inaugurar um novo porto seguro na cama de casa, no sofá de um parente, de um amigo, longe daqui?

Há aqueles que se mantêm parados, paralisados pelo caos.

Uma mulher alta, fácil de localizar, chega procurando Júnior. Ela segura o rosto dele entre as mãos quando o vê, esbaforida. Ele começa a contar o que aconteceu.

Um homem usando peruca loira, maquiagem pesada e vestido dourado, com pose de autoridade, cruza a clareira na direção de um corpo.

— Como está a situação aí?

— Esse aqui já era — responde uma borboleta. As antenas se foram, restaram as asas luminosas no alto das costas.

— Tem um aqui vivo, chefe — grita outro alguém, ao longe.

— Traz ele pra cá.

— Aqui também — falam atrás de mim, e uma drag vem ao nosso encontro.

Me esforço para entender o que vejo. Seguranças particulares, policiais infiltrados, talvez.

— Tá conseguindo falar? — a drag pergunta para o fanático. Olhando com mais calma, noto que o garoto da guarda branca deve ter a minha idade, se tanto. Ele se mantém inabalado com a mudança da maré, o desdém desenhado em seus lábios.

— Pode me matar, filho da puta, que eu não tenho medo de vi...

Um chute certeiro o faz desmaiar. Seu rosto gira para o lado oposto com a força do impacto. O sangue brota em um rio de seu nariz e sinto vontade de vomitar. Respirando devagar, me escoro na mesa do DJ. Atrás de mim, ouço um fim de conversa das mulheres que ampararam Vivi. Seu estado é péssimo, mas está viva. A que fala ao celular avisa que uma ambulância está vindo.

— Qual é seu nome? — a drag pergunta para Pedro. — Você tem licença? Essa arma é registrada?

Meu amigo faz que não com a cabeça. Olha de mim para o corpo e de volta para mim. Busca apoio em Cael.

— Meu nome é Dutra, sou policial — diz a drag. — Estou com mais alguns amigos aqui. Estávamos curtindo a festa, como vocês. Podemos ajudar a resolver isso, mas preciso que limpe suas digitais e me entregue a arma, pode ser?

Pedro continua sem dizer nada, fora do ar. Ao meu lado, Júnior pergunta:

— O que você vai fazer?

— Júnior, vamos embora. Não se mete nisso — pede a amiga dele.

—Temos gente baleada, morta — a drag policial continua. — Pelo sangue que tô vendo ali no meio, provavelmente um morto por espancamento. Na melhor das hipóteses, em estado grave. Catarina está pedindo as ambulâncias — ele aponta para uma mulher ao longe. — Preciso dar uma geral na situação, ver quantas ocorrências tenho para registrar. A lambança foi grande.

A borboleta que ele havia chamado chega com o fanático da Guarda Branca. Ela força o garoto para baixo, imobilizando seus braços com facilidade atrás das costas. Por um breve intervalo, nossos olhares se encontram. Seus olhos cor de mel estampam um sentimento que cada um dos presentes conhece bem.

— Falta decidir o que fazer com quem sobrou.

— O quê? Como assim? — pergunto por perguntar. Sei o que ele insinua com isso.

— Temos duas opções. Posso chamar a polícia e levar os caras para a delegacia. Mas duvido que fiquem presos muito tempo. E quando saírem... — Ele analisa nossas reações.

— Essa gente é vingativa. Em Mairiporã, desarticulamos um

grupo. Município pequeno, de histórico pacífico. Foi fácil colocá-los na cadeia. Mas na capital tem gente cheia de dinheiro apoiando esses doentes. A Guarda Branca tá em colapso, disputando poder entre si. Vocês devem ter ouvido essa história.

— Eu fico quieto, juro por Deus — o fanático argumenta.

— Mas tem um jeito mais seguro...

— Não — eu falo. Ou penso, não sei.

Sinto o chão tremer com vigor. Um terremoto capaz de derrubar mais do que livros em uma estante. Capaz de desestruturar mais do que pernas bambas e indecisas. Basta olhar para a represa seca para saber sua origem. Uma tartaruga gigantesca, da altura de uma casa, se arrasta rumo ao bosque. As árvores mais próximas da pista vão abaixo. A poeira que se ergue nubla minha visão. A terra acomoda seus passos, dispersa o impacto. Contudo, a cada parada da tartaruga, ao jogar o corpo para trás e apoiar o casco, o mundo treme novamente.

— A saída mais segura é acabar com o problema aqui — a drag policial explica. — Mas a decisão tem que ser tomada em conjunto.

O conjunto fica cada vez mais numeroso, com curiosos aglomerados.

— Pedro, Cael, chega de tragédia por hoje — digo. — Vocês não podem... Vocês... — Meus pensamentos se embaralham.

Vruuum. Um novo tremor sob meus pés. A tartaruga está mostrando a direção.

— Vivi? Vivi, fala comigo. Acho que ela desmaiou. Cadê

essa ambulância, meu Deus? — Uma mulher se desespera. — Vivi! — Mais um cadáver para a conta do dia.

— Temos que resolver antes dos caras chegarem.

A poeira erguida pela tartaruga me invade as narinas, toma a boca, resseca os pulmões. Só pode ser esse o gosto amargo, a aspereza que me consome por dentro. Não podemos decidir se um homem vai viver ou morrer. Matamos um deles a tiros para sobreviver. Outro, espancado. Me recuso a fazer parte do tribunal, a vestir as roupas da Guarda Branca e bater o martelo.

Para mim é tão óbvio que não entendo a demora na decisão.

— Pedro...

Ele limpa as digitais na borda da camisa, atrapalhado. Pode ser um atirador treinado, mas o resto aprendeu com seriados policiais. Entrega a arma para a drag.

— Esses caras iam matar a gente, Chuvisco — diz Cael, mas Pedro continua mudo.

— Eu vou embora — digo.

— Não adianta virar as costas pra essa gente, não é, Dutra?

A drag faz que sim com a cabeça. Quer resolver logo o problema, voltar para casa e tirar a maquiagem. A borboleta concorda. Está de saco cheio de segurar o maluco da Guarda Branca.

— Não me levem a mal, mas tem trabalho a ser feito aqui e o tempo está correndo contra nós.

Uma Barbie com asas de borboleta segurando um assassino nas terras secas de uma represa. Uma drag sugerindo execução. Meu amigo mais inofensivo com o sangue de alguém nas mãos. Uma tartaruga gigante derrubando as árvores onde todos se pegavam minutos atrás.

O que é real?

— Essa decisão não é minha — digo. — Tô indo embora.

— Embora como, Chuvisco? Vai ficar na estrada pedindo carona? E se você for sequestrado, ou pirar e sumir por aí? Eu já tô na merda. Não me inventa mais problema — diz Pedro, abandonando a inércia. O argumento me faz titubear.

— A gente leva ele. Não é, Sílvia?

A amiga de Júnior responde que sim.

— Claro, contanto que a gente vá embora logo.

— Vou com eles — aviso.

Cael diz sem me dizer que vai ficar. Fingindo um abraço de despedida, cochicho em seu ouvido:

— O Pedro não está pensando direito. Vão tentar jogar a decisão pra cima dele, fica esperto. — Aviso que ligo assim que estiver em casa. Quanto a Pedro, me falta coragem, ou vontade, de olhá-lo nos olhos. Me despeço com um aceno vago que poderia ser direcionado a qualquer um. À drag, ao fanático, ao homem espancado sobre a grama seca.

Do banco de trás do carro de Sílvia, vislumbro pela última vez as árvores. Mais tarde, na altura de Guarulhos, sigo o conselho de Júnior e ligo para Cael. Não sei dizer se está aborrecido ou enrolado, mas ele é econômico nas palavras. Avisa que estão resolvendo a situação com a ajuda do policial, e que a viatura e as ambulâncias já chegaram.

— Estamos quase terminando de cuidar dos detalhes — diz ele.

Me falta coragem de perguntar se isso significa mais um morto para enterrar e o quanto ele e Pedro participaram da decisão. Peço apenas que me liguem quando estiverem em casa, a hora que for.

— Por favor. Senão vou ficar muito puto.

— Se cuida, Chuvisco. E toma cuidado. O Dutra acha que podia ter mais gente da Guarda Branca aqui infiltrada. Se eles fugiram com o restante do público, devem ter pegado a mesma estrada que vocês.

Prometemos nos cuidar, ele de um lado, eu do outro. Quero deixar um abraço para Pedro, mas as palavras não saem e acabo encerrando a ligação. Para satisfazer a curiosidade de Sílvia e Júnior, conto o que ouvi, principalmente o aviso de que pode ter alguém da Guarda Branca por perto.

A informação deixa o pé de Sílvia mais pesado, e minhas costas mais coladas no banco. Seja qual for o limite de velocidade, ela não desperdiça um quilômetro por hora sequer.

—Vou dar uma volta antes de deixar vocês dois em casa, por via das dúvidas — avisa.

O tempo que levamos no percurso vai baixando a adrenalina tanto quanto possível. O consenso é que, se estivéssemos sendo seguidos, teriam nos abordado nos quilômetros desertos da estrada. O que não impede Sílvia de ser cautelosa por nós três. Seu jeito de falar com Júnior lembra o relacionamento que tenho com Gabi, o que me faz simpatizar com ela.

Em São Paulo, depois de muita discussão, paramos num café vinte e quatro horas ao lado de um posto de gasolina. Sílvia aproveita para ir ao banheiro enquanto fazemos nossos pedidos e o dela. Apesar do enjoo causado pelo nervosismo, peço cookies de baunilha, que divido com Júnior, para manter a glicose circulando. Dentro do carro, nos abraçamos driblando farelos e peço que não me deixe sozinho.

TEMPESTADE CRIATIVA #22
A cápsula do tempo

Oi, pessoal! Eu sou o Chuvisco e este é mais um Tempestade Criativa.

Estava mexendo em uma caixa de bugigangas antigas e encontrei uma carta que escrevi cinco anos atrás para mim mesmo, uma cápsula do tempo. Ela estava guardada dentro de um baú que eu costumava usar de bagageiro para o meu Optimus Prime, quando brincava de carrinhos normais contra Transformers no meu quarto. Na época eu estava passando por uma crise e só queria que a vida melhorasse. Mas até que acertei algumas coisas sobre o futuro Chuvisco:

1. Eu disse que queria tirar notas boas no ensino médio, e estou tirando! Que tipo de criança pede isso, né? Eu, pelo visto.

2. Disse que queria ter terminado meu primeiro quadrinho, de preferência já com uma editora para ser publicado. É,

nessa eu falhei. Na verdade, parei de desenhar. Por outro lado, tenho lido quadrinhos como nunca, para desespero dos meus pais.

3. Disse que estaria namorando a... Não vou falar o nome dela. Que vergonha ter escrito isso como meta! Era uma das minhas melhores amigas na época. Então até entendo a vontade, mas ela mudou de escola e a gente nunca mais se viu. Coisas de amizades de colégio. Às vezes duram, às vezes desaparecem de um dia pro outro.

4. Disse que queria ter terminado o curso de inglês. Esse foi quase. Tive que parar porque meus pais ficaram sem grana. Mas vou voltar em breve.

Bem, não vou falar o resto para não passar vergonha. Mas quero aproveitar a situação para fazer isso de novo. Daqui a cinco anos vou ver este vídeo e comentar o que aconteceu. Hum... por onde eu começo?

Oi, Chuvisco do futuro. Aqui é sua versão adolescente. Espero que você esteja terminando a faculdade. De preferência um curso ligado à área de letras. Espero que tenha encontrado um penteado decente, porque seu cabelo tá um caos hoje. Quero que tenha realizado seu sonho de aprender francês para poder ler mais quadrinhos. E que sua relação com seus pais tenha melhorado, que eles não reclamem mais dos seus amigos, e que você esteja morando em São Paulo, como sempre sonhou. Ah, espero que o boxe já tenha resultado em um corpo razoável e que você não reclame mais de chegar todo roxo em casa. Espero também que a crise financeira do Brasil tenha passado, e que essa onda conservadora incomodando todo mundo tenha sido só um susto. Não vou desejar namorada nem namorado, porque né? Sem noção. Mas quero acima de tudo que você esteja bem. Um abraço, de um Chuvisco para outro. A gente se vê em cinco anos!

E vocês, pessoal? Já fizeram uma cápsula do tempo? Onde a guardaram? No armário? Enterrada no quintal? Não deixem de me contar nos comentários.

Até o próximo vídeo!

Fiquem bem.

21
O FUTURO TEM CHEIRO DE SANGUE

Estou em um lugar escuro e não sei como vim parar aqui. Descalço, sem camisa, sinto a aspereza do piso nas costas e no pé ossudo. Os braços e as pernas doem como se tivesse levado uma surra. Talvez tenha. A memória é falha; a lembrança, confusa. Tento me ajeitar, desdobrar o corpo, mas a mão direita não obedece. Meus dedos pendem inertes, curvados, incapazes de completar o movimento.

A vontade é de fechar os olhos e continuar deitado. Uma vozinha no fundo da minha cabeça, porém, me diz para insistir. Cada segundo perdido é um passo a mais em direção ao abismo.

Com a mão esquerda espalmada, me empurro para cima. Tanto faço que consigo sentar. Encaro por um segundo o negrume, forçando os olhos a se adaptar, mas não é somente a escuridão que me turva os olhos.

Uma dor repentina me causa um espasmo muscular. Tateando, descubro dois buracos no corpo que latejam ao toque, ainda úmidos do sangue que escorre. Com a visão mais adaptada, tenho a impressão de ver uma porta. Não sei dizer se está perto ou longe. Na verdade, não sei ao certo se é real. Mas preciso tentar.

Sigo engatinhando, de quatro. Com cada toque do punho direito no concreto vem um gemido de dor. *Você vai conseguir*, eu digo, ou penso. Tomo um susto danado ao tropeçar na superfície macia que descubro ser um corpo. Me jogo para o lado. Caio com a cabeça virada para a cabeça de outro alguém, e logo reconheço seus traços.

— Pedro?

Me arrasto para perto, visando seu nariz. A ausência de respiração deixa a minha acelerada. Se eu desmaiar, é provável que não acorde novamente. Não nesse mundo, quem sabe em outro?

Por mais que apele ao lado racional, é impossível manter o controle. Recorro então ao instinto de sobrevivência. Não vou morrer aqui. Não vou deixar que os sombrios vençam.

— Pedro? — Colo a orelha em seu peito. É estranho senti-lo gelado dessa maneira. Pensar no que possa ter se tornado me faz recuar.

O que fizeram com você?

É então que me dou conta. Os dois buracos. Alguém me mordeu, se alimentou do meu sangue. Arrastou Pedro e eu até este lugar. É cultivando o medo que o inimigo prolifera. Nem só de sangue ele se alimenta. E não pretendo ser mais um colaborador.

Preciso pedir ajuda.

Meus bolsos estão vazios. Quem quer que tenha nos capturado, levou documentos e celular. Em desespero, grito por socorro. A garganta está seca, arranhada, quando dois holofotes se acendem, iluminando o que parece um palco de teatro. Um deles circula Pedro, que estremece em convulsões. O outro revela Amanda.

Sem acreditar no que vejo, vou ao encontro dela. Pendurada pelos pés, está inconsciente. O sangue empapa seu cabelo e pinga dentro de uma bacia. O líquido lá dentro é escuro, quase negro. Ao contornar o corpo, noto um corte por dentro dos braços estirados para baixo. Sua boca está ferida, inchada, cercada por uma mancha roxa. O pescoço apresenta um cordão negro que, de início, penso ser uma ferida aberta. Depois, entendo ser a marca de dedos. Mãos que a pressionavam enquanto bebiam dela o que tinha para oferecer.

O que fizeram com você?

Quem seria capaz de torturar outro ser humano assim?

Enjoado, tiro a bacia de debaixo do corpo. O sangue não faz mais barulho ao gotejar. Tento desamarrar a corda da parede e descê-la, para tentar salvá-la da influência dos sombrios. Porém, ao desfazer o segundo laço, minha força falha, e Amanda despenca no chão.

O corpo faz barulho, a sonoplastia é perfeita. Os pés batem em cheio na bacia. O líquido que entorna dela é viscoso. Mais do que sangue, mais do que a vida que lhe roubaram. Está espalhado entre nós dois como uma poça escura, um obstáculo intransponível. O cérebro manda minhas pernas se moverem, mas elas não obedecem. Manda que os pés se ergam, os joelhos se dobrem, os músculos se animem a lutar.

Atordoado, permaneço imóvel, constatando o óbvio.

— Ela está morta — diz Pedro, e meu coração sobe à garganta. Me viro na direção dele. Sua juventude imaculada foi enfim corrompida. De resto, parece o amigo de sempre. O garoto cheio de si que costuma me beijar no rosto, massagear minhas costas, me chamar de irmão, fazer comentários esdrúxulos para me deixar sem graça na frente dos outros.

É ele quem supera nosso impasse e me estende a mão. Se é para morrer, que seja em braços gentis. Mas algo mais forte que eu me impede de aceitar o convite.

— O que aconteceu? — pergunto enquanto procuro um jeito de me defender. Saber o que faço não o irrita. Ele continua a conversar comigo, seja por misericórdia ou porque uma parte do amigo persiste dentro do monstro que se tornou.

— Não lembra?

Faço que não com a cabeça. Sua atenção está dividida entre mim e Amanda, tingida pelo sangue da bacia. Há algo naquela poça que o impede de se aproximar. Não algo físico, químico, palpável, apenas uma constatação.

— Eu fiz o que me pediu. Descobri uma pista do paradeiro de Júnior. Nós reunimos a turma e fomos atrás dele. Quando chegamos lá...

— Uma emboscada.

Ele confirma com um gesto quase imperceptível. A lembrança, seja qual for, mantém acesa uma parte de sua humanidade.

— Quando percebemos que eram os sombrios, o cerco

já havia se fechado. Eles nos derrubaram, nos sequestraram, e aqui estamos.

— E os outros?

A resposta se transforma em uma raiva impossível de conter.

— Cael, Dudu e Gabi foram mortos. Eles nos escolheram para a transformação. Beberam de mim até se fartar e me largaram aqui para que eu beba de Amanda e depois ela de você, perpetuando o ciclo. Não sobrou ninguém para salvar, Chuvisco. Ninguém além de nós mesmos.

A imagem da emboscada está confusa na minha cabeça. Sei que conseguimos escapar da festa. Apesar de confiar nele, só pode estar mentindo. Preciso entender por quê.

—Vou embora.

Ele está mais próximo de mim do que um segundo atrás. Sinto seu hálito cobrir minha orelha e me viro para encarar sua fome. O cheiro de bala de hortelã persiste.

—Você pode ir se quiser, ou pode ficar. A escolha é sua.

É uma provocação, claro.

— Ir ou ficar — mastigo as opções. Uma nova luz se acende no alto, iluminando a saída. Tudo o que preciso fazer é pular o sangue de Amanda e partir. Assumir que os perdi.

Um susto me estremece quando o nariz de Pedro toca meu pescoço. Aquele não é um gesto de carinho. Ele desce pela garganta, contorna o ombro e desvia para as feridas na curva do meu peito. Tento afastá-lo, mas não consigo. Entendo enfim por que minhas pernas não se moviam. Não é uma questão de força, mas de vontade, a dele sobreposta à minha. Sequer consigo erguer as mãos para lutar.

—Vai tentar me impedir?

— Eu...

—Você não é meu banquete. — Ele me libera e o corpo volta a responder. — É preciso respeitar a ordem. Eu me alimento de Amanda. E ela de você.

— E, se eu for embora, ela não se alimenta de ninguém.

— Basta uma pessoa romper o ciclo.

— E ela morre — insisto.

— E ela morre — ele repete com uma tristeza que me soa real. — Não há outra salvação para nós, Chuvisco. Se me matar, como sei que está pensando em fazer, não vou poder transformar Amanda, que vai morrer. Se deixá-la para trás, você vai ser o responsável pelo seu fim.

— É uma decisão injusta.

— E qual não é? — ele diz e vira de costas, se fingindo indefeso. Ao contrário do que disse, eu jamais pensaria em matá-lo.

—Vou embora — falo alto. O Pedro que eu amava, assim como Amanda, não existem mais. É tudo um eco de outra mente, de outro orador, resultado da lavagem cerebral do Escolhido em seus discursos aos sombrios. — Alguém tem que romper o ciclo.

— Que seja. — Para testar minha determinação, Pedro se abaixa e puxa Amanda para junto de si, colocando-a em seu colo. — Já que entornou a bacia... — Seus dentes perfuram a carne dela, com os olhos fixos nos meus. Ao ver que tento fugir, Pedro grita: — Peguem ele!

Os sombrios estão em cima de mim, tentando me imobilizar. Me sacudo como posso enquanto um mar de mãos me cobre os olhos, cala minha boca, arranha minha pele. Um deles fecha meu nariz, e não consigo respirar.

Eu. Preciso. De. Ar.

— Chuvisco? Chuvisco!

Espanto a mão para longe de mim, recuando para a parede. Júnior está ajoelhado na minha frente, na cama. Seus olhos estão arregalados com o susto que tomou. Veste roupas que deve ter pego emprestadas na minha gaveta, uma cueca verde-escura e uma regata, que deixa à mostra as laterais do binder.

—Você é real? — pergunto. —Você é real? Você é real?

Ao reconhecê-lo e entender que estou na segurança do meu quarto, começo a chorar. As lágrimas descem sobre as bochechas, sem pedir permissão. Júnior me abraça com força, me puxa para o seu colo, e acho que chora também.

—Você tava de olho aberto, falando coisas sem sentido, me chamando de Pedro. Começou a gritar quando te segurei, e eu não sabia o que fazer.

A voz dele sai trêmula. Júnior acaricia meus cabelos, seca as lágrimas com uma ponta de lençol, inocente quanto à lógica das catarses. Demoro a convencê-lo de que estou bem de verdade, a me convencer de que aquilo não passou de um pesadelo.

Viro de barriga para cima para acariciar seu rosto. Ficamos assim, nos olhando em silêncio, por um longo tempo.

— Não é justo o que aconteceu com você naquela noite, não é justo ter de viver constantemente com medo. Eu me sinto um inútil.

— Ontem, antes de dormir, você me disse que distribui livros, que ajudou uma ONG...

— Não é o bastante — eu falo.

Quero que o Santa Muerte responda meu contato. Quero ajudar a desmantelar a Guarda Branca, derrubar o Escolhido.

— Cada ação é importante, cada pequeno gesto — diz Júnior, me fazendo um cafuné. — Quer me contar o que sonhou que te deixou assim?

Respiro fundo e encaro meus pés apoiados na parede. Movo os dedões como se quisesse deles a confirmação de que somos reais.

— Estavam todos mortos — é só o que falo. —Você, meus amigos, todo mundo.

A explicação basta para ele compreender o pânico.

— Contrariando as estatísticas, vamos sobreviver. Tá me ouvindo? — Respiro fundo, mas a imagem de Pedro e Amanda segue fresca na cabeça. —Tô falando sério. — Júnior me sacode. —Vamos sobreviver, e não quero que pense nada diferente disso.

Mais tarde, tomamos um café caprichado na mesa da sala, preparado como meu pedido de desculpas. Júnior é do time dos sucos, então o acompanho numa jarra bem gelada de laranja. Geleias e torradas completam a refeição. Por maior que seja nosso talento para puxar papos aleatórios, é difícil evitar falar da Galileia.

— Sabe o que eu acho? — ele faz sua pergunta retórica entre os *croc-crocs* da torrada. — Não é legal alimentar mágoa entre amigos. Liga pra todo mundo e marca um encontro pra lavar a roupa suja. Você vai se sentir melhor.

— Ou vou querer sumir do universo — falo na defensiva, apesar de concordar com o que me diz.

— Se não ligar, vai continuar com a cabeça neles e não em mim. Vou terminar o café, me vestir e ir pra casa. — A ameaça irônica me faz abrir um sorriso. — O quê? Acha que tô falando isso pra te ajudar? Nada disso, sou um baita egoísta, só tô pensando em mim. — Nem ele aguenta manter a seriedade. É bom abstrair a violência por um ínfimo segundo.

— Tem razão. Preciso cumprir um juramento.

— Aos seus amigos?

— Ao Senhor das Moscas — respondo. Ele faz uma cara confusa, mas deixa por isso mesmo.

Para não ser um anfitrião de quinta categoria, espero terminarmos o café. Em seguida, pego o celular e ligo para Cael. Passo adiante a sugestão do encontro. Ele se prontifica a falar com o restante do grupo, dizendo ter o local perfeito.

Enquanto respondo a suas perguntas, pego a mão de Júnior, num agradecimento silencioso por ele estar aqui. Quando vai embora, aproveito para cumprir outra promessa e assisto aos vídeos de Denise. Eles me deixam orgulhoso de ter criado o Tempestade Criativa e ajudado alguém indiretamente. Mas também me deixam para baixo, imerso numa tristeza da qual não consigo escapar.

22
ROUPA SUJA SE LAVA NO PALCO

O CLIMA É DE VELÓRIO. Estamos no teatro onde Cael ensaia sua peça. Amplo, com iluminação precária, tem um leve cheiro de incenso misturado ao de umidade. Meu lado racional sabe que nunca estive aqui, que o endereço é outro, que todos os teatros são iguais. Mas a semelhança com o cenário do pesadelo me faz balançar as pernas sem parar. Para disfarçar, jogo a culpa em uma corrente de ar frio que mais ninguém sente.

É nosso primeiro encontro depois do ataque na Galileia, uma semana depois.

Um sofá vermelho de veludo, escolhido para brilhar sob os holofotes, ocupa o centro do palco. Cael explicou sua importância cênica, um ponto que atrai a atenção do público, onde uma grande revelação é feita no terço final, mas confesso não ter entendido muito bem. Em frente a ele, coloquei uma das cadeiras de madeira que peguei na coxia. O sofá não é muito mais confortável, afinal. Passado de mão em mão, de palco em palco, traz mais histórias que espuma no estofado.

Dudu faz o mesmo e senta ao meu lado, longe de Amanda e Gabi.

Alguém comenta que basta montar o bar atrás de mim e colocar música para ter uma versão improvisada do Vitrine. Uma mentira, sabemos todos. Uma heresia com nosso sofazão do bar. Faltaria o principal: a suspensão da descrença, os pilares de um sonho que se tornou escombro.

Sorrio no automático com os comentários, me afastando do terreno movediço. Evito falar que minha bolha de realidade estourou respingando sangue.

— É, é igual — digo. — Põe uma música anos 90 e tá perfeito.

Sei que para Cael o sofá, o palco, o teatro, são todos símbolos de liberdade, mas meu referencial segue em outra direção. Não consigo tirar os olhos de Pedro e Amanda. São eles que atraem minha atenção no jogo de cena. Sinto como se os dois fossem se transformar em sombrios a qualquer momento e nos usar para palitar os dentes.

Não sobrou ninguém para salvar, Chuvisco.

Ninguém além de nós mesmos.

— Muito bem — diz Gabi. — Vocês dois vão continuar com criancice?

Ela se refere a mim e a Pedro, obviamente. Estamos sem nos falar desde o tiroteio.

— Ele mentiu para mim — digo com a maior calma do mundo. Sem a raiva para alimentar a birra, sobrou apenas um enorme vazio. Fico repassando na cabeça nossa ida para a festa. Cael e Pedro falando que não devíamos guardar segredo entre nós quando contei a história com o Dudu. E, no fim, o tiro.

— O que queria que eu fizesse? — pergunta Pedro. Quando o olho nos olhos, confirmando o carinho que sentimos um pelo outro, a briga parece uma estupidez. Mas não consigo simplesmente deixar para lá.

— Queria que tivesse me contado.

— Claro! Eu ia chegar e falar: "Olha, Chuvisco, tô levando você até lá pra distrair sua cabeça, mas tô indo armado, porque vai que aparece alguém tentando nos matar"? Ou talvez: "Olha, depois do que aconteceu com você, preferi fazer aula de tiro em vez de passar mais tempo com meu namorado, por isso acabamos terminando"? Estaria bom assim ou eu precisaria desenhar?

— Eu... Você podia... — Paro e sacudo a cabeça. Cael me pediu para deixar as explicações daquela noite por conta dele. Gabi me ligou para saber se estava tudo bem. Amanda passou em casa para me dar um beijo. Mas não conversamos em detalhes sobre o assunto. Houve um confronto, Pedro estava armado, sobrevivemos e pronto. Eu não sabia quanto do nosso incidente na Galileia ele havia compartilhado com as meninas, apesar de ter certeza do que havia omitido. — Vocês vivem me pedindo para me abrir mais, mas a verdade é que desde que me enfiei naquela confusão na saída do Vitrine não sei o que se passa na cabeça de vocês.

Nossas brigas sempre se resolveram na base do cappuccino e da conversa. Um método eficiente, porque entramos em modo sincericídio extremo acompanhado de um foda-se para as consequências. Mas nenhum de nós está sendo cem por cento honesto, e me pergunto se vale a pena jogar a merda no ventilador.

 Nas tardes que passei com Júnior, desenvolvi uma teoria. Pedro conseguiu essa arma com Dudu, ou por intermédio dele. E Cael sabe de tudo, por isso anda estressado com o cara. Também foi por intermédio dele que Pedro entrou em um grupo armado contra o Escolhido. Justiceiros de justiceiros. Caçadores da Guarda Branca. Foi assim que soube do racha interno e, mais tarde, da execução dos fanáticos que procuravam por mim.

 — Já pensou em quantas pessoas salvamos naquela noite, Chuvisco? — fala Pedro.

 — Não é isso que eu tô discutindo. Eu... — Estou confuso, é o que deveria explicar. Estive próximo da morte como vítima em potencial e como espectador em um intervalo de segundos. Vi alguém que amo se expor para me proteger. Vi alguém que amo apertar o gatilho e estourar o agressor. O estampido persiste no meu ouvido. A imagem da menina que discursava, engasgando com o próprio sangue, se repete sem parar nos meus sonhos.

 —Tô de saco cheio, Chuvisco. Não vou mais ser refém de um conto de fadas que saiu do controle.

 —Você tinha uma arma por minha causa. Pelo menos divide isso comigo da próxima vez.

 — Foi o Cael, não foi? — diz Amanda. Será que ela tem

as mesmas suspeitas que eu? Gabi faz uma cara espantada, se remexe na cadeira. De nós, é provavelmente a que menos sabe do que aconteceu. Trazer o nome de Dudu à tona lhe faria um mal danado, suponho. Preciso tomar um cuidado extra com isso. — Aposto que ele pediu pro Pedro não contar da arma pra ninguém.

— Você não sabe o que tá dizendo, Amanda.

— Não mesmo? Então me explica, Cael. Porque desde que o Chuvisco foi parar no hospital você tá sendo evasivo e não fala coisa com coisa. Eu bem que estranhei esse trelelê com o Pedro, os dois saindo juntos toda noite sem convidar a gente, as conversinhas de celular dentro do banheiro. Você nunca foi assim.

— Como se estivesse prestando muita atenção em mim ultimamente — diz ele, levantando.

— Não entendi a indireta.

Sorte dela. E de Dudu.

Ouvir Amanda e Cael discutindo me despedaça. Dedos, braços, pernas, tronco, cabeça se desmontam, até que eu me torno um amontoado que não sabe mais se conectar. E Gabi... Que droga. Está a um passo de ser pega no fogo cruzado. É por ela que me recomponho e volto a falar.

— Um pedido de desculpas está bom pra mim, Pedro. É que a gente anda afastado, tá faltando comunicação.

Ninguém dá a mínima pro que acabo de dizer.

— A indireta tá aí sentada, Amanda, fingindo que não é com ele enquanto a gente se desentende — Pedro diz, então me olha rápido e depois desvia o rosto.

— Cala a boca, Pedro. Não se mete. Qual é o seu problema comigo, Cael? — Amanda mantém o embate.

— Ele tá falando do Dudu — diz Gabi, de uma vez. — E se vocês forem discutir por causa dele, prefiro que não seja na minha frente.

— O problema do Cael — Dudu se mete —, é que agora que tá comigo a Amanda tem vida própria e não fica mais de paparico, fazendo tudo pra ele, cuidando do bebezão. Esse aí só tem tamanho.

— E desde quando eu dependo de homem pra ter vida própria? Desde quando preciso de moleque sem noção pra me defender? — A resposta de Amanda deixa todos calados, na expectativa. — Perdeu o senso de ridículo, Dudu? Tá se achando muito pro meu gosto.

Posso sentir a raiva de Dudu emanando como radiação de uma usina destruída. Ele engole em seco e se vira para mim, como se eu tivesse algo a ver com o fora que acaba de tomar. Ele levanta e ajeita a calça, então confere chave e celular no bolso, se preparando para ir embora. Uma atitude que é bem sua cara, eu gostaria de dizer, mas novamente penso em Gabi. Se ela puder ser poupada, vou adorar a saída estratégica de Dudu.

— Quando estiver mais calma e quiser conversar, me liga — ele fala, pulando do palco para o corredor entre as cadeiras. — Não sou obrigado a ouvir desaforo gratuito nessa zona de guerra.

É a deixa perfeita. Basta que se vire e nos deixe sozinhos para resolvermos o desentendimento. Conhecemos nossos cacos pelos nomes, cada ranhura, cada ponto de encaixe. Sabemos como nos desconstruir e reconstruir mais fortes, apesar dos arranhões. Até hoje, nenhuma briga nos afastou. Pelo contrário. Sei que também guardo segredos, que preservo minha privacidade, mas se um de nós entrar para a luta armada, os outros têm o direito de saber.

Dudu está no meio do teatro quando Pedro dispara:

— Se ela tá assim com seu comentário babaca, imagina se soubesse que você já deu uns pegas no Chuvisco na adolescência.

Punk. Death. Metal.

Deve ser esse o ruído na minha cabeça nesse instante. Ou talvez eu esteja saindo do ar. Quero me esconder atrás do sofá, dentro do estofado, se possível. Mas a indignação dura pouco quando paro pra pensar. Algo me diz que Pedro não está sendo um babaca, só está tentando ajudar. Um segredo para ocultar outro segredo. O passado pelo presente. Uma isca atraente demais para ser recusada pelo apetite curioso de Amanda.

O problema é que Dudu não entende sutilezas. Raivoso, range os dentes como um vira-lata — ou seria um guaxinim? — e pula para cima do palco. Antes que faça alguma coisa da qual possa se arrepender, como deixar Pedro com o olho roxo, corro para segurá-lo. Empurro-o para trás e, quando ele tenta passar por mim, imobilizo seus braços. Aproveito a pouca distância para falar:

— Ninguém precisa saber de onde veio a arma, some daqui — digo em seu ouvido.

O barulho da ficha caindo poderia ser ouvido a quarteirões de distância. Ele se sacode para que eu o solte, então assente com a cabeça.

— A história não é bem essa, Pedro. Para de inventar coisa para tirar o foco de você — falo alto, como se estivesse irritado, e talvez esteja.

Dudu aproveita a deixa para nos xingar.

—Vocês são todos malucos. Todos! Não salva um. — Ele desce do palco e vai embora, resmungando. Ficamos calados até que ele suma pela porta.

— Do que o Pedro tá falando, Chuvisco? — Gabi pergunta.

— Nada que valha a pena contar.

—Também quero saber, Chuvisco. Nem tenta que não vai dar certo — Amanda fala com uma calma que me surpreende. Sua voz soa tranquila, ou o mais tranquila que a situação permite, apesar do rosto tenso. Ela levanta do sofá e se aproxima de Gabi, numa cumplicidade instintiva. Os dedos de uma se enroscam nos dedos da outra, sem que notem o movimento. Numa só tacada, Pedro conseguiu despachar Dudu e ativar o modo de autopreservação que cultivamos com zelo desde que formamos nosso grupo de amigos.

Existe um limite que não vale a pena ser ultrapassado, e cada um de nós sabe disso.

Seguindo o protocolo, conto a história. Repito o que falei no carro, sem tirar nem pôr. Nenhum beijo, nenhuma atração sexual. Somente uma amizade que deixou de existir da noite para o dia, sem direito a tchau.

Gabi fica pasma. Diz, inclusive:

— Estou pasma.

Ninguém fala nada além dela, boquiaberta. Foi ela quem trouxe o Dudu para o grupo. Se sente péssima, responsável por nossa reaproximação. Ou, como decidimos em nossa breve conversa, a aproximação entre outro Chuvisco e outro Dudu.

— Não vai falar nada? — Pedro provoca Amanda.

— Falar o quê? Que a gente tava pegando o cara que abandonou meu melhor amigo porque a namoradinha pediu?

— Ei — Cael reclama, rompendo o silêncio.

— Melhor amigo depois de você. Seu posto é vitalício, sossega.

— Ei — Pedro reclama.

— "Ei" nada. Você tá de castigo no cantinho.

Cael deixa escapar um sorriso discreto que desaparece tão rápido quanto veio. Enquanto ele e Amanda fazem pedidos de desculpa disfarçados de provocações, troco um olhar com Pedro. O filho da mãe parece feliz com o resultado do circo que armou.

— Vou te contar, viu? — diz Gabi. — Tenho o dedo podre mesmo.

— Podre, mas bem que o Dudu gostava — diz Amanda.

As duas riem sozinhas. Prefiro não entender do que estão falando, deixar que a piada continue interna.

— Mas tem uma coisa bastante clara pra mim — eu digo. — Temos um problema de confiança pra resolver. Não tô falando só da merda que aconteceu na Galileia não. Tô falando de passar uns cinco anos a limpo. E a gente vai fazer isso nesse instante. Tá decidido.

Cael levanta a mão.

— Só se me prometerem uma coisa. Depois do quebra-pau a gente vai pro Vitrine de verdade, e não essa imitação bizarra com cheiro de mofo, pra beber todas até cair.

— Não posso beber — reclamo.

— Você bebe leite até cair — diz Pedro.

— Tá bom pra mim — diz Amanda.

— E bora sentar todo mundo bonitinho em círculo. — Cael puxa uma cadeira. — O Pedro tá parecendo vítima de interrogatório.

— Tá, mas vou continuar no sofá. Não quero discutir em cadeira dura, não — diz Gabi.

Enquanto nos reposicionamos, ajeitamos mais que os corpos. Partes nossas que nem sabíamos estar fora do lugar. Cael nos passa sua versão dos fatos, o motivo de ter apoiado Pedro na decisão de adquirir uma arma. Conta que estavam tendo aulas de tiro, por isso os encontros noturnos mais frequentes.

— Pensei em comprar um revólver pequeno, fácil de esconder na calça. A decisão foi adiada por enquanto. Mas não descarto, no futuro.

Nosso pacto de sinceridade, obviamente, renasce falho. Gabi e Amanda continuam sem saber do fanático sobrevivente de Schrödinger. Guardo para mim o encontro vampiresco no teatro e a busca por Santa Muerte. Contar uns com os outros não significa despejar todo o peso de uma vez nas costas de ninguém, é a desculpa que invento.

Ao falarmos de Dudu, Gabi faz questão de dizer que dessa vez chega, mas que Amanda está livre para agir como preferir. Então conta que a parede da ONG foi pichada outra vez. Além do olho sobre a suástica, há agora uma frase que a essa altura estamos cansados de conhecer: "Vigilantes, encontraremos".

No fim da lavação de roupa suja, nos esmigalhamos num abraço coletivo. As ranhuras que ficaram vão se amenizar com o tempo, compensando as rugas. Pedro enfim me pede desculpas.

— Sabe o quanto gosto de você, Chuvisco. Não vou fingir.

— O Joca realmente foi embora por causa da arma?

— Foi embora porque é esperto — ele fala.

— Me desculpa também — consigo enfileirar as palavras.

— Fico péssimo quando brigamos.

Para enterrar de vez os desentendimentos, evocamos um velho lema: barraco resolvido não se discute mais. O ponto final da pauta é o protesto contra o Escolhido que vai acontecer em breve, anunciado na Galileia. Pedro, como esperado, avisa que não vai ficar entocado em casa.

—Vou estar lá de qualquer jeito, isso não está em discussão.

— Tá, mas eu te acompanho — falo.

— Nós cinco — diz Gabi. — Ou vamos juntos pra rua ou não vai ninguém. O que acha, Amanda?

— Concordo. Tô dentro.

— E vocês querem participar das reuniões? Tem uma na próxima quinta. Outra na terça. Estamos nos acertos finais pro protesto. É uma oportunidade boa de ouvir as lideranças, dar sugestões. Tentar participar mais.

— E quanto ao Santa Muerte? — levanto a dúvida, nada

discreto. — A lista de seguidores deve ser grande. Não seria o caso de pedir ajuda na divulgação?

— Esquece esse cara — Pedro diz, categórico. Não fala em "grupo", "pessoal", "organização", o que me deixa com a imaginação fervilhando. Além de aprender a atirar, além de conseguir uma arma com Dudu, de ser um gay bem informado porque esse é o único jeito de sobreviver num país fundamentalista, o que mais meu amigo anda fazendo? — A organização e ele não se dão muito bem.

— Entendi — respondo, sem esticar o assunto.

No fim da conversa séria, vamos para a Augusta brindar as pazes, de carona com Cael. Gabi é a primeira a notar que há algo errado quando entramos na galeria. A porta branca do bar está arriada. Do lado de dentro, é possível ver a decoração espalhada entre cacos, garrafas quebradas, mesas e cadeiras arremessadas do segundo andar. A placa com os dizeres CUIDADO: MATERIAIS INFLAMÁVEIS está chamuscada, no meio da sujeira. Um papel fincado no tronco da árvore, com um símbolo inconfundível, nos avisa que o Vitrine não existe mais.

De: Cristiano Pontes
Para: Chuvisco
Assunto: Sobre o meu pai

Caro Chuvisco,

Não sei se vai se lembrar de mim.

Nos encontramos algumas vezes no consultório do meu pai quando éramos crianças. Ficávamos falando sobre quadrinhos e inventando notícias nas revistas da sala de espera. Você me chamava de Cris na época, e eu reclamava porque queria um nome diferente, que nem o seu.

    Desculpe ter demorado a responder seus e-mails. Faz tempo que não acesso esta conta, e por algum motivo a mensagem automática que eu havia programado foi desativada. Coisas de informática! Vai entender.

    Detesto ser o portador de más notícias, mas meu pai faleceu. Foi uma perda terrível para todos nós.

    Não posso te oferecer uma consulta, mas que tal um café? Se quiser conversar, me escreva. Podemos marcar perto daquela loja geek no centro. Tem um café excelente na livraria ao lado. Vai ser bom te ver.

    Um abraço,

    Cristiano

23
CONCRETOS E ABSTRATOS

Será que existe um tradutor especializado em sentimentos? Um que tire das sintaxes outro tipo de ligação, que consiga interpretar palavras além de seus significados? Alguém capaz de realinhar pensamentos que, de outra forma, pareceriam desconexos? Pensando bem, o dr. Charles era um desses tradutores. Levitar cadeiras e ler mentes eram detalhes diante de seu verdadeiro dom. Com o tanto que me sinto perdido, tonto com a velocidade do mundo, me apego ao seu conselho de separar os problemas em gavetas e arrumar uma de cada vez, ignorando por enquanto a sensação de vazio que sua partida me deixou.

Passeio com Júnior, Amanda e Gabi na Pinacoteca, um dos meus lugares favoritos na cidade, para me distrair. Esquecer o cheiro de sangue, as pichações de ódio, as ameaças de morte, a briga com amigos, os e-mails dolorosos. A exposição sobre momentos históricos de São Paulo adquiriu um caráter melancólico com a proximidade do protesto, mas após avaliar nossas opções, foi o que decidimos encarar.

Do outro lado da pista dupla, o antigo Museu da Língua Portuguesa segue em ruínas. A estação contígua, por onde passam trens, e as entradas do metrô foram reformadas. O museu, contudo, permanece com o aspecto deixado por um desastroso incêndio.

Alguns anos atrás, a perícia determinou como causa do fogaréu a instalação malfeita de um novo ar-condicionado. Talvez a mesma empresa fosse responsável pelo sistema de resfriamento dos onze complexos culturais que pegaram fogo desde então, enquanto nosso governador autoritário pendia para o lado dos fundamentalistas.

Cansado de andar, sento num dos bancos de madeira com Júnior. Amanda e Gabi avisam que vão percorrer a sala dos fundos e voltam logo. A Pinacoteca é ampla em seu eixo central e labiríntica nos corredores que se projetam para as extremidades, fazendo os passeios renderem. Com a sola dos pés dormentes, prefiro tirar uns minutos de descanso.

— Seus amigos são legais — diz Júnior. — Falta conhecer alguém?

— Pedro, Cael, Amanda, Gabi, foi todo mundo já.

— Acho que elas gostaram de mim.

— E quem não gostaria? — comento.

— Um monte de gente. Eu meio que só tenho a Sílvia e umas companhias esporádicas de balada.

— Qualidade vale mais que quantidade, você sabe.

— Mas eu não me importaria de ter mais alguém para incomodar de vez em quando. Às vezes me pergunto como a Sílvia me aguenta. — Júnior suspira, entrelaça os dedos e se alonga.

— Te aguentar foi a melhor coisa que aconteceu comigo este ano — digo, numa pausa calculada na melancolia. O impacto da notícia da morte do dr. Charles é uma nuvem insistente, difícil de dissipar. Segue trovejando sobre minha cabeça, chuviscando meus pensamentos. Me sinto como alguém que, lançado ao mar numa tempestade, descobre que o bote salva-vidas furou.

— Você acredita nisso de verdade?

— O fato de ser forte o bastante pra te pegar no colo ajuda a aguentar. — Faço que vou levantá-lo do banco, e Júnior fica todo sem graça. Como Gabi me ensinou, é bom tirar o foco de nós mesmos de vez em quando. Aprender a ficar atento ao mundo em volta, e não só ao próprio umbigo. Me arrasto mais para perto, tanto quanto é seguro fazer hoje em dia. — Amanhã de noite vou ao encontro da organização do protesto. Estou escrevendo um discurso, um desabafo. Quero subir no carro de som e parar de me esconder, como venho me prometendo.

— É num lugar secreto, que nem a festa? — ele pergunta. Demoro a entender a preocupação. Se a festa sofreu com o ataque da Guarda Branca, imagine uma reunião aberta ao público, anunciada aos quatro ventos pelas ruas da cidade. — A mulher morreu na nossa frente, Chuvisco, engasgada com o próprio sangue. Eles estão de olho na organização. Tá mais do que na cara que tem gente deles infiltrada. Acha que foram parar na Galileia por acaso?

Não sei o que mais me deixa receoso: o papel da Guarda Branca de nos assustar a pedido do Escolhido ou o atual desgoverno dos Vigilantes, o grupo dissidente. Se quiserem provar seu poder para o antigo chefe... É melhor nem pensar a respeito.

— Prefere que eu não vá? — Eu me sentiria covarde ficando em casa. Entendo que Júnior queira se preservar. Entendo qualquer um que queira isso. Mas sinto que é minha vez de estar lá. Que é hora de mudar minha maneira de fazer a diferença.

Pedro me disse que não há uma disputa para ver quem fica mais no microfone, como eu havia imaginado. Basta entrar na fila e abrir a boca quando chegar minha vez. A organização troca uma ideia antes com a pessoa só para ter certeza de que não é um louco disfarçado que vai sair gritando "Morte aos fariseus!".

— A essa altura, devia saber mais como eu penso, *senhorito* Chuvisco — Júnior fica de pé e olha para a galeria por onde entraram nossas amigas. — Quero ir com você. Quero subir no carro de som também.

— Nos encontramos na Sé? — digo, levantando.

— Pode ser — Júnior diz, contente. Sei que minha concordância, essa fração ínfima de apoio, é importante para ele. Assim como é importante para mim ter sua companhia.

— Aí te apresento o povo da organização...

Combinamos os detalhes enquanto procuramos Amanda e Gabi. O raciocínio de Júnior, infelizmente, faz sentido. Reunir toda a liderança num só lugar é como servir um bufê apetitoso para os fanáticos. Porém, o Escolhido é mais inteligente do que isso. Ele precisa do protesto, precisa que a Guarda Branca saia do controle numa transmissão ao vivo, em um evento simbólico, para manter seu plano em andamento. *Veja que terrível ameaça à democracia. Precisamos aumentar a presença dos gladiadores nas ruas.* Reforçar o posicionamento contra os fanáticos, posar de herói em cadeia nacional. Posso até imaginar a pompa de seu porta-voz chamando o cara de mensageiro da paz.

Júnior tem razão quanto à isca, só errou o dia e o local.

— Mas, ó, eles são cautelosos — invento para mim e para ele. — A organização, digo. Vai ficar tudo bem.

— O que vier eu encaro — Júnior fala. Ele abre a porta e aproveita a onda de ar frio que escapa. O ponto de agrupamento para o protesto está sendo divulgado em cada esquina. *Venha lutar pela volta da democracia. Um país laico é um país de todos. Liberdade! Diversidade! Dignidade!* Há folhas coladas em muros, papéis são distribuídos nas ruas. Pessoas com mais paciência e clareza de discurso do que eu tentam explicar a importância de manter a Constituição acima da Bíblia.

Derrubar o Escolhido com a pressão popular recuperaria o Executivo, o que me parece um sonho distante, sem falar no caso perdido que se tornou o Legislativo. Contudo, o protesto será um passo importante em uma batalha longa e demorada. Uma gaveta por vez.

Acabamos percorrendo duas alas da galeria para reencontrar nossas amigas. Envolvidas com a linha do tempo traçada na parede, elas se distanciaram sem nem notar. Quando chegamos perto, Gabi está comentando a legenda de uma foto, algo sobre os nomes indígenas de certos bairros. Júnior se aproxima para aproveitar a explicação. Ele e Amanda emendam num debate sobre o assunto que faz eu me sentir o burrico da turma.

Ao notar minha cara, Gabi deixa os dois conversando e vem falar comigo. Me puxa discretamente para a parede oposta, com uma bela imagem da avenida Paulista na época em que casarões a percorriam de ponta a ponta. A quantidade de árvores em ambas as margens é tamanha que fico me perguntando se a legenda não estaria errada e aquele era outro lugar.

— Os últimos dias não têm sido fáceis, né? — ela diz. — Uma pancada atrás da outra sem intervalo para respirar.

— Toda noite sonho com um de nós morrendo, Gabi. Em fogueiras da Inquisição, ritos religiosos, fuzilados, comidos por vampiros. E na rua, cada cano que espoca eu acho que é tiro, que são eles atrás de mim.

Ela põe o braço por cima dos meus ombros.

— E aqui dentro, como está? — pergunta, apontando para minha cabeça.

— Tá... como dizer? Complicado. Tô com medo de avançar nos flertes saudáveis com a imaginação e entrar em surto sem notar.

— Surto não, catarse criativa — ela me corrige. A brincadeira me ajuda a relaxar.

— A briga com Pedro acabou comigo também. Ainda tô chateado, na verdade. E saber do dr. Charles... — As palavras somem num suspiro cansado.

— Achei que você tivesse se entendido com o Pedro no dia do teatro.

— Mais ou menos. É muita informação.

— Nem me fala... — Ela ergue as mãos.

— Falei para sairmos só nós dois para conversar sobre tudo o que está incomodando e resolver essa droga de briga. Conversar o que precisa ser conversado e ficar de boa. Ele disse que me ligava.

— Uhhh! — Gabi faz um som engraçado. — Do jeito que são grudados, duvido que não terminem se abraçando e pedindo mil desculpas um pro outro. Pode anotar o que tô dizendo. — Nisso, Amanda vem até nós. Diz que Júnior é a melhor companhia para museus que já teve e me convence, com ajuda dele, a ir ao terceiro andar ver o que falta da exposição.

O sim mal escapa da minha boca e ela o pega pelo braço e vai na frente, procurando a escada. É engraçado vê-los desfilando como bons amigos. Acho que Júnior não precisa mais se preocupar em ter Sílvia como único ombro nos momentos difíceis.

No piso de cima, mais um longo arquivo sobre a cidade se apresenta diante de nós. As décadas de 2000 e 2010 são pura arquitetura e urbanismo. Quase nada se fala de gente, de povo reunido para festa ou passeata, nessa exposição.

Gabi aproveita que ficamos para trás e dá continuidade à conversa. Pergunta se estou pensando em encontrar o filho do dr. Charles.

— Se resolve com o Pedro e com esse cara, resolve tudo de uma vez.

Dou de ombros, embora saiba exatamente o que vou fazer.

— Se precisar desabafar, promete que me chama? Estou livre terça e quinta à noite a partir do mês que vem.

— Só se prometer o mesmo — respondo, ganhando uma piscadela em troca.

— Se eu te ligar, será que é a Amanda que vai atender?

— Ela relembra a situação não mais embaraçosa. Se a isca é lançada para eu perguntar de Dudu, ajo como uma tilápia malandra e não a mordo. Compenetrados, continuamos a ler as legendas sob as fotos até alcançar nossos amigos, aprendendo mais sobre a história do concreto.

Na hora de partir, peço para dar um passeio no jardim nos entornos do museu. As piadas sobre meus pés terem parado subitamente de doer se repetem em inúmeras variações. Gabi pega sua bolsa no guarda-volumes, e Júnior carrega sua mochila e um inseparável guarda-chuva. Acho que nenhum de nós quer encerrar a tarde e encarar o mundo real além das grades.

Amanda sugere percorrer as obras de arte expostas do lado de fora. O jardim, que existe desde o período imperial, é amplo demais para que eu compre a ideia.

— Podemos dar só uma volta básica perto do lago? — pergunto.

—Vamos por aqui e a gente vê aonde o vento nos leva — sugere Júnior, e sou voto vencido. Carneiros prateados passam correndo entre nós enquanto damos a volta nos canteiros. Na metade do caminho para uma gruta onde me recuso a entrar, somos atraídos por uma roda de chorinho.

Faz uma eternidade que não vejo músicos de rua. Me sinto um turista na minha própria cidade, um viajante do tempo. As mulheres estão com um vestido rodado, aberto na lateral, e os homens usam ternos brancos e chapéu baixo com uma fita azul. Há algo de mágico nos instrumentos. Ficamos uns minutos por perto, aproveitando a música, a brisa fresca e os gritos das maritacas no alto dos coqueiros, acompanhando o compasso marcado.

Júnior põe alguns trocados no estojo do cavaquinho, que fica no chão, em frente ao grupo. Eles agradecem num gesto cortês, com uma melodia acelerada de flauta que soa como um "muito obrigado", mas sem deixar de cantar e tocar.

A esperança — quem diria? — reacende. Trato de afugentá-la, lutando contra sua insistência. Como se percebesse meu dilema, uma das mulheres se destaca da roda de choro e vem dançar ao nosso redor.

— Muito bom, muito bom — ouço Gabi dizer atrás de mim.

— E muito gata — fala Amanda.

Quando a flautista dançarina dá uma volta completa em torno de nós, seu vestido branco é encoberto por um manto negro rendado. Seu rosto com maquiagem sutil está agora pintado com as cores de Santa Muerte. Ela retira uma rosa dos cabelos e encaixa na minha orelha.

— Boa sorte — diz, e se afasta.

Para meu espanto, Gabi zomba da brincadeira e Júnior chega a fingir ciúme, testemunhas da realidade. Amanda pega seu celular, filma a nós e aos músicos, depois tira uma centena de fotos. Com a felicidade eternizada, vamos embora.

★

Estou sozinho com Júnior no banco dos fundos do metrô. Gabi desceu faz duas estações. Amanda se despediu de nós ainda na Luz, indo para a linha amarela. Sonolento, brinco de ler os sinais luminosos na parede dos túneis, tentando decifrar o que aquelas pistas de um mundo oculto significam para os maquinistas. Júnior aproveita que o sinal voltou e liga para o pai para avisar que está bem, como tinham combinado. Ao desligar, ele me vem com um convite para jantar na sua casa.

— Ele quer te conhecer desde aquele dia na Augusta.

— Júnior...

— Meu pai é legal, vocês vão se dar bem — ele insiste com jeito.

— Promete que não me larga sozinho?

— Ele não morde, Chuvisco.

—Vou ficar morrendo de vergonha.

—Vai nada. Ele é uma figura.

Faço que sim com a cabeça, sem graça por antecipação. Sei que ele nota o quanto estou reticente, mas fica feliz com a decisão. Acho que eu também. Diante do Senhor das Moscas, prometi sair da concha e não me deixar levar pelo medo. Uma promessa que vai além da política e dos fundamentalistas. Nem eu nem Júnior tocamos na palavra "relacionamento" desde que começamos a nos ver. É preciso entender o que queremos de nós e um do outro primeiro. Se carinho, um espelho ou algo mais.

— Você tem algum problema com peixe? — ele me pergunta, antes de ligar de novo para casa.

Júnior toca a campainha duas vezes antes de abrir a porta. Um hábito para evitar sustos, me explica. Ele me puxa pela mão e me leva para a sala. Ao ver parte da mesa posta, fico vermelho como os pimentões que enfeitam um dos pratos. Guilherme, pai de Júnior, vem da cozinha me cumprimentar assim que me vê. Esfrega as mãos num avental que imita o abdômen superdesenvolvido do Hulk, e a estica, caloroso.

— Sentiram o cheiro, hein? — diz ele. — Acabei de tirar do forno.

Peço para lavar as mãos, me perguntando se seria estranho escapar pela janela do banheiro e voar até meu apartamento sem avisar ninguém. Lendo minha mente, Júnior me leva até o banheiro e repete que é para eu relaxar, que o pai dele é ótimo para fazer sala, afirmação que confirmo minutos depois.

Guilherme tem quarenta e sete anos, ou pelo menos é o que ele diz, pois custo a acreditar que não seja mais novo. Tem uma barba branca quase imperceptível de tão rala — "Me enrolei com o assado e não deu tempo de tirar" — e a voz mais grossa que já ouvi — "Minha mãe queria que eu trabalhasse em rádio". Sem forçar a barra, consegue passear por toda espécie de assunto para manter a conversa fluindo.

Dizer que me sinto totalmente à vontade seria mentira. Mas descontando as mãos suadas e o fato de passar a maior parte da conversa olhando para o prato, até que estou me saindo bem.

Depois de me servir mais uma porção de batatas sauté e perguntar se não quero mais pimentão, Guilherme para, com a cara séria.

— Quero agradecer por ter ajudado Júnior naquele dia.

— Ele me ajudou tanto quanto eu ajudei...

Guilherme sacode a mão.

—Você sabe do que tô falando. — Ele tem um jeito doce de falar, acentuado pelo vinho. Dá pra notar que fica sensibilizado com o que aconteceu. — E é só o que vou falar sobre isso. Se quiser, põe seu prato no micro-ondas para esquentar as batatas. Devem ter esfriado.

— Estava tudo ótimo — digo.

— O Júnior me contou que depredaram o bar onde vocês se conheceram.

— Perto de onde a gente se conheceu, pai.

—Verdade. Sempre me confundo.

Conto o que sei. Achamos que foi obra dos fanáticos por causa da pichação. O dono acredita que o senador que acobertava o Vitrine pode ser o responsável.

— Ele saiu brigado de lá uma noite. Bebeu demais e distribuiu carteirada. O dono não aguentou e mandou o cara embora, pedindo que não voltasse mais. Então é uma possibilidade.

O papo descamba para política, como essa gente se acha acima da lei que deveria defender. Não demora muito e passamos para sua prima do mal.

— Sei que é tentador culpar a religião — diz Guilherme.

— Não começa, vai. Você prometeu — pede Júnior. Mas basta um gesto do pai e ele sossega.

— Eu também faço isso. Costumo culpar única e exclusivamente a religião — ele prossegue. — Mas se for parar pra pensar, é exatamente isso que a religião tem feito desde que o mundo é mundo. Se alguém consegue comprar uma casa, um carro de segunda mão, subir de posição na empresa, Deus, nunca a pessoa, é o responsável. Se comete um crime, rouba, mente, faz fofoca, o culpado é o diabo. A igreja, Chuvisco, tirou a responsabilidade das mãos das pessoas. — Ele dá uma garfada em uma tira de peixe e balança o talher como uma varinha de condão. — Quem não entende que é responsável pelos próprios atos, pelos bons e pelos ruins, é capaz de tudo.

— Ai, pai, eu não trouxe o Chuvisco aqui pra isso — Júnior fica amuado. Ele brinca com a ervilha no prato como se fosse a coisa mais interessante da mesa.

— Eu sei. Vou ficar quieto. Mas pensem nisso com calma depois. Não tô dizendo que o Escolhido e seus apoiadores não usaram a religião para fazer uma lavagem cerebral danada no povo. Só que não interessa a desculpa que se use: quando alguém bate no meu filho, quando alguém tenta matar meu filho, eu tô pouco me lixando para a desculpa dada pro preconceito, pra violência. A pessoa pode dizer que foi por causa de política, futebol, religião, cor de camisa. Pra mim, ela é responsável pelos próprios atos, e deve arcar com as consequências. Pra mim... — Ele interrompe o desabafo e acena com a mão. — Já falei demais. Por que não mostra seu quarto para o Chuvisco?

Júnior não perde a oportunidade: levanta na mesma hora e me chama. Pergunto se Guilherme precisa de ajuda para lavar a louça, fazendo minha parte para recuperar as condições normais de temperatura e pressão. Ele diz que não precisa, que estamos livres para nos divertir, mas eu insisto. Peço para Júnior ir ligando o computador.

Ao deixar a travessa de molho em cima da pia, digo baixo para que apenas Guilherme me ouça:

— Os caras que agrediram o Júnior estão todos mortos. A própria Guarda Branca cuidou disso.

Guilherme não reage de imediato. Continua a lavar os copos, separar os talheres, como se não tivesse me escutado. Só quando digo que estou indo para o quarto ele comenta:

—Vai ver existe um Deus lá em cima olhando por nós, no fim das contas.

Não consigo saber se está sendo sincero ou se aquela é uma demonstração da mais pura ironia.

Júnior está sentado na beira do colchão. Encara um pôster em preto e branco escrito IAM{X} com um garoto de jaqueta de couro, queixo fino e cabelo escorrido cobrindo um dos olhos. No dia em que dormimos abraçados, ele me contou que aquele era um de seus artistas favoritos.

— Uma espécie de sucessor espiritual do Depeche Mode — disse para me situar. — Quando estou precisando pensar na vida, sento aqui na cama e tento imaginar o que faria no meu lugar.

— E as letras das músicas são seu Oráculo de Delfos.

—Você pegou o espírito.

Vendo que continua encabulado com o que aconteceu, tento descontrair o clima.

— Seu pai é um cara legal, simpático. Obrigado por ter me convidado.

— Ele fala demais. É seu jeito de entender as coisas, repetir, repetir e repetir, mas às vezes me estressa.

— E manda bem na cozinha!

— Posso colocar música? — Júnior pergunta. Claramente quer mudar de assunto.

— Música tocada por drones?

— Não, música pra insones. Umas faixas tranquilas, só pra ter alguma coisa tocando no fundo.

— Por mim tudo bem.

Ele levanta e aproveita para encostar a porta. Tanto pela privacidade quanto pelo barulho.

—Vamos ver o que teremos de novidade hoje, sr. Bergamota.

Júnior engasga com meu comentário.

— Senhor o quê?

— Isso, se faz de desentendido. Sei que era você naquele dia no chat, conversando comigo.

— Não sei do que está falando. — Ele se esforça, mas é um péssimo mentiroso e começa a rir. No fim, acaba confessando. *Seu amigo está bem. Só GB usa o chat público. Té+*. Ele puxa o notebook para perto da cama e ajeita os fios da caixa de som, que estão todos embolados. — Pronto? — pergunta.

— Uhum — eu falo, e ganho um beijo. O sabor de seus lábios me é cada vez mais familiar.

Júnior dá play no programa. A noite está tão agradável que me esqueço das horas. Quando volto para casa, nem as estrelas estão acordadas no céu. Antes de desfrutar de um sono tranquilo, me resta somente uma tarefa.

De: Chuvisco
Para: Dr. Charles Pontes
Assunto: Habitante da nuvem

Querido dr. Charles,

Seu filho me falou recentemente da sua partida. Foi um susto saber que o médico que mais me ajudou a ser alguém inteiro não está mais por aqui, nesse mundo caótico. Ainda não sei o que aconteceu, mas espero que tenha sido uma morte tranquila.

Não lembro se falamos sobre isso, mas eu gostaria de morrer dançando. Cair duro no meio da pista, depois de uma noite exaustiva de diversão, admirado com o brilho do globo espelhado. Ou, se um dia voltar a lutar, ter um infarto fulminante no ringue.

Será um sonho louco?

Mórbido, pelo menos.

Meu humor anda um tanto sombrio. Nada que você não conheça.

"Ninguém vive só de sorrisos, Chuvisco." Era o que você dizia para me animar. "O segredo é aprender a lidar com a tristeza. Como aprendeu a lidar com sua imaginação. Organizar tudo em gavetas."

Sei que, assim como eu, você não acredita em vida após a morte. E mesmo que acreditasse, duvido que o céu cristão receba e-mails!

Provavelmente Cristiano vai achar que endoidei ao ler essa mensagem. Em vez de tomar um café no centro, combinei com ele de visitar seu túmulo no fim de semana. Uma despedida oficial.

Estou pensando no que levar para você.

Uma rosa? Uma samambaia? Um pato de borracha?

Pode imaginar a cara da equipe de limpeza achando o pato por lá?

Vou sentir saudades das nossas conversas, professor X. Obrigado por tudo.

Um abraço,

Chuvisco

24

UMA VEZ POR SEMANA, SE NÃO CHOVER

Barracas de flores ocupam a face externa do Cemitério da Lapa. Os produtos variam um mínimo. Samambaias e espadas-de-são-jorge dividem espaço com rosas, margaridas e outras flores aromáticas. Se revezam com mudas de palmeiras e bromélias a preços pensados para os bolsos dos desesperados.

Sem saber o que levar para o dr. Charles, escolho um pequeno cacto redondo e amarelo, preso a um enxerto. Dada a escassez de chuvas, sei que vai sobreviver até que alguém o afane.

Estou perto da guarita do segurança quando Cristiano me encontra. A lembrança que guardo dele, de um moleque arteiro de franja escorrida, em nada se assemelha ao homem que me estende a mão. O cabelo ainda está lá, mais arrumado do que eu jamais teria paciência de fazer. Agora há uma barba bem aparada; em vez de óculos de grau redondos, usa óculos escuros retangulares, numa armação dourada que repousa graciosa sobre o nariz.

— E aí, Chuvisco? Desculpe o atraso, o trânsito tá horrível. Demorei pra chegar no Jabaquara.

— Tudo bem. Acabei de chegar.

Nosso aperto de mão tem um quê de embaraço. Suores de calor e de ansiedade se misturam. Ele parece tão desconfortável quanto eu sem a sala de espera do consultório a definir nossos papéis.

— Lugar inusitado para um reencontro — diz. — Mas entendo a escolha.

— Obrigado por ter topado.

Reafirmo que, se a visita for dolorosa de alguma forma, podemos ir para um Starbucks ali perto. Mas, como fez por e-mail, Cristiano fala que não vê problemas em visitarmos o túmulo do pai.

— Assim aproveito para conferir se está tudo em ordem. Não venho desde o Dia de Finados.

O Día de los Muertos, penso, me perguntando se Santa Muerte aparecerá para nos ver.

O Cemitério da Lapa é como qualquer outro. Túmulos semelhantes a catedrais dividem espaço com caixotes azulejados que custam pequenas fortunas. Obras de arte anônimas adornam a paisagem, a maioria replicando imagens cristãs. Paredes de gavetas destinadas aos mais pobres formam um estranho mosaico na parte mais alta do terreno, sob os pinheiros. Mais ao fundo, uma equipe apara o capim que nasce em todos os canteiros e brechas, nos deixando com um zumbido constante de trilha sonora.

— Melhor barulho que mosquito — diz Cristiano, logo

após reclamar que não consegue me ouvir direito. Dentro do possível, tentamos caminhar sob as árvores dispersas que sombreiam mais os mortos do que os visitantes. — Elas já estavam aqui quando transformaram o terreno em cemitério — ele conta. — Perguntei numa das visitas, no dia que pedi permissão para plantar uma palmeira perto do túmulo do meu pai.

— Eles deixaram?

— Não, mas adaptei a ideia. Comprei um vaso furado para não acumular água, coloquei no jazigo e ninguém reclamou.

Paramos sob uma árvore robusta para Cristiano conferir uma mensagem no celular. Enquanto espero, leio nomes e datas nos túmulos, um passatempo mórbido. Na rua paralela à nossa, um cortejo acompanha um caixão brilhoso. A maioria das pessoas é jovem, alguns não devem nem estar na faculdade, o que me deixa pensando no que teria acontecido com o morto.

— E aí, apreciando a vista? — Cristiano pergunta. Ele me explica que o sócio estava com dúvidas quanto a uns contratos que haviam assinado na semana anterior.

— Falando nisso, você se formou em quê?

— Não me formei. — Pela cara que faz, dá para ver que já se divertiu com o mesmo diálogo outras vezes. — Me juntei com um amigo da turma pra criar um aplicativo, a coisa estourou e passei a me dedicar só a isso.

— Isso é bom... acho.

— Decepcionado porque não vou seguir a profissão do meu pai?

— Olha, se eu fosse psicanalista, tiraria uns minutos para

interpretar o motivo por trás dessa sua pergunta. Como sou só um tradutor recém-formado, prefiro dizer apenas que estou feliz de te ver bem. Me fala mais desse aplicativo. O que ele faz?

Seguimos conversando. Cris é mais eficiente em abstrair a tristeza ao nosso redor. Ver o cortejo, os jovens chorando, me dá vontade de encerrar a visita o mais rápido possível e ir para casa. Em vez de deixar o cacto no túmulo, eu o colocaria na janela que pega sol pela manhã, e seria essa a homenagem. Tenho certeza de que o dr. Charles aprovaria um cacto amarelo batizado com seu nome.

Apesar de Cris parecer interessado em repetir sua história de sucesso, com anos de terapia nas costas sei reconhecer quando alguém está me analisando.

— Está arrependido? — ele acaba falando.

— Digamos que não é um ambiente animador.

— Ó... — ele fala, erguendo o dedo. — Meu pai dizia que a melhor maneira de resolver nossa questão com a morte é resolver nossa questão com a vida.

— Seu pai era um amor de pessoa.

— Vocês não se viam há quanto tempo?

— Três anos — respondo. Foi quando recebi alta, no final do segundo semestre da faculdade. Depois que mudei para São Paulo, ia todo sábado de manhã a São Bernardo para a consulta. O dr. Charles ficou animado ao saber que eu havia decidido morar sozinho, ou algo próximo disso. Ao ver que eu estava gerenciando bem a pressão da faculdade, sugeriu que fizéssemos uma pausa. "É hora de tirar umas férias da minha cara. Ver como se sai. Mas saiba que, qualquer problema, é só me ligar."

Cris eu não via há mais tempo. Conforme foi crescendo, parou de ficar pendurado na sala de espera do consultório, e passamos a nos esbarrar raramente.

— Meu pai gostava muito de você e da sua família. — Ele entra num momento nostalgia. Ao falar do pai, noto que rumina as palavras. As pausas entre as frases são longas, não sei se pelo peso da lembrança ou por medo do que possa causar em mim.

Tento me mostrar o mais forte possível para não inibi-lo, mas os olhos se enchem de água e preciso levar a mão ao rosto. A pessoa que salvou minha infância e me ajudou a ter uma vida adulta próxima da normalidade se foi. Segundo Cristiano, devido a complicações cardíacas.

— No dia que li seu e-mail, pensei que os fanáticos pudessem... sei lá.

— Ter matado meu pai?

— É. Muito absurdo?

— Do jeito que ele discursava sobre política naquela época, era bem possível. A gente podia estar em qualquer lugar: restaurante, festinha de amigo da escola, fila de cinema, e ele dava um jeito de cutucar o governo. — Com a ponta do indicador, Cristiano ajeita os óculos sobre o nariz. O gesto é idêntico ao do dr. Charles, numa demonstração de memória afetiva. — Uma vez ele segurou o elevador do prédio uns dez minutos enquanto passava sermão numa vizinha que disse que o Escolhido estava limpando o país da corrupção. Dá pra acreditar? Fiquei morrendo de vergonha quando o porteiro veio reclamar.

É difícil imaginar o dr. Charles, o meu professor X, segurando o elevador do prédio. De resto, fico feliz que alguém como ele tenha ousado levantar a voz. Apesar da pseudovergonha de Cristiano, recebo aquilo como um estímulo para subir no carro de som no dia do protesto.

— Bons tempos — digo, mas não sei se ele entende o que quero dizer.

Distraído, Cristiano sobe no meio-fio e me conduz para outra ala do cemitério. As árvores são tão altas que não consigo ver onde terminam. Assim que paramos, identifico o nome de Charles. O túmulo é tão polido que chega a brilhar. Minha pia da cozinha sentiria inveja.

— A plantinha ficou bonita — eu digo. Há uma reentrância na pedra, entre o tampo e a lápide. Tiro o cacto do vaso e ajeito as raízes com a terra dentro dela para fixá-lo. Os colecionadores que me desculpem, mas ele vai crescer aqui, à sombra da palmeira, e ai de quem ousar sequestrá-lo.

Agachado em frente à placa, presto atenção nas datas de nascimento e morte. Percorro-as com os dedos como se pudesse extrair dali algum segredo, informações valiosíssimas esperando somente por mim.

Uma senhora com uma tesoura enorme de jardinagem interrompe minha despedida. Pergunta se temos água, e Cristiano diz que deixou a garrafa no carro. Ela troca de lugar com ele e arranca as ervas-daninhas do vaso, depois as que ficam entre as placas de concreto no chão. Reclama que a equipe de limpeza vive esquecendo os cantinhos. Que mosquito também nasce aqui ó. Aqui e aqui.

Fico sem saber o que responder, acostumado a ser o catártico das conversas. Cristiano agradece pela ajuda e oferece um trocado. A senhora diz que não precisa. Ele insiste: ela pode usar o dinheiro pra comprar uma garrafa de água do lado de fora. Ela então aceita, e vai embora cantarolando depois de elogiar minha blusa, para caçar outros matinhos.

Cristiano confere as horas no celular, acho que por reflexo, mas me sinto pressionado a ir embora. Mas então ele diz:

— Ele morreu tranquilo. Tirando as crises que travavam a musculatura, teve uma boa vida.

— Seu pai foi muito importante pra mim — digo. Cris encosta no meu ombro em apoio. Aproveito a oportunidade para encarar a placa fria de granito. Com minha visão de raio X examino os ossos do dr. Charles em sua embalagem biodegradável. Sei que ele não está ali, me ouvindo. Que é mais provável que responda meu e-mail, o que seria assustador. Ainda assim, dirijo a ele um agradecimento final, bem baixinho: — Obrigado por me ajudar a me entender.

O dr. Charles me ensinou a me preocupar com uma coisa de cada vez. Dizia ser questão de sobrevivência dividir ansiedades em gavetas e só destrancar uma depois de esvaziar a outra. Foi o exercício que mais pratiquei depois das aulas de luta sugeridas pela minha mãe, a barriguinha que venho cultivando que o diga. Fecho uma dessas gavetas em definitivo quando levanto.

Cris tenta manter a pose. De repente entendo a razão de

seus óculos escuros. Ficamos sem saber se caberia ou não um abraço e mantemos a distância.

— Escuta, não sei como tá seu horário, mas se ainda quiser minha companhia para ir naquela loja geek, tô mais do que aceitando. A gente toma nosso café e aproveita pra conversar mais um pouco.

—Você leu meus pensamentos — ele responde. — Café e quadrinhos, tudo que estou precisando.

—Você ainda coleciona em papel ou migrou pro digital?

Dou uma última espiada no túmulo e no cacto e vamos andando enquanto continuamos a conversa.

O cemitério e os anos de terapia vão ficando para trás.

25
O DIA EM QUE GANHEI UMA HISTÓRIA DE PRESENTE

No coração de São Paulo fica um edifício de arquitetura inspirada no Empire State, de Nova York. Estamos a cento e sessenta metros de altura, dentro de sua torre, curtindo um instante de contemplação. Com um campo de visão de trezentos e sessenta graus, tenho boa parte da cidade ao meu alcance. De manhã, Pedro explica, dá para apontar o Pico do Jaguará, considerado o ponto mais alto da cidade, e a Serra do Mar. Agora, à noite, antenas e luzes coloridas — amarelas, vermelhas e brancas — formam um espelho artificial das estrelas.

O horário de funcionamento oficial termina às três da tarde, mas aqui estamos nós, graças ao favor de um amigo, admirando os cenários de tantas das nossas histórias.

— Tá vendo aquela torre lá? — Pedro pergunta.
— Qual?
— Aquela roxa, na Paulista. Que tinha as cores do arco-íris antigamente.

— O que é que tem?

Dividido em dois, um aqui, comigo, o outro em um ponto do passado, Pedro não responde de imediato. Alterna os olhos entre mim e o infinito de seus pensamentos. Foi dele o convite para visitar a torre do Altino Arantes. Um encontro sem o restante do grupo por perto para selar a paz em definitivo. Ou foi essa a teoria que inventei, já que não passamos de um "Tá a fim de ir comigo?", seguido de um "Claro, claro, que horas?" pelo telefone.

— Ali atrás, na alameda Santos, ficava a Casa Suíça, onde rolavam umas festinhas... como dizer?

— Alternativas?

— Alternativas — Pedro concorda. — Minha favorita era uma espécie de festa do pijama chamada Relax. As pessoas chegavam, deixavam a roupa e o sapato no armário e ficavam só de cueca, calcinha, roupão...

Nunca fui à Relax, mas conheço a Casa Suíça. O andar térreo, uma área pequena apenas para pegar as pulseiras de identificação e depois pagar, se dividia em duas escadas, uma de descida e outra de subida. O subsolo, com sua pista de dança cercada de pufes e almofadas coloridas que acabavam virando elementos cenográficos para as coreografias dos mais animados, era a parte favorita dos frequentadores.

— Sem roupa e no ar-condicionado? Essa festa só enchia no verão, né? — eu falo.

— Fica quieto e me deixa terminar. A Relax acontecia todo mês, no último fim de semana, e eu, claro, batia ponto. Conforme a festa foi ficando famosa, o pessoal começou a aloprar nas roupas, e eu me empolguei e acabei comprando uma cueca do Batman.

Nada mais adequado ao humor de Pedro. Ele mesmo se diverte com a lembrança. Levanta a mão como se mexesse em um painel 3-D futurístico, escolhendo o que me contar e o que descartar.

— Eu tava comportado essa noite — ele continua. — Curti, dancei até me dissolver, e mais pro fim decidi ficar com alguém. Não sei por que, descartei um cara lindíssimo que deu em cima de mim a festa inteira e fui conversar com um nerdinho de óculos e cueca com estampa de TARDIS que estava no canto do bar. Na verdade, sei sim o porquê. Foi a cueca, justamente. Como eu gosto desse desenho!

— Hora de "boa ideia, má ideia" — respondo, citando um dos meus quadros favoritos, uma espécie de entreato das histórias principais. Houve uns meses em que fiquei praticamente sem trabalho, contando moeda pra pagar a conta de luz e não ter que voltar para a casa dos meus pais, e Pedro levou seus DVDs para assistirmos. Como nem eu nem ele tínhamos um aparelho, conectamos meu notebook na televisão. Ele deu umas engasgadas aqui e ali, mas conseguimos concluir a maratona.

— Não sei se escolhi a boa ou a má ideia, mas passei o resto da madrugada conversando com o Elvis.

— Um nerd de cueca de TARDIS chamado Elvis?

— Com meias verdes combinando com os óculos. Foi a conversa mais gostosa que tive em anos.

A tentação de completar a memória por ele é grande. Escolher a música, a cara do barman, a organização das garrafas, o humor da bargirl que esbarra neles de propósito quando pergunta se querem alguma coisa, mas finge que foi sem querer só para fazer uma graça.

— Tem certeza de que não teve uma crise de catarse criativa?

— É uma possibilidade, Chuvisco, porque eu fiquei só na água mineral e ele no chope. Consegue me imaginar numa balada bebendo água e escolhendo o nerdinho solitário? Nem eu. A gente conversou, ficou e no final fomos embora, cada um pra sua casa.

— Sem sexo?

— Sem sexo.

Pedro pega o celular no bolso. O fone está completamente embolado. Ele demora a resolver o enigma do último nó.

— Seria mais fácil resolver um cubo mágico de olhos fechados.

— Quer ajuda?

— Não sou tão enrolado assim — ele fala.

— Tenho cá minhas dúvidas.

Pedro faz um "shhh" como se espantasse um cachorro. Ele se empenha no quebra-cabeça.

— Tá vendo? Toma. Põe um no ouvido. Esse não, o comprido — diz, e me entrega o fio pendurado. — O mais curto fica pra mim.

O fone é diferente, meio inclinado, acho que para encontrar mais fácil o tímpano a ser torturado em volume máximo. Depois de derrubá-lo um par de vezes, vencido pelo ângulo inusitado, resolvo segurá-lo com a ponta do indicador. Pedro desliza a tela do celular, procurando um aplicativo. Pede que eu preste atenção e aperta o play.

Reconheço a melodia de "Higher" nos segundos iniciais. Cantamos junto o primeiro verso.

A stranger in my own world
A collection of my favourite doubts
And if I ask what's the matter with you
My nightmares would keep crying out★

Ficamos quietos, aproveitando o teclado melancólico da música, encostados um no outro. Interpreto o conforto daquele silêncio como um sinal de que tudo vai ficar bem entre nós.

— Foi um remix dessa música que tocou bem no fim, quando eu e o Elvis estávamos nos despedindo, já de roupa. A gente nunca mais se viu ou se esbarrou. Ele não apareceu na lista de amigos de nenhum dos meus conhecidos. Se não lembrasse a voz dele, o sotaque sulista esticando os *as* e os *es*, o gosto dos lábios, a língua, eu concordaria com você e diria que foi fruto da minha imaginação. Mas ele estava lá. E com medo de que um dia desaparecesse com o desgaste do tempo, nunca contei nada a ninguém.

★ Um estranho no meu próprio mundo/ Uma coleção das minhas dúvidas favoritas/ Se eu perguntar "o que há com você?"/ Meus pesadelos continuariam a gritar.

Pedro me olha vidrado. Não sei se me enxerga ou vê além de mim. É como se, de um segundo para o outro, tivesse desligado, um robô de belíssimos olhos verdes sem homenzinhos em miniatura sentados na sala de operações em seu cérebro, no comando de suas ações.

Não sei bem como reagir, mas lhe dou um abraço. Primeiro de leve, depois forte o bastante para estalar os ossos que oferecem resistência. Os homenzinhos em seu cérebro o religam aos poucos. Ele apoia o queixo no meu ombro, pousando os braços sobre minhas costas de modo gentil.

— A gente vai se beijar? — ele pergunta.

— Só nos seus sonhos — respondo.

— Tudo bem. Mas por via das dúvidas, vou pegar uma pastilha.

Nos afastamos e voltamos a apreciar a vista. Ele me oferece uma de suas balas de menta. Enxuga o choro que finjo não notar e faz um comentário engraçado para dissipar o clima estranho que ficou.

— Tem mais história pra esta noite? — pergunto.

— Quer que eu conte alguma em especial? — Ele continua com a cabeça virada para a frente, na direção da torre colorida.

— Tava lembrando do dia que a gente se conheceu.

Uma loja de brinquedos na Vinte e Cinco de Março, na véspera do Dia das Crianças. Eu estava atrás de uma tartaruga que uma priminha havia pedido de presente, com corpo verde de pelúcia e casco plástico formando uma luminária que projetava estrelas no teto do quarto se você apertasse o interruptor escondido na pata traseira. O comercial passava na hora de um dos desenhos favoritos dela, que havia cismado com o bicho. O problema era que, além dela, mais uma centena de crianças havia pedido o presente, inclusive o irmão mais novo de Pedro, que segurava a última tartaruga da loja quando o encontrei.

Depois de usar a lábia que nunca tive para tentar convencê-lo, ele propôs uma troca:

—Você leva a tartaruga e a gente marca de sair esse fim de semana. Vou comemorar meu aniversário.

— E seu irmão?

— Ele é menor de idade.

—Tô falando da tartaruga...

— Ah, ele vai ganhar presente da família inteira. O Natal está chegando. Pode ficar mais dois meses sem ela.

Perguntei se podia levar dois amigos comigo. Depois de insistir que era inofensivo e de eu insistir que eles eram divertidos, ele respondeu que tudo bem. Bastou uns minutos de papo para Pedro entender que nem eu nem Cael tínhamos interesse nele, e para Amanda entender que ele estava interessado em mim e Cael. Teria sido um dos melhores dias da minha vida se o hambúrguer apimentado que comi não tivesse me deixado do avesso.

— Eu tinha esquecido — ele comenta quando termino a história. — E a Gabi surgiu de onde?

— Como assim surgiu de onde?

— Ela já era minha amiga?

— Claro que sim!

Pedro tenta relembrar como conheceu Gabi. Fala uma besteira em cima da outra. Tantas versões que começo a duvidar do que tinha como fato: uma bandeirada acidental numa passeata contra o aumento das passagens. Ela se abaixou para ajudá-lo a sair da rua antes que fosse pisoteado.

Pensando bem, é a cara dele inventar uma história dessas.

Quando cansamos de rir dos nossos absurdos, o intervalo utópico dos problemas que nos cercam chega ao fim. Não tenho coragem de falar nada. De assumir que, ao virar as costas para ele e Cael na Galileia, matei aquele homem, independente do que tenham decidido.

O turbilhão de sentimentos daquela noite continua a dançar sapateado na minha cabeça. Pedro percebe e, para me poupar de ter que tomar a iniciativa, toca no ponto nevrálgico:

— Vou falar uma coisa, Chuvisco, e não quero que me leve a mal. Promete?

Meu "Uhum" sai fraco, mas ele escuta.

— O que aconteceu na Galileia não é problema seu. Você tomou sua decisão no momento que foi embora com o Júnior e a amiga dele. Não quero que fique me tratando como se eu te devesse uma resposta, porque não devo. Nem eu nem o Cael, que você tem poupado na sua Inquisição.

— É impressão sua — digo, embora não seja.

— Não, não é, mas isso não vem ao caso. — Ele prossegue: — O tiro que eu dei, que você testemunhou... eu daria de novo. E de novo. E de novo. Desculpe se isso te marcou, mas se eu tivesse que escolher entre meus amigos e um fanático tentando me matar... — Ele nem precisa terminar a frase. Sei que eu, Júnior e um número incontável de pessoas naquela festa provavelmente devemos a vida à distração criada por Pedro.

— A arma veio do Dudu, não é? Por isso você estava tão curioso para saber qual era minha implicância com ele. Você achou que fosse isso. Só me toquei quando fingiu jogar o cara na fogueira, lá no teatro.

— Não falei nada antes porque estava chateado com você, mas sabia que ia deduzir isso sozinho. A gente se conhece há uns anos e sei como a sua cabeça oca funciona.

— Deu certo — digo, pensando em como interceptei Dudu quando ele pulou no palco e o mandei embora. — Vocês são de algum grupo de resistência armada?

— O Dudu, seu amigo da onça, sim, como ele deu a entender pra gente várias e várias vezes. Só não sacou quem não quis — ele diz como quem explica algo óbvio para os alunos mais lentos da classe. — Eu só lido com informações.

A frase corre lenta pelos meus ouvidos, se acomodando num banco no fundo da minha cabeça, que de repente se revela a poltrona principal de uma montanha-russa. Não pode ser!

— Santa Muerte — digo. — Você faz parte do grupo!

— Você que tá dizendo. — Ele ri, displicente.

— A mulher no hospital era real, então. Ela estava atrás de você naquele dia.

Pensar em seu rosto de caveira derretendo arrepia meus braços.

— Ela foi me avisar que um enfermeiro da casa tinha contado pra Guarda Branca de um garoto que tinha dado entrada na internação em condições suspeitas. Eu não sei se as condições suspeitas eram seus hematomas e mão quebrada ou o amigo gay. — Ele se refere a si mesmo. — Assim que ela foi embora e o enfermeiro te colocou para descansar...

—Você ligou pro Dudu.

Pedro faz que sim com a cabeça. Tenho a impressão de ver uma luz alaranjada para os lados da avenida Paulista e um rastro de fumaça, mas fico na minha para não interromper a conversa.

—Você me disse no nosso almoço que eles tinham morrido por causa de uma rixa da Guarda Branca, seu mentiroso.

— Ei, essa parte é verdade. O Dudu e os amigos dele só deram um jeito de deixar os caras fora de combate por uns dias. Você tinha feito um estrago na briga, não deve ter dado tanto trabalho. Quanto ao enfermeiro fanático que te dedurou, já não me responsabilizo.

— E vocês alteraram meu registro no hospital para eles não descobrirem meu endereço, imagino. — Por isso não recebi visitas indesejadas.

—Ter bons contatos serve pra essas coisas. Não é só a Guarda Branca que tem gente infiltrada por aí. Quando recebeu alta e foi pra casa, seus dados foram alterados.

Seguro a mão dele entre as minhas. Se é a descoberta da verdade ou a praticidade de Pedro que me anestesia, não sei dizer.

— A gente escolheu lutar de maneiras diferentes. Eu, você, Cael, Gabi, Amanda, Dudu. Dói saber que chegamos a esse ponto. Que o carinha que dançava de cueca do Batman precisou apertar o gatilho para me salvar. Para se salvar. Mas obrigado. Por isso e por ser um ótimo amigo. — Tempos extremos pedem medidas extremas, diria Dudu, e eu retrucaria. Mas mesmo eu, um sonhador confesso, não posso negar o obscurantismo que nos assombra e cria monstros mais perigosos do que aqueles que se escondiam embaixo da minha cama quando criança. Todos nós nos adaptamos para sobreviver. — Agora eu quero que você me diga como faço para entrar para o Santa Muerte.

— Eles vão entrar em contato com você antes da marcha na Paulista. Pedi que me avisassem quando fosse a hora. Mas, Chuvisco, quero que me prometa duas coisas: que vai tomar mais cuidado do que nunca ao entrar pro grupo e que vai usar minha máscara quando for agir. Está com o Cael, esqueci com ele depois de gravar um vídeo. Considere um amuleto de sorte.

— Vai ser meu rosto a partir desta noite — eu falo, sem conter a felicidade. Vejo mais um clarão ao longe. — É impressão minha ou tem um prédio pegando fogo? Achei que fosse só o colorido das torres.

— Vai ver começaram a protestar sem a gente. — Noto que ele fica preocupado. — Amanhã é a última reunião antes do grande dia. Vi que você se saiu bem na anterior. Vai realmente subir no carro de som?

— O objetivo é esse. Tô com o discurso pronto já.

— Me enche de orgulho esse menino! — Depois disso, Pedro muda de assunto. Diz que não quer terminar nosso encontro romântico em clima de tristeza. Conta mais uma dessas histórias que são a cara dele, bobagens típicas que gostamos de compartilhar e que nos conectam de forma inexplicável.

Mais um foco de incêndio aparece no horizonte, em outro ponto da cidade. Nos entreolhamos, cientes de que é hora de ir embora.

— Aguenta mais uma música antes de ir? — ele pergunta, balançando o fone. Antes que eu responda, Pedro o encaixa no meu ouvido. Consegue de primeira, só para me humilhar.

— Presta atenção na letra — ele pede, tocando Placebo.

Can you imagine a love that is so proud?
It never has to question why or how.
Breathe. Breathe. Believe.★

Nós dois cantamos enquanto mergulhamos em nosso mar de memórias. Nos acabamos num campeonato de guitarra imaginária no final, sem saber onde foram parar fone e celular. Ao fim do encontro, pisamos na rua de coração mais leve, com a barrinha de amizade restaurada. Tudo vai dar certo.

É a única opção.

Contrariando estatísticas, vamos sobreviver.

Ligeiramente perdidos depois de virar numa rua errada, pedimos informação em um boteco. Um sujeito que o dono do bar chama de "sueco" fala que é mais seguro pegarmos

---

★ Pode imaginar um amor que tem tanto orgulho?/ Ele nunca precisa perguntar por que ou como/ Respire. Respire. Acredite.

um táxi, mas insistimos no metrô. Ele nos aponta a direção da estação São Bento. Enquanto gesticula, brilha em seu pescoço um pingente dourado de tartaruga.

Acho que só eu noto. Rio sozinho, considerando um bom sinal.

Chegamos à entrada do metrô, mas digo que vou esperar com ele no ponto. O ônibus chega em minutos. Estico indicador e dedo médio e toco o peito dele, depois, com a mão cerrada, toco na altura do meu coração. Pedro responde com um abraço apertado. Ele sobe a escada e se atrapalha com o bilhete único. Encaixa os fones no ouvido depois de se acomodar num banco à janela e me dá um tchau discreto.

Ainda não sei disso, mas nunca mais vou vê-lo.

Essa vai ser a última imagem que vou ter de seu rosto. O vidro entre nós e um aceno de despedida.

No caminho de metrô para casa, o celular não para de tocar. Denise me conta apavorada sobre os incêndios. Ao que tudo indica, vários pontos da cidade estão sendo atacados pela Guarda Branca. Bares, casas, cinemas, livrarias, centros e até igrejas. Com a proximidade do protesto, não pode ser coincidência.

— Eu sabia que isso ia acontecer — ela fala, chorosa.

—Tentar se acalmar.

— Eu sabia, Chuvisco. Ouvi minha mãe falando... Ela disse que eles iam revidar. Que Deus ia se provar maior do que a morte.

— Que Deus o quê?

Ela cai no choro.

— Preciso desligar, Denise. Fica em casa, não sai daí. Se tranca no quarto se precisar. Ligo quando der. Fica bem.

Toco na tela encerrando a ligação antes que ela responda. Procuro o número de Pedro na agenda. Ele precisa avisar o Santa Muerte, o grupo armado de Dudu e quem mais conhecer da resistência.

O celular chama mas ninguém atende.

Desligo e tento de novo. Nada.

Estou prestes a fazer mais uma tentativa quando recebo uma ligação de Gabi.

— Chuvisco… — Ela diz, e respira fundo. — Incendiaram a ONG.

26

LETRAS E LINHAS TORTAS NA PAREDE

— Há inimigos nas proximidades, senhor. Deseja ativar a armadura? — diz a voz no comunicador em meu ouvido, a dois quarteirões da ONG.

— Ainda não. Mas mantenha o radar em funcionamento.

Passo a mão nos lábios ao senti-los molhados e encontro um rastro de suor. Ouço rugidos que mais lembram sirenes e olho para o céu. Sombrios montados em criaturas aladas se afastam de seus alvos e comemoram mais um ataque na cidade.

Avanço cauteloso, me esgueirando próximo às paredes, sem qualquer proteção tecnológica adicional.

Gabi está na calçada confortando Milena, do outro lado do cordão de isolamento. As chamas que consomem o abrigo deixam seus rostos alaranjados.

Os bombeiros fecharam a rua, por segurança. Dobradores de água se posicionam nos telhados, redirecionando três jatos contínuos para o foco do incêndio. De ouvido atento, descubro que a sorveteria à direita também foi danificada. Eles tentam controlar o fogo antes que as chamas alcancem uma loja de tinta logo atrás. Um combo pack de materiais inflamáveis.

Parte do calor é bloqueada pelo carro dos bombeiros atravessado mais adiante, mas ainda é possível sentir o gosto amargo de fumaça na língua. Para furar o cordão de isolamento, aviso que vim buscar minhas amigas. Aceno para Gabi e aguardo um gesto que endosse minha história. Assim que ela me responde, o homem fardado libera a passagem e me dá instruções de onde e de quanto tempo ficar por ali.

Gabi e eu nos abraçamos forte, recompondo nosso chão. Ela está abatida, mas acima de tudo com raiva do que aconteceu.

— Os bombeiros demoraram a chegar — ela fala. — Estavam sobrecarregados com os outros focos de incêndio pela cidade. Eles estão queimando tudo, Chuvisco.

— As crianças estão bem?

Ela confirma com a cabeça.

— Foram levadas para a casa de um dos monitores. — Seus olhos lacrimejam, deixando um rastro de fuligem. Gabi olha para Milena, desolada no meio-fio. — Ela recebeu uma ligação da Denise agora há pouco. Você sabia que a mãe da garota apoia a porra desses malucos?

Prefiro não comentar nada. Denise vai ter a chance de se explicar, se achar que é o caso.

— Ela é uma menina corajosa — respondo, pensando nos

vídeos que me passou. Sua mãe, por outro lado, é covarde e perigosa. Como uma das financiadoras da Guarda Branca, deve ter influenciado na escolha dos alvos. Talvez tenha até sugerido a ONG simplesmente para aplicar um castigo à filha. Ou para mostrar quem manda dentro de casa, no seu templo particular de loucura.

— Perdemos as doações — Gabi prossegue. — As roupas, os móveis, os livros... Nem sei como a Milena lembrou de pegar os documentos.

Há uma caixa metálica retangular aos pés de Milena, com uma alça.

— Acha que consegue convencer Milena a ir embora? Ficar aqui respirando fumaça enquanto a casa é consumida pelo fogo não fará bem algum. É perigoso.

— Ela tá esperando o André aparecer.

Sou eu que ponho as entrelinhas na frase, não ela. A imaginação de alguém como eu sempre voa longe. É inevitável. Às vezes distante, num artifício de fuga. Às vezes sem controle, torturadora, como agora. Minha tentativa de ocultar o que penso fracassa miseravelmente.

— Faz tempo que ele não dá notícias?

— Puta merda — Gabi fala.

— É melhor ligar pros nossos amigos — sugiro.

— Liguei pra Amanda e pro Cael já, eles se trancaram em casa. Mas não consegui encontrar o Dudu e o Pedro.

Devem estar atarefados, coordenando um contra-ataque por aí, quero dizer. Será que Gabi sabe o que eles andam fazendo nas horas vagas?

— Eu estava com o Pedro não faz nem uma hora. Eles devem estar bem. — A mentira é curta e ligeira. De nada adiantaria encher sua cabeça com mais preocupações.

— E o Júnior?

— Nos falamos quando eu tava vindo pra cá. Ele está em casa com o pai e mora no quinto andar de um prédio com porteiro. Com jardim, grade, câmera de segurança. Ninguém vai invadir.

Paramos a conversa e viramos para o fogo devido a uma série de estalos. O susto é grande quando parte do telhado da ONG desaba. O bombeiro no cordão de isolamento olha para nós, conferindo nossa localização. Manda chegarmos mais para trás, como se alguma viga pudesse atravessar toda aquela distância. Milena continua quieta, testemunha ocular do desastre, lidando com seu próprio desmoronamento.

— Tudo bem se eu falar com ela? — pergunto.

— Claro, claro — diz Gabi.

Mais uma vez, aposto no abraço. Milena corresponde de maneira débil e mal sinto suas mãos tocarem minhas costas.

— O que mais dói é saber que a Guarda Branca contava que as crianças estivessem dormindo lá dentro — Milena diz. Ficamos os três ali, olhando para os destroços flamejantes. Atrás da parede enegrecida, brilha o símbolo da Guarda Branca, marcando o alvo para o ataque.

— Como posso ajudar?

— Você tem água? — Milena pergunta, com a voz arranhada. Com certo esforço, eu e Gabi a convencemos a sair de lá. Em uma padaria alguns quarteirões para baixo, compro a água e dois pacotes de bolacha. Longe da hipnose das chamas, ela vai recuperando a capacidade de raciocínio. Conversa conosco enquanto come, expondo a preocupação de que comecem a caçar as crianças sistematicamente.

— Elas estão apavoradas. E eu... O que vou dizer pra elas?

— A verdade — digo. — Quanto mais consciente elas estiverem da situação, mais fácil fica evitar o perigo.

— É só falar com aquele misto de delicadeza e firmeza costumeiro que faz todo mundo ficar quietinho e prestar atenção em você — Gabi diz. — Vou estar lá, do seu lado, e a gente vai sair dessa, do mesmo jeito que você e essas crianças saíram de tantas outras.

— Enquanto isso, vou atrás do André. Você tem o endereço dele? — pergunto. A oferta faz o rosto de Milena brilhar. Ela começa a remexer na bolsa. Percebo uma beirada chamuscada em sua camisa e só então entendo que entrou na casa para poder salvar a caixa com a documentação da ONG.

— Tenho uma cópia da chave da casa dele. Quando ele viaja, sou eu que cuido dos gatos — ela fala enquanto procura. Aproveitando sua distração, Gabi me cutuca. Noto que está preocupada.

— Ligo assim que chegar lá — digo para as duas. Manter a calma é um exercício complicado quando o nível de adrenalina está nas alturas. Diante de um inimigo incontrolável, criamos um desafio menor, pequenos objetivos para recuperar a ilusão do controle, mais uma lição que aprendi na terapia. Enquanto isso, as vidraças continuam caindo, imprevisíveis.

O 4G está fora do ar, então tenho que confiar na memória

para chegar no endereço. Pelo que lembro, a rua fica a uma boa andada do metrô, mas nada impossível.

Antes de ir embora, digo à parte para Gabi:

—Vocês têm que sair daqui. Vai para um lugar seguro com ela.

— Eu sei onde fica a casa da monitora que está abrigando as crianças. Vou pegar um táxi com a Milena e ir para lá. Queria acreditar que vai ficar tudo bem, Chuvisco. Mas esses incêndios pela cidade inteira são só o começo. Pode anotar o que tô dizendo.

— Calma. — Eu a puxo para junto de mim e sinto o corpo dela tremer de leve. Gabi devia estar se esforçando para parecer forte perto de Milena, e aproveita para extravasar a tristeza. — Aconteça o que acontecer, vamos enfrentar isso juntos.

Gabi me acompanha até a entrada da estação, já recomposta. Diz que, se eu quiser, ela pega a bolsa e vai junto comigo.

— A Milena precisa de você. Fica tranquila que vou tomar cuidado — respondo, nem um pouco tranquilo. — O André deve estar pelas ruas falando com as fontes dele, coletando informações. É bem provável que já tenha ligado para vocês quando eu chegar lá. Mas não custa dar uma olhada.

— Me promete uma coisa, Chuvisco. Assim que entrar no prédio você vai me ligar, pode ser? E a gente vai se falando enquanto você pega o elevador e entra no apartamento. Se o sinal cair, liga de novo.

— Pode deixar — respondo, limpando a fuligem da testa dela. Então damos outro abraço caloroso.

— Se cuida — ela diz. Nenhum de nós assume o gosto de despedida.

Descendo a Domingos de Morais, ligo novamente para Pedro. Chama, chama e ninguém atende. Passo por uma praça que já abrigou uma feira de livros usados. Preços convidativos entre cinco e vinte reais pescavam curiosos na correria do dia a dia. Hoje, parece mais um spa de pombos. Os canteiros nunca estiveram tão bem cuidados, as pedras portuguesas estão bem fincadas no chão. As plantas só faltam encenar um musical. Mas a falta das barracas, a densidade dessa ausência, nenhuma equipe de manutenção consegue disfarçar.

É uma longa caminhada até o prédio de André, que tem uma fachada antiga, com certo charme decadente. Milena me explicou que o porteiro vai embora às seis da tarde, então abro o portão com a chave azul e entro.

Por questão de segurança, prefiro subir pela escada. Se tiver alguém no apartamento, não gostaria de anunciar minha chegada com o ronco do elevador. São quatro andares, nada fora do comum. As luzes vão acendendo e apagando conforme subo. Faltando um lance, preciso me escorar na parede um instante.

— Está com problemas, senhor? Sugiro repensar sua decisão e ativar os propulsores dos pés — diz a voz na minha cabeça. Maldita hora que resolvi instalar um sistema de inteligência artificial com a voz do dr. Charles na armadura.

— Estou bem — respondo. — Só fora de forma — minto, escondendo a tensão relacionada ao que posso encontrar no apartamento. Quando os pulmões voltam a colaborar, passo pela porta metálica e saio em um corredor vazio. Escuto somente o som de um televisor abafado pelas paredes.

Paro em frente ao número quarenta e dois. Penso em ligar para Gabi, mas prefiro estar com as duas mãos livres para me defender, ajudar André, ou o que for. Ela vai ter que me desculpar nessa. Assim que empurro a porta, confirmo que é ali de dentro que vem o som.

Tirando a luz do televisor, ora mais clara, ora mais escura, o lugar está um breu. Deixo a porta apenas encostada, incerto do que seria mais seguro. Se precisar sair correndo dos sombrios, não quero uma tranca emperrada dificultando minha fuga, como num filme de terror.

Respiro devagar para manter a calma e não perder o controle. Após um pequeno hall de entrada, encontro a cozinha.

— Perfeito — penso ou digo, não sei. Com cuidado para não derrubar nada, pego a frigideira que seca no escorredor de pratos. Confiro a pequena área onde se encontra o tanque e a máquina de lavar roupa. O apartamento está vazio, tento me convencer enquanto volto ao corredor. Não há ninguém aqui dentro. Nem André, nem a Guarda Branca, nem ninguém.

Mas na sala, lá está ela. Seu corpo é banhado pela luz inconstante do televisor. Santa Muerte, em seu vestido mais bonito, me observa calada. Sua coroa reflete o brilho azulado do comercial de pasta de dente. A maquiagem parece mais assustadora do que nunca.

— Ativar a armadura — digo, me dando por vencido. Imediatamente as peças metálicas começam a me cercar.

— Sábia decisão, senhor — diz a inteligência artificial.

De capacete erguido, aguardo as instruções. Santa Muerte se aproxima e toca meu punho. Tinge a armadura, compartilhando comigo suas cores. Ela vira o pescoço num gesto sutil como quem diz "Vem", e eu a sigo.

Andando sobre a trilha luminescente deixada por seu manto, sondo o ambiente. Está tudo no devido lugar, com exceção de alguns livros espalhados. As cortinas estão completamente cerradas, os sofás vazios. O homem na tela convida os fregueses para o aniversário de um supermercado.

Na parede oposta fica a porta de um banheiro. É pequeno, e da soleira posso ver que não há ninguém escondido no boxe. Me sinto ridículo ao me encarar no espelho, vestindo armadura e segurando a frigideira.

Com a arma improvisada em punho, entro no quarto. Escorrego em alguma coisa ali. Abaixo com o coração disparado, retumbando como cassetetes contra escudos, e encontro pétalas vermelhas. Centenas delas.

Demoro a entender o que são de verdade, e de onde sangra aquela flor. O choro está engasgado na garganta quando aperto o interruptor.

Curvado sobre o estômago, ajoelhado no chão, ponho minha última refeição para fora. Demoro um século para levantar, obrigar as pernas a obedecerem meu comando e encarar a morte despida de seu véu.

Há rosas destroçadas por todos os cantos do quarto. Sobre a cama, dois corpos estão arrumados de barriga para cima. Braços estendidos nas laterais, mãos dadas, rostos ocultos pela máscara de caveira do Día de Los Muertos. Minha vontade é sair correndo, fugir dali, mas Santa Muerte me impele a continuar.

O gosto de bile me sobe novamente à boca. Me seguro para não vomitar.

Ando devagar, como se a lentidão pudesse alterar a realidade, transformar aquela cama em um cenário de conto de fadas onde só existe a possibilidade de um final feliz.

O metal da armadura em meus pés desliza sobre as pétalas. Estou perto o bastante para encarar a verdade. Com cuidado, suspendo a máscara do homem à direita e confirmo o que a barba já me permitia antecipar. André está morto. O corpo ao seu lado é uma incógnita que não quero decifrar. Vejo a pele clara, o cabelo loiro, e preciso morder os lábios para não chorar.

Não é o Pedro.

Não é o Pedro.

Não é o Pedro.

Agarrado a um fio de sanidade, recolho a armadura e peço a Santa Muerte que vá embora. Mas ela fica, desobedece.

— Vê — ela aponta para o corpo.

— Não pode ser ele.

Dou a volta na cama, tomando coragem. Retiro a máscara com cuidado. O tormento alivia quando encaro o rosto de um desconhecido. Na parede atrás dele e de André, alguém desenhou um imenso símbolo da Guarda Branca. Logo abaixo estão os dizeres:

DEUS VENCERÁ A MORTE

27
ELE PRECISOU VIAJAR DE REPENTE

O Brasil começou a se tornar um país fundamentalista muito antes do Escolhido se candidatar a presidente. Quando ele era apenas um deputado bagunçando a Comissão de Direitos Humanos, todo mundo falou: "Uma hora esse cara desaparece". Quando ele assumiu a presidência da Câmara dos Deputados, todo mundo falou: "Exposto dessa maneira, logo ele é investigado e desaparece". Quando ele comandou a votação para acabar com os antigos direitos trabalhistas, todo mundo falou: "Nem o partido dele vai apoiar isso, logo ele some, desaparece". Quando impôs o Estatuto da Família, todo mundo falou: "Isso é só pra aparecer, ele logo desaparece". E assim, servindo aos propósitos daqueles que o financiavam, ele se tornou presidente.

Durante anos, ninguém se mexeu. Afinal, por que fariam isso?

O sol forte que queima nossas cabeças me faz esquecer

que ainda são dez horas da manhã. Junto de Gabi, sigo pelo corredor mais largo do cemitério até a capela. Ela fica no canto de uma espécie de U, ladeada por um muro enorme que torna a experiência claustrofóbica. Dá para ver o quanto André era querido, apesar da rabugice. Identifico as crianças da ONG e uma silhueta distante que julgo ser Milena no meio de um monte de desconhecidos.

Ao me aproximar da capela, cumprimento as pessoas com apertos de mão e acenos, econômico nas palavras. Sinto que devia chorar, mas não choro. Ao contrário, é como se absorvesse as lágrimas de tristeza de cada desconhecido e as transformasse em combustível para aguentar os próximos dias.

Lá dentro, encontramos Amanda e Cael. Dudu também veio. Eles consolam Gabi, perguntam como estou. Sabem que fui eu quem encontrou o corpo.

— Anestesiado. — É essa a descrição mais sincera que consigo encontrar para meu estado. — Mas vou sobreviver.

— Tem certeza, Chuvisco? Faltam dois dias pro protesto, e não é vergonha nenhuma se você achar mais garantido ficar em casa.

O receio é que eu entre em catarse criativa, lógico. Por mais que ninguém pronuncie as duas palavras mágicas, tanto eu quanto eles sabemos disso. Às vezes, parando pra pensar, me pego duvidando de que tudo isso possa ser verdade. Talvez seja essa a função da Santa Muerte: me ajudar a descobrir que continuo deitado na poltrona do consultório do dr. Charles, delirando. Contando a ele sobre meus amigos imaginários e essa guerra travada dentro da minha cabeça contra os fundamentalistas.

— Chuvisco?

— Me deem um voto de confiança. Eu aguento — respondo. Afinal, tenho que aguentar.

Ver o corpo de André arrumado, com as mãos posicionadas delicadamente sobre o colo, faz as lembranças voltarem com força. Pétalas chovem sobre nós, se espalhando pela capela. Ele usa uma camisa de manga comprida para cobrir os machucados. A parte visível do punho está maquiada, assim como seu rosto. Sua feição é tranquila, a juventude ultrajada pelas moscas minúsculas que voam para dentro e para fora de suas narinas. Elas se atrapalham nos pelos do bigode, driblam os chumaços de algodão, desvendando sua morada temporária.

Por um instante, um breve segundo, o corpo de Pedro assume o lugar dele no caixão. Aperto os olhos com tanta força que chegam a doer. Quando os abro novamente, a confusão se dissipou.

Soube por Gabi que o outro menino na cama se chamava Augusto. A família não quis fazer o velório na mesma capela. Disseram que, se não fosse a má influência de André, o filho ainda estaria vivo.

Procuro em meus amigos algum conforto. Gabi está conversando com as crianças. Amanda, parada na porta, se abana. Percebo que Dudu e Cael saíram da capela e decido ir atrás dos dois.

— Tá passando mal?

— Calor demais — diz Amanda. — Eu devia ter comido direito antes de sair de casa, mas cadê a fome numa hora dessas?

— Cael foi embora?

Ela sacode a cabeça negativamente.

— Disse que precisava se afastar para recuperar as energias. O Dudu foi com ele, pra fazer companhia.

— Uhum — digo. Uma boa desculpa. — Alguma notícia do Pedro?

— Consegui falar com o pai dele. Ele repetiu a mesma história de quando você ligou. Disse que o Pedro precisou viajar de repente, para se inscrever num mestrado. E que volta no fim do mês.

— Claro.

— Ele vai aparecer, Chuvisco.

Tenha fé, completo mentalmente. É a mesma conversa que tivemos infinitas vezes nas últimas horas. Gostaria de ter o otimismo de Cael ou o distanciamento crítico de Amanda, com um pé atrás e outro firme para a frente. Mas não consigo. Na noite dos incêndios, alguém levou meu amigo embora. E ele não vai mais voltar.

— Já notou que só o pai dele tá atendendo o telefone?

— Será que o resto da família viajou com o Pedro? — Amanda pergunta. Ela sabe a resposta, mas a vontade de acreditar que ele está bem é maior que a própria razão.

— Duvido muito.

Por cima do ombro dela, vejo Milena, que conversa com uma menina de uns dezesseis anos que soluça sem parar. A coordenadora da ONG segura firme em suas mãos e diz algo que não escuto, mas imagino. "Vai ficar tudo bem. Vamos sair dessa. O André morreu lutando por aquilo em que acreditava." Quando a menina se acalma, Milena pede licença e vem falar conosco.

— Obrigada por ter ligado para a ambulância — ela fala para mim, se referindo à noite em que encontrei os corpos. Foi o que fiz após avisar Gabi do que tinha acontecido. Fingi para mim mesmo que eles podiam estar vivos, que podiam ser salvos se eu fosse rápido em chamar o socorro.

Fico sem saber o que responder. Nenhum de nós está raciocinando direito. Uma parte de mim evita lembrar o que aconteceu.

—Você sabia? — Amanda pergunta.

Milena demora a entender, assim como eu.

— Nunca me passou pela cabeça que ele fizesse parte do Santa Muerte — ela responde.

— Foi ele quem escolheu as cores da fachada da ONG, não foi? — pergunto.

Ela franze a testa.

— Foi. Por quê?

— São as mesmas da máscara que eles costumam usar nos vídeos — explico.

— A gente convive todo dia com a pessoa e não sabe nada sobre ela — Milena diz.

— Sei como se sente — eu falo. — A Amanda também é cheia dos segredinhos.

As duas abrem um meio sorriso. Nunca entendi por que o impacto da morte transforma comentários esdrúxulos em vias de escape, mas aqui estou eu, recorrendo a um deles, falando bobagem antes que tartarugas gigantes façam o chão tremer.

Milena e Amanda dão prosseguimento à conversa. Acho que alguém as apresentou antes da minha chegada, ou talvez nomes e identidades não sejam relevantes em situações assim. Nem passa pela cabeça da minha amiga que Pedro também integra o Santa Muerte, e que Dudu e Cael provavelmente estão conversando sobre o assunto onde quer que estejam.

Aproveito que elas engatam a conversa e peço licença. Passo por entre os grupinhos reunidos ali me perguntando qual é a história corrente. O quanto foi dito sobre a morte. O que pensam da Guarda Branca. Se alguém atribui a André e Augusto a culpa pelo próprio assassinato.

— Foi aquele menino. Eu ficaria transtornado demais para pensar — ouço alguém dizer sobre mim. Numa reação tola, dou um tchauzinho.

Um casal de idade acena em resposta. Interpreto os gestos da mulher como um "obrigada", e fica cada vez mais difícil manter as gavetas certas trancadas. Antes que tenham a ideia de vir falar comigo, vou atrás de Dudu e Cael.

Estar em um cemitério pela segunda vez em tão pouco tempo torna a experiência mais desconfortável. Caminhar entre túmulos é algo com o qual a gente jamais se acostuma. Apesar dos sentidos anestesiados, dessa tristeza que beira o torpor, duvido que eu seja capaz de me familiarizar com a morte.

Na rua do portão principal, um sujeito de terno e gravata me pergunta se sei onde fica o velório do André. Aponto para o lugar de onde vim e sigo adiante. Passo por mais uma leva de lápides e finalmente encontro meus amigos. Estão recostados a um túmulo baixo, com placas douradas que reluzem à distância. Eles me notam e continuam conversando. Cael, que costuma ser mais contido, gesticula bastante. Bate o dorso da mão na palma da outra.

Quando me aproximo, Dudu manda um "E aí, Chuvisco?" num tom sério. Conheço aquela expressão fechada não é de hoje, a cara de quem está se aguentando para não mandar alguém se ferrar.

— E aí? — respondo. — Tá tudo bem por aqui?

Cael está irritado. Não irritado como ficou no dia em que nos conhecemos e eu disse que não entendia nada de teatro. Irritado nível puto da vida. Deixa minha pergunta sem resposta e diz que vai voltar para a capela para fazer companhia a Amanda.

Eu e Dudu ficamos sozinhos.

Quero perguntar se estavam falando de Pedro, se sabem de algo que não sei, mas fico quieto. Esticamos ao máximo nosso silêncio, conscientes de que fora dele não existe paz. Ignorar o cadáver, contudo, não o impede de feder. Sinto falta dos velhos tempos, de reclamar de saudade da amiga que nos apresentou, de mofar nas filas em nossas saídas noturnas. Daquele sentimento besta adolescente de que toda amizade dura para sempre. Da ingenuidade que se perdeu no caminho.

— Pedro me contou o que você fez — acabo dizendo. — Disse que você deu um jeito nos caras que estavam atrás de mim.

— Só terminamos o que você já tinha começado — Dudu responde. Ele limpa o suor que escorre para os olhos, cortesia do sol escaldante da ala descampada. Sei que se sente feliz por termos realizado algo juntos, depois de tanto tempo. Sei porque sinto o mesmo. A cumplicidade é forjada em torno de um ato bizarro de agressão e regressão.

— O que aconteceu com o Pedro? — resolvo perguntar de vez.

Sacudo a mão para espantar uma borboleta que pousa em seu ombro, suas asas feitas de pétalas de rosa. Dudu gira a cabeça procurando o motivo do meu gesto. Não vê nada, jamais veria. A borboleta pousa no tampo do túmulo, se recupera do meu ataque e voa novamente. Acompanho seus movimentos leves, a graciosidade do voo na ausência do vento. Ela contorna uma muda raquítica de árvore e vai para trás de mim, se juntando a um panapaná que circunda Santa Muerte.

— A resistência tá cuidando do que precisa ser cuidado, Chuvisco. Não dá para te falar mais do que isso — Dudu responde.

O sangue ferve e me sobe à cabeça. Atravesso a distância entre nós sem pensar e o pressiono contra o túmulo.

— Onde ele está?

Dudu fica ali me olhando com cara de guaxinim. Pego no susto, ele demora a reagir.

— Me solta — diz então com toda a calma.

— Onde tá o Pedro?

— Me solta, Chuvisco — ele insiste, sem encostar em mim. Eu recuo e tento dissipar a raiva. Posso sentir Santa Muerte se aproximando. Deslizando sobre o concreto castigado para se juntar a nós. Um arrepio me percorre a nuca.

— Fala, Dudu.

— Ainda não sabemos ao certo. Mas conhecemos todos os pontos de operação da Guarda Branca. Estamos procurando. Tô cuidando pessoalmente disso com uns amigos. Ele vai acabar aparecendo.

— Isso é culpa sua — eu falo, o que talvez seja injusto.

O que quer que Dudu tenha pensado em dizer morre em sua boca, num estalo de língua.

— Isso é culpa *sua* — repito. — Você tinha que reaparecer na minha vida e foder tudo de novo, contaminar meus amigos como uma doença que a gente trata, mas não cura nunca.

Dessa vez, ele não se aguenta.

— Chuvisco, presta muita atenção no que vou falar. Eu não sou mais o Eduardo que você conheceu. Sua vida também mudou completamente. Não pode me tratar mal pra sempre por um erro que cometi duzentos anos atrás.

— Um erro? Desaparecer foi a melhor coisa que você já fez por mim. Olha o que sua bosta de amizade fez com o Pedro.

Antecipo em um segundo seu momento de descontrole. O suficiente para interceptar seu braço e tentar imobilizá-lo. Seria ridículo brigar em um cemitério, causar tumulto em um enterro e acabar sendo expulso por um guardinha qualquer que só quer dormir sossegado na guarita. Por isso o empurro para a frente, sem muita força, o suficiente para nos manter afastados.

Ele firma o pé no concreto e me encara. Quer partir para cima de mim, mas sabe tanto quanto eu que seria uma atitude idiota.

— Desculpa — tomo a iniciativa. — Tô sem dormir direito, cansado, falei bobagem. — Ofereço a mão para fazermos as pazes. Dudu aceita o gesto e me cumprimenta com firmeza, então me puxa para um abraço.

Nosso contato dura segundos. Me sinto um moleque de novo, querendo agradar meu melhor amigo, buscando sua aprovação, com medo do que ele possa pensar de mim no dia em que me abrir de verdade.

— Alguém traiu a gente, Chuvisco — ele diz. — A Guarda Branca conseguiu o nome de um monte de gente. Descobriu endereços importantes sob nossa proteção. A coisa tá feia. O protesto é nosso tudo ou nada.

Viro para o outro lado com um nó na garganta. Procuro em Santa Muerte uma pista sobre o futuro. Em vez dela, vejo Júnior vindo apressado em nossa direção, atravessando o mar de borboletas de pétalas de rosa. Por um momento, demoro a entender que é realmente ele.

— Tá tudo bem? Quem é esse cara? — Júnior fala esbaforido. Deve ter nos visto brigando de longe, depois o abraço, e não entendeu nada.

Quem é esse cara?, repasso a pergunta mentalmente.

— Um amigo da adolescência — é tudo o que posso dizer. — Se quiser saber meus podres, ele é uma fonte inesgotável de historinhas.

— Eduardo.

Júnior retribui o comprimento de Dudu desconfiado, então se apresenta também. Começa a pedir mil desculpas pelo atraso. Diz que o pai queria vir junto, depois não queria que ele saísse de casa, e os dois demoraram a chegar a um consenso.

Se fingindo de desinformado, Dudu pergunta onde nos conhecemos. Quem o escuta falar com seu jeito descontraído até acredita que ele não sabe da Galileia, que não veio dele a arma que matou o fanático da Guarda Branca.

Cansado de briga, faço minha parte no teatro. Me sinto mal por enganar Júnior, mas não seria correto envolvê-lo nos conflitos da resistência armada. Quanto menos souber a respeito, mais seguro vai estar. Ou assim espero.

Se não tivesse chegado, quem sabe o que teria acontecido entre mim e Dudu? Os pingos que teríamos colocado nos devidos *is*.

— Vamos voltar? — sugiro, querendo sair dali.

Sob o sol forte, nenhum de nós se arrisca a falar. Júnior anda perto de mim, num apoio instintivo. Dudu parece mais cuidadoso do que de hábito, e olha algumas vezes para trás.

De volta à capela, nos reunimos a Cael, Gabi e Amanda, que conversam sob um resto de sombra do lado de fora. Amanda continua passando mal de calor e pensa em ir embora. Gabi diz que precisa ficar para o enterro, o que deve acontecer em menos de duas horas. Júnior se oferece para fazer companhia. Correção: *nos* oferece para fazer companhia.

— A gente fica, não é, Chuvisco?

— Até o fim — respondo.

— Jura que não fica chateada comigo se eu for? — Amanda pergunta a Gabi, que sacode a cabeça.

Paramos de falar quando um moço de terno se junta à

roda sem se apresentar, como se fizesse parte do nosso grupo. Lembro que esbarrou em mim minutos atrás e sorrio, não sei bem por quê. Acho que em tempos como esse que vivemos, até um esbarrão distraído conta como troca de afeto.

Ele retribui meu sorriso, simpático, e vira para Cael.

— Seu nome é Cael, não é?

— Isso — ele responde. Está acostumado a ser reconhecido na rua, mas acho que num cemitério é a primeira vez.

— Te conheço da televisão — diz o sujeito. — Não tô lembrado da novela, mas tá na ponta da língua... Seu papel era ótimo — ele fala. —Você não sabe mas é um baita de um sortudo.

— Sortudo? — diz Cael, sem entender.

— E você é o Dudu? — ele pergunta para mim.

Faço que não com a cabeça e aponto para o lado.

— É este baixinho aqui.

— Dudu? — Ele ergue as sobrancelhas. — Eduardo Feitosa?

— Eu mesmo. — Dudu confirma. Antes que possamos reagir, três disparos acertam seu peito.

Que coisinha frágil é a realidade.

Tudo o que assumimos como garantido pode deixar de existir em uma fração de segundo.

Dudu cai para trás com o impacto das balas. Borboletas de pétalas vermelhas voam sobre nós. Uma delas colide contra meu rosto, escorrendo quente pela minha testa. Quando o corpo de Dudu cai no chão, o assassino já desapareceu. A correria e o caos tomam conta da capela.

Gabi se ajoelha, pressionando um dos ferimentos, tentando impedir as borboletas de escapar do casulo humano.

— Preciso de ajuda aqui, alguém me dá uma camisa! — ela grita. — Tem algum médico na área? Amanda, pede uma ambulância, rápido, antes que ele entre em choque. Dudu, olha pra mim, fica comigo. Fica comigo, Dudu.

Alguém tira a camisa e joga para ela. Um sacolejo de Júnior me puxa de volta à realidade e vejo Cael disparar para fora da capela. Voamos os dois atrás dele, para evitar que faça bobagem. É difícil alcançar alguém com o preparo físico dele, mas tentamos, e conseguimos. Fechando os dedos ao redor de seu punho, consigo pará-lo num puxão.

— O cara vai fugir, Chuvisco! — ele grita a plenos pulmões.

— Ele tá armado, Cael! — grito de volta.

— Ele atirou no Dudu!

— Você quer morrer? — digo. Ele tenta se soltar, puxando com força. Noto o sangue de nosso amigo em sua calça. — A gente precisa de você aqui. O Dudu tá lá, sangrando. Sua irmã mal se aguenta em pé. Você não vai atrás daquele cara. Não importa o que eu tenha que fazer pra te impedir.

Incerto de como agir, Júnior bloqueia a passagem. Cael olha dele para mim, então relaxa o braço, desistindo. Ficamos os três parados sob o ardor do sol. Borboletas voam agitadas sobre nós.

28

DEUS CONTRA TODOS

Sonhei com o Escolhido esta noite.

Estamos sozinhos na Câmara dos Deputados. Ele, ajoelhado no chão diante de um oratório que substituiu a tribuna. Eu, ajoelhado com os punhos amarrados atrás das costas. O rosto inchado de tanto apanhar. Há tantas borboletas de pétalas de rosa voando entre nós que às vezes o perco de vista.

O Escolhido faz o sinal da cruz, se levanta e caminha até mim no seu terno impecável.

De cabeça baixa, noto suas meias com estampa de oncinha.

— A política favorece os espertos — ele diz, e me aponta uma arma.

Acordo com o barulho seco do tiro, desidratado sobre a cama. Uso os exercícios de respiração que o dr. Charles me ensinou para me acalmar.

Lá fora, no mundo real, Pedro continua desaparecido.

Pedi a Denise que me levasse para falar com a mãe dela,

em uma tentativa de descobrir uma pista de seu paradeiro, mas fui barrado na portaria.

Ontem à tarde conheci a filha do Dudu. Ele não sobreviveu.

29
E, LÁ NO TOPO, VI O MUNDO

São minhas pernas que se movem, mas sinto como se pertencessem a outro alguém.

São meus pés que tocam o chão, mas sinto como se os pegasse emprestado de outro dono.

São meus ouvidos que escutam, meus olhos que veem, minha boca que fala, mas sinto como se não estivesse aqui.

Faltam poucas horas para o protesto contra o Escolhido. Os jornais estimam que um milhão de pessoas vão se reunir em todo o país. O fato de noticiarem o evento já me causa espanto. Um dos bons. Sobre o número em si, prefiro nem pensar. Prometo contar cabeça por cabeça quando pousar no alto do carro de som após um voo de reconhecimento.

Passei a manhã inteira ensaiando o discurso e não preciso mais olhar para o papel. As partes que não decorei, deixei pra lá. Duvido que na emoção do momento sequer me lembre dele.

Apesar dos exercícios de autocontrole, está uma bagunça dentro de mim. Num mundo doente, a imaginação é o alimento do medo, nosso maior inimigo. Basta um segundo de distração para ela corromper o silêncio, transformar ruídos em ameaças, povoar as sombras com nossos piores pesadelos. Hoje, porém, seremos aliados, ela e eu. É esse o acordo. Um dia de trégua, e depois ela pode fazer o que quiser comigo. Uma promessa sem risco de fuga.

Cumprindo minha lista de tarefas antes de sair de casa, ligo para meus pais. Digo a eles que vou tomar cuidado, pode deixar. Vou ficar distante, no fim da turba, com os braços erguidos para dar meu apoio moral. Omito o pequeno detalhe do discurso e o fato de que estarei à frente da passeata, gritando em um microfone.

Para ser sincero, não sei o que diriam a respeito. Se iam me chamar de louco e me fariam prometer ficar em casa, se diriam que sentem orgulho de mim ou que eu devia deixar de ser trouxa.

Minha mãe pergunta quando vou para São Bernardo.

Eu chuto uma previsão. Digo que vou assim que entregar o próximo trabalho. Mês que vem, provavelmente. Algo me diz que vou precisar de fato de um período de descanso. Um tempo para sublimar a dor que finjo não me mastigar por dentro com dentes afiados. Um tempo para aprender a lidar com essa ausência-presente dos amigos que não estão mais aqui.

O vazio que sinto é diferente.

Ele é feito da matéria escura do universo.

Meu pai diria que estou exagerando.

— Chuvisco, você está exagerando. Aprende a ser homem e engole o choro.

Talvez esteja. Que o decorrer do dia me traga a resposta.

Me despeço com um beijo.

— Também estou cheio de saudade. Deixa eu ir que é hora de me arrumar.

Pego as roupas mais confortáveis possíveis, dica de Amanda. Uma calça jeans folgada, com zíper no bolso para guardar identidade, dinheiro e bilhete do transporte. Uma camiseta branca com estampa de personagens de quadrinhos que não me incomoda nos braços. O tênis que usava para correr quando ainda me dignava a encarar algum tipo de exercício.

Na descida, troco uma palavra com o porteiro. Ele diz que a rua vai estar pegando fogo. Ô se vai. Tomara que o Escolhido se exploda de uma vez.

—Vamos confiar — digo a ele.

Pelo menos na Liberdade, o trânsito flui normalmente. Atravesso a praça e suas barracas para turistas, grito um bom-dia para o jornaleiro na banca e desço para o metrô.

Mais próximo da Paulista, o cenário vai se modificando. Há gente cantando, tocando apitos, gritando marchinhas contra o governo. Batucam na superfície metálica dos bancos, produzindo um eco semelhante ao dos cassetetes e escudos que vão enfrentar em breve, na melhor das opções.

Algo me diz que nem todos sabem disso. Que nem lhes passa pela cabeça o que policiais, gladiadores e a Guarda Branca podem aprontar com a gente.

E será que eu sei?, me pego pensando. Não importa.

De um jeito ou de outro, logo chegaria minha vez.

Quebrando um velho hábito, me permito ter esperança. É justamente a esperança de que não estamos sós que vai nos levar à vitória. O resultado de nossa coragem é uma mensagem que vai sobreviver ao tempo e ao que existir do outro lado do rio.

Encontro Gabi na entrada de uma loja de luminárias na Consolação. Poderíamos ter marcado em um lugar mais próximo da passeata, mas decidimos caminhar um pouco para ir sondando o ambiente.

O rosto dela evidencia o choro pelo incêndio da ONG, pela morte de Dudu. Nossa capacidade de absorver golpe atrás de golpe me surpreende. Parece que estamos nos aprimorando. Quero perguntar se ela também arrumou as dores em gavetas, se também se sente anestesiada, desconectada do mundo ao redor.

Simplesmente a abraço. Pulamos a fase inicial, o "e aí, tudo bem, como você está?".

Não estamos.

— A moça da loja disse que vão ficar de portas abertas até umas cinco. Uma menina da organização falou que a saída vai atrasar, para dar tempo de juntar mais gente.

Escutei algo parecido no encontro final da organização. Apostavam no paredão humano para inibir a ação do Escolhido. Eles acham que uma coisa é agir através da Guarda Branca, outra é promover um massacre em seu próprio nome.

— Amanda e Cael mandaram um sinal de fumaça?

— Estão atrasados, para variar. Encontram a gente no Conjunto Nacional.

Gabi se despede da menina da loja. Assim que saímos, comenta indignada que ela era a favor do Escolhido.

— Ela disse que ele até pode fazer coisa errada, mas a vida tá mais fácil pra quem é trabalhador. Acredita? Mais fácil de se ferrar, só se for.

Há uma viatura posicionada na ilha de concreto onde a Paulista, a Consolação e a Rebouças se encontram. O policial de pé junto a ela confere o relógio sem parar, ansioso para ir embora.

Ao dobrarmos a esquina, começam a aparecer os blindados com asas douradas nas laterais. Veículos negros com a altura de um micro-ônibus, importados de Israel, onde são usados em uma guerra secular nas fronteiras. Aqui, vão ser usados contra nós.

Por motivo de segurança, decidimos usar a calçada oposta, onde ainda não há viaturas ou policiais. Paramos em uma drogaria para Gabi comprar uma aspirina, porque está com dor de cabeça. De onde estou, eu a ouço perguntar para a farmacêutica se tem problema misturar com determinado medicamento de tarja preta e me dou conta do óbvio. No enterro de Dudu ela realmente parecia aérea ao falar. Hoje, caminha com certa lentidão.

— Gabi...

— Dosagem de meio miligrama, Chuvisco.

— Se tiver confusão na passeata, você vai precisar dos seus reflexos.

— Sou praticamente uma ninja, querido — ela responde.
— Não precisa se preocupar comigo.

—Vou acreditar — digo, não acreditando.

Passamos em frente a uma paróquia. Gabi mantém a conversa fluindo para mostrar que está raciocinando direito. Há gladiadores com cães policiais parados diante das grades. Apesar de não entender nada do sermão, sei que há uma missa acontecendo.

— Se incomoda da gente entrar só um minutinho?

O pedido de Gabi me pega de surpresa. Não sei o que pensar, sinceramente. Minha mente silencia enquanto encaro a cruz sobre nossas cabeças.

—Vamos lá — digo afinal. Respiro fundo e a acompanho para que peça o que tiver que pedir. A quem tiver que pedir.

No alto da escadaria, porém, paramos em choque. A paróquia está tomada por gladiadores. De pé com seus uniformes tão escuros quanto os carros blindados, ouvem um homem discursar num terno negro. Ele se move de um canto ao outro, enérgico em sua pregação.

— O Senhor é minha bandeira — ele diz, e os outros repetem. — Pelo trono do Senhor! Ele fará a guerra... Se eles se defrontarem com a guerra, talvez se arrependam e voltem para o Egito.

Duvido que o Deus a quem se dirigem topasse entrar num lugar desses sem escolta. Mas eles parecem acreditar que o representam, de alguma maneira.

— Fica aqui que eu já venho — diz Gabi. Ela é uma mulher de coragem e não recua. Faz o sinal da cruz ao atravessar o pórtico e, após uma análise rápida, escolhe um cantinho vazio para ajoelhar e rezar. Como quem não quer nada, um gladiador aproveita para sair de seu posto e me sondar. Me espreita com cara de desdém, a mão descansando sobre a arma no coldre. Não resisto e o provoco:

— Estão pedindo por um protesto pacífico?

O sujeito permanece calado, ponderando se sou um idiota ou uma ameaça, se valho mais que seu desprezo.

— Estão pedindo que não lhes falte mira — ele responde. Então indica Gabi com o queixo e prossegue: — Diz pra sua amiga ir rezar em outro lugar.

— Ela já tá acabando — respondo, me mantendo firme.

O gladiador decide me deixar em paz. Volta para o pilar onde se escorava para prestar atenção na missa.

Finjo calma. Trato de não deixar o medo transparecer para que ele não possa se alimentar de mim.

Meu coração parece discordar da estratégia. Bate tão forte que o sinto estourar. De dentro dele voarão centenas de borboletas de origami que vão derrotar nossos inimigos. Na minha ficha, nenhum assassinato ou tortura. Morreu de susto, vão dizer. De unha encravada, de alergia a chocolate. Enforcado de tanto tédio. Habilidoso com o ângulo impossível da bala.

Enquanto descemos depressa pela escadaria da paróquia, me concentro em manter o ar entrando e saindo dos pulmões e em espantar a tontura para longe. Preciso fincar os dois pés na realidade até o fim o dia. Não posso decepcionar Pedro e Dudu.

Aperto mais firme a mão de Gabi, e ela retribui. Repasso na cabeça nossas festas, nossos encontros. O quanto lutamos com cada sorriso ao longo dos anos. Prefiro pensar um pouco mais, pensar demais a não pensar. Mexer o rosto até derrubar a venda que nos cobre os olhos.

No quarteirão do Conjunto Nacional, atravessamos a rua. Amanda está eufórica, o braço para o alto repetindo os gritos de guerra do protesto, animando os pedestres que passam por ela, que sentam nos bancos do ponto de ônibus onde me despedi de Júnior na noite em que nos conhecemos.

Cael me dá um beijo no rosto e dois soquinhos no braço.

— Pronto pra arrepiar todo mundo lá em cima? — Ele aponta para o carro de som que já bloqueia uma das pistas.

Respondo mostrando os dedos cruzados.

—Trouxe o que pedi? — pergunto.

Ele bate de leve na bolsa transpassada.

—Te entrego na hora.

— Espero não dar mancada.

— Você vai mandar bem — diz Amanda, e voltamos a andar.

Existe uma energia palpável à nossa volta. Se Dudu estivesse aqui, poderia se transformar em Raio Azul e absorvê-la como a descarga de um relâmpago para atacar uma horda inteira de sombrios. Falando neles, nenhum sinal da Guarda Branca. Nenhum fanático gritando que degenerados como nós merecem arder no fogo do inferno. Uma ausência nada tranquilizadora.

— Eles devem agir no final — digo. — Foi o que a organização me passou. Disseram pra gente ficar tranquilo na Paulista, mas tomar cuidado quando estiver perto da praça Roosevelt, no fim do trajeto.

— Trouxe mais livros para distribuir? — Cael brinca. Parece que se passaram mil anos desde a última vez que saímos com nossas mochilas por aí.

— Eu bem queria ter distribuído uns livros — diz Gabi. — Mas fui excluída.

Conversamos sobre diferentes assuntos para nos distrair. Esticamos brincadeiras e piadas rumo ao infinito enquanto percorremos a avenida. Na altura do Trianon, os gladiadores e seus veículos de guerra são onipresentes. Viaturas, motos, blindados. Homens de uniforme preto com capacete e escudo formam um corredor intransponível à espera de suas vítimas.

Uma parte de mim preserva a inocência e acha que estão aqui para nos proteger. Torço para que o Escolhido tenha conseguido controlar a Guarda Branca e encontrado espaço para um protesto pacífico no seu simulacro de democracia. Meu instinto, porém, sussurra algo diferente.

No vão do Masp, encontro Júnior, que me cumprimenta com um beijo. Vamos falar com as mulheres da organização. Elas repassam conosco o trajeto, explicam como deve funcionar o protesto e o que fazer em caso de confusão.

— Vocês já saem daqui em cima do carro — uma delas nos diz.

Olho meus amigos com uma sensação ruim. Não quero me separar deles. Pela expressão geral, o sentimento é o mesmo. Num abraço quíntuplo, nos apertamos até ficarmos vermelhos. Do bolso da calça, pego uma cópia da chave de casa e entrego a Amanda.

— Se acontecer alguma coisa...

— Para com isso, Chuvisco.

Ela me abraça de novo. Gabi enxuga as lágrimas, discretamente. Que a noite de hoje seja o recomeço que merecemos.

Se me perguntassem, diria sem vergonha preferir meu sofá, a TV que paguei em doze vezes no cartão, os seriados acumulados e distribuídos metodicamente durante o ano para não haver escassez de diversão. Quem gostaria de estar aqui, nessa situação? Mas é aqui que estamos.

Ninguém quer sentir medo ao andar na rua. Ninguém quer ser escorraçado, agredido. Ninguém quer sair de casa sem a certeza de que vai voltar só porque pensa ou age diferente. Mas, se gigantes de aço descem dos céus dispostos a te esmagar, a única maneira de sobreviver é reagir, empurrá-los de volta.

A verdade é que ninguém nasce herói.

Mas isso não nos impede de salvar o mundo de vez em quando.

— A gente tem que subir, Chuvisco — diz a mulher da organização. — Você tá pronto, Júnior? Vai entrando então.

— Amanhã todo mundo lá em casa — eu digo. — Pra comemorar.

Sou levado pelo fluxo de um grupinho que segue para o carro de som. Na minha vez de subir, Cael corre até mim.

— Quase que a gente esquece — diz, e me passa o presente que pedi.

— Somos dois tapados — falo, e libero a passagem para o próximo da fila. Grito para Júnior que já vou.

Me permito um instante para admirar a máscara de Santa Muerte que Pedro me deixou. O rosto de caveira foi desenhado à mão, com traços pretos, delicados. Contornam a abertura da boca dentes que terminam em uma representação de gengiva, ligeiramente mais escura. Sobre eles, pontas de losangos da cor amarela. O azul e o roxo aparecem ao redor dos olhos, criando o efeito de profundidade.

Puxo o elástico por sobre a cabeça, mas Cael segura meu braço.

— Põe só na hora. Vai quê.

— Pode deixar — respondo, e subo pelos degraus apertados do carro de som.

Do topo, a quantidade de gente parece maior. As pessoas chegam em grupos, ocupam o vão do Masp, as ruas transversais, preenchem cada espaço dos quarteirões que nos cercam. Seguro na grade e aceno para meus amigos na rua, que conversam distraídos. Gabi é a única a me ver. Ela agita os braços para eu me afastar. "Você vai cair daí!", leio em seus lábios. Penso em fingir que vou pular, mas um surto de bom senso me faz desistir da ideia.

O céu está alaranjado quando o protesto começa. Há gente a perder de vista atrás de nós. As mulheres da organização discursam no microfone. Falam da amiga que perderam na Galileia. Lembram que cada um de nós tem uma história parecida para contar. Em vez de um minuto de silêncio, pedem um minuto de barulho. Muito barulho, até que ouçam nossa voz.

— Tá preparado? — pergunto a Júnior.

— Ansioso — ele fala. — Tudo bem se eu falar depois de você?

— Deixa de besteira, seu discurso está mais ensaiado que o meu. Você vai mandar bem.

Ele me olha de lábios apertados. Damos um beijo de boa sorte.

Enquanto aguardo minha vez na lateral do carro, uma energia absurda toma conta de mim. Apoiado na grade para encarar a multidão, tenho a impressão de ver Milena ao lado de Gabi. De ver o policial da Galileia em sua roupa de drag. Guilherme e Sílvia, o pai e a amiga de Júnior, sustentam uma faixa que diz: O QUE AFETA UMA PESSOA DIRETAMENTE AFETA A TODOS INDIRETAMENTE.

O carro de som cruza a avenida. Sei que, se olhar bem, vou identificar André de cara amarrada e Dudu com sua cara de guaxinim. Pedro vai estar com alguma fantasia debochada, uma auréola luminosa de anjo, provavelmente. Quem sabe eu consiga vê-lo até o final do protesto e marcar outro duelo de *air guitar*. Se nos encontrarmos, com certeza vai dizer algo para me deixar sem graça na frente de todo mundo.

— Estão preparados? — eu o ouço dizer no meu ouvido. Ou talvez tenha sido a mulher da organização.

— Mais do que nunca — Júnior responde e pega o microfone.

Quando assume o lugar dele diante do mar de gente que nos observa, desço a máscara sobre o rosto...

... e o mundo inteiro se transforma.

TEMPESTADE CRIATIVA #250
Você não está só

Oi, pessoal! Sou o Chuvisco e este é o último vídeo do Tempestade Criativa. Eu sei... Quem diria que esse dia chegaria? Também tô triste com o fim do canal. Nem parece que passou tanto tempo. Estou me segurando enquanto gravo, porque a câmera tem esse efeito em mim, mas vou chorar um monte na hora de editar. Aposto meus quadrinhos dos Defensores nisso! Mas uma hora a gente precisa pensar em novos caminhos... Sabe aquela conversa de que quando uma porta se fecha uma janela se abre? Então. Eu mesmo tô fechando a porta e escolhendo a janela com a vista mais bonita para abrir. Espero que esteja no primeiro andar, ou não vou ter como sair por ela, só vou poder ficar apreciando a vista.

É bom fingir de vez em quando que a gente tem algum controle sobre a própria vida, né? Esses duzentos e cinquenta vídeos foram justamente para isso, para conseguir controlar as catarses... Quer dizer, eles nasceram por causa disso. No fim, se transformaram em outra coisa. Acho que o mais importante foi o contato com vocês, o diálogo, a companhia.

Certos tropeços, porradas, risadinhas maliciosas, dificuldades, fazem a gente se sentir sozinho. Trancado num mundo que ninguém mais entende. Foi assim para mim por muitos anos, pelo menos. É uma armadilha de que é difícil escapar, porque, quanto mais a gente acredita nisso, mais distante da saída fica.

Esse é um ponto importante: entender que existe uma saída. Que existe alguém, um amigo, um parente, um desconhecido do outro lado da tela do computador vendo ou gravando um vídeo que nem esse, um monte de alguéns por aí dispostos a criar e alimentar uma corrente verdadeira de amizade e carinho. Às vezes esses alguéns estão disfarçados em mensagens mal-humoradas nas redes sociais, em avatares com barba pintada no Paint, em fotos de sushi de gatinhos... Sushi e gatinhos, gente! Não sushi *de* gatinhos. Que erro foi esse? Como o ser humano me fala uma bobagem dessas? Mas voltando... Essas pessoas existem.

Tive sorte. Não demorei a criar meus diálogos. Acho que demorei mais para enxergar essas pessoas perto de mim, sabe? E mais ainda para conseguir me abrir... Na verdade, ainda estou trabalhando nessa parte. E podem acreditar que vocês me ajudaram muito nisso! Com cada joinha, cada comentário, cada e-mail que recebi ao longo desses anos.

Então, nesse vídeo de despedida do Tempestade Criativa,

é isso que quero repetir pra vocês: por pior que a situação pareça, você *não* está sozinho.

É sério. Tá vendo minha cara de sério? Então.

Você não está sozinho.

Um beijo e obrigado a todo mundo pela companhia.

Fiquem bem.

30

CASO VOCÊ TENHA SE PERGUNTADO

O DIA AMANHECEU MAIS BONITO DO QUE EU HAVIA IMAGINADO.

Pela janela, tenho a vista de um jardim amplo com uma escultura de tartaruga no círculo central. As árvores que o cercam aqui e ali são todas iguais, paineiras cor-de-rosa que derramam sua cor para o solo nessa época do ano.

Os caminhos de pedra que o atravessam levam a um lago distante, com um espelho d'água escuro e veios dourados de sol. Espalhados ao longo da trilha de cascalhos, outros pacientes como eu aproveitam o clima ameno para passear.

A tartaruga grande de cimento tem o acabamento feito em mosaico de azulejos. Seu casco, côncavo, abriga um arbusto de amoreira crescido. Os galhos são altos, finos, e depois de certa altura começam a se curvar para a frente. Por viver carregada de frutos, vive carregada de pássaros, outro mosaico de cores em movimento, atração garantida para os visitantes da casa de repouso.

Gosto de vê-la arrastar o corpo sobre o gramado, repartir

o tapete verde em dois como uma franja careta. Me diverte observar as crianças correndo histéricas atrás do inesperado. Num ritual preciso, ela faz sempre o mesmo trajeto. Desce pela ala norte, segue em paralelo às pedras (para não atropelar ninguém), dá a volta no fim do terreno e para junto ao lago das carpas.

De início, achei que o fizesse para descansar. Que bobagem, um animal de pedra e cimento cansado? Mais tarde entendi que ela fica ali porque os frutos derrubados por acidente pelos pássaros atraem os peixes para a beira. Assim que o céu se avermelha e o sol dá indícios de se esconder, ela recomeça a se arrastar em direção ao centro do jardim, onde fica até o dia seguinte, na hora de um novo passeio.

Observo sua atual quietude quando a porta do quarto se abre. A enfermeira traz um copo plástico com água e outro com comprimidos.

Depois de tudo o que passamos, fui derrubado por uma apendicite. Quem diria?

Para fazer a cirurgia, precisei de anestesia e, depois, analgésicos. Por isso os cuidados extras com a catarse criativa no estágio de recuperação. Os profissionais foram treinados para falar comigo como se eu fosse um bebê caso eu diga estar vendo sombras dançando tango nas cortinas.

Assim como o dr. Charles me ensinou a vencer a imaginação de dentro para fora, usando seus próprios artifícios, ela, a imaginação, também aprendeu a se esconder de mim, aprimorando seu disfarce. Mais e mais chaleiras têm aparecido e desaparecido. Uma semana antes de me internar para a operação, uma porta de elevador mudou de parede no corredor do prédio e me fez quebrar o nariz. Nem tudo são superpoderes, afinal. Nem tudo são borboletas cintilantes emboladas no cabelo. É preciso estar atento aos detalhes.

Se estou preocupado? Finalmente entendi que não é possível controlar cada detalhe do nosso cotidiano. A gente dá o melhor de si, defende aquilo em que acredita, capricha nas escolhas, e o resto simplesmente acontece.

Mentiria se dissesse que estou cansado de ficar sentado o dia inteiro. Com o notebook de um lado e uma pilha de quadrinhos do outro, sinto praticamente como se tivesse me mudado do meu apartamento para um hotel. Com serviço de quarto meia-boca e o suco de laranja mais amargo que já provei.

Mas vamos ao que interessa. Prometi a Amanda que colocaria tudo de que me lembro num arquivo Word, e é a isso que vou me dedicar.

— Pode colocar do seu jeito — ela disse. — Deixa a imaginação fluir.

— Um convite perigoso — comentei.

— Perigoso é deixar a imaginação morrer — ela respondeu. O dr. Charles concordaria. Talvez ela possa herdar as chaves de sua mansão para alunos especiais.

Decidir por onde começar é o mais difícil.

Pelo protesto, talvez.

Ainda estava no alto do carro de som quando os gladiadores avançaram sobre nós. Eram uma mancha negra nos cobrindo como um maremoto de lama. Bombas foram disparadas a uma velocidade atordoante, balas de borracha estouravam em costas e rostos de todos os credos, cores e idades.

Algo próximo dos boatos acabou se confirmando, afinal. O Escolhido queria os opositores na rua para seu showzinho televisionado, numa demonstração de poder. Pensou que amedrontaria o povo e recolocaria os fanáticos na coleira numa tacada só. Mas o plano saiu de controle. O povo revidou, como já fizera antes, em outra ditadura, décadas atrás. A violência de seus apoiadores transmitida pelas emissoras foi o estopim. Tirou as pessoas do torpor, redefiniu o apoio político de países do mundo inteiro.

Aquele foi o primeiro de uma série de protestos cada vez maiores. O sangue impregnado nas ruas, chuva nenhuma conseguiu lavar. Vigilantes e Guarda Branca lutaram entre si, então passaram a voltar sua força contra as tropas do Escolhido, deixando vítimas no fogo cruzado. O Santa Muerte quase foi dizimado por ataques coordenados de fanáticos e gladiadores, mas sobreviveu. Sua rede de comunicação espalhada pelo país fez a diferença e pouco a pouco a luta foi virando a nosso favor.

Durante cinco anos, um período longo e violento que fez o início do governo parecer o parquinho de uma escola de educação infantil, nós lutamos. E o Escolhido, enfraquecido e sem apoio, acabou cedendo.

— Renuncio de boa-fé, com a certeza de ter cumprido meu dever — disse ele em seu último discurso.

Três anos depois, está na cadeia. *Boa sorte firmando pactos de convivência atrás das grades.*

Nem queiram saber pelo que passamos durante os anos de luta. Só entendemos certas violências quando estamos do lado vulnerável e as sentimos na própria pele. E não falo apenas de eletrochoques...

Pensando bem, é melhor começar meu relato pelo presente. Parece que tudo aconteceu milênios atrás, tamanhas as mudanças.

Cael se firmou como ator de novela de uma emissora respeitada. Desses que são parados na rua para tirar foto e arrancam gritinhos histéricos dos fãs. Ficou impossível sair com ele para dar uma volta no Ibirapuera, por exemplo. Mas programas corriqueiros como um almoço num restaurante vegetariano, ou sentar num bar para jogar conversa fora, parecem ter uma aura mística de proteção que faz as pessoas não incomodarem demais.

Nossas políticas culturais continuam capengas, e um por cento do orçamento é a mais recente conquista. Ainda assim, o teatro está renascendo.

— Faz parte de sua natureza — disse Cael. O que tem ajudado na realização das peças é a postura das empresas. Para se livrar da alcunha de financiadores de um ditador fundamentalista, elas têm colocado sua marca até em festinha de aniversário em playground, se for melhorar sua imagem. Comédias rasgadas se tornaram o novo santo graal.

Milena encerrou os trabalhos voluntários, entrou para uma empresa de consultoria e vive viajando de um canto pro outro. Deixou São Paulo para trás e foi morar em Trancoso, na Bahia, longe dos pesadelos que viveu aqui. Disse que precisava se afastar da memória da ditadura, o que é mais do que compreensível. Me convidou para passar as férias na casa dela. Eu disse que claro, imagina que ia perder uma mordomia dessas, curtir uma praia, beber água de coco, mas nunca fui.

Denise assumiu a coordenação de uma ONG. Faz um trabalho em vídeo com os jovens e vive me mandando os links. Diz brincando que é para ajudar a equilibrar o carma da família. Sem a Guarda Branca para financiar, sua mãe largou a igreja, se separou do marido e foi morar em Miami. Ele, sacudido pela violência dos anos de luta, tomou jeito na vida.

Um dia, Denise me perguntou se eu achava que haveria investigações sobre quem dava dinheiro para os fanáticos.

— Mais fácil as pessoas que sabem a respeito desaparecerem — foi o que respondi, e ela nunca mais tocou no assunto.

Letícia, a tradutora, se mudou com a família para o exterior quando o bicho pegou para valer. Faz um ano que não tenho notícias dela além das fotos nas redes sociais. Nosso contato se resume a um "parabéns" no aniversário um do outro, com direito ao famoso "Temos que marcar alguma coisa quando eu voltar pro Brasil". De Daniel e de seus origamis nunca mais tive notícias. Talvez tenha fugido. Talvez não.

O filho da mãe do Júnior está na segunda faculdade. Segundo ele, se encher de dinheiro trabalhando com TI estava entediante, e o ambiente é muito machista. O louco decidiu cursar letras e fazer pós em literatura. Acho que depois disso sossega. Se a Sílvia não conseguir arrastá-lo para a política. Ela acaba de vencer sua primeira eleição para deputada, e diz que o país precisa de gente como Júnior.

Eu acredito.

Nós dois, aliás, agora somos apenas amigos. Os anos de porrada não foram a melhor época para começar um relacionamento. Nos vemos sempre que possível, o que tem sido menos do que eu gostaria por conta dos cursos dele. Quando não está estudando, está lendo. Quando não está lendo, está estudando. Repete tudo em *loop* infinito. Vez ou outra, decidimos que ser apenas bons amigos não impede algo mais.

Gabi, guardo apenas na lembrança. Ela se juntou a um grupo que tirava pessoas em risco do país, principalmente jovens e crianças. O incêndio da ONG não tinha sido um castigo da mãe de Denise, afinal: a Guarda Branca estava de olho nas futuras gerações, por assim dizer. Gabi fez várias viagens clandestinas para o Chile. Ficou magra, abatida, mas resistiu e se recuperou. Dois anos atrás, um acidente de carro besta na avenida Berrini a tirou de nós. Ainda dói falar sobre ela, então vou deixar isso pra depois. Para o próximo rascunho, talvez.

O destino de Pedro continua uma incógnita. Seu pai deixou de atender o telefone e a família mudou sem deixar endereço. Às vezes, no banho, quando fecho os olhos, imagino que reencontrou Elvis e decidiu viajar pelo mundo em segredo, indo de festa em festa com sua cueca estampada, curtindo a vida como só ele sabia.

Resta minha querida Amanda. Seu curta sobre os protestos percorreu festivais no mundo inteiro. Não chegou a ganhar prêmios, mas ganhou prestígio, o que é quase a mesma coisa. Seu próximo projeto é um documentário sobre o Santa Muerte. Ela quer que eu explique como acabei me envolvendo com o grupo, depois do dia fatídico no cemitério, quando perdemos Dudu.

— Tô pensando em contar a história pelo ponto de vista da nossa turminha — Amanda disse para mim em nosso encontro mensal, enquanto comíamos bolo e entornávamos litros de café. — Ver o que aproveito do brainstorming que você e Cael estão me ajudando a fazer.

— Não sei, Amanda. Pra ser sincero, prefiro uma ficção com cenas de ação e uma bela equipe de super-heróis. O que acha da ideia? Uma na qual pudéssemos alterar os rumos da realidade e que terminasse mais ou menos assim...

AGRADECIMENTOS

Oi! Tudo bem por aí? Reza a lenda que ninguém lê os agradecimentos dos livros. Será verdade? Espero que não, porque é a primeira vez que escrevo esta seção e quero todo mundo aqui comigo. Aliás, quero começar agradecendo a você que chegou até esta página e, mais ainda, esta linha. Sim, estou falando com você, leitor! Escrever *Ninguém nasce herói* foi como embarcar numa montanha-russa emocional, e fico feliz de podermos compartilhar esta história. Sei que já sabe disso, mas quero repetir: sem você, nada disso faria sentido. Serião. É você quem faz a mágica acontecer. Desejo um monte de origamis de tartaruga e bolos de cenoura na sua vida.

Muita gente querida me ajudou a transformar a faísca (ou seria catarse?) criativa que eu tinha na cabeça neste livro que está nas suas mãos sem endoidar no processo, e quero te contar um pouquinho sobre algumas dessas pessoas.

Quando terminei meu livro anterior, estava indeciso entre um punhado de ideias e não sabia qual seguir. Então muito obrigado ao Felipe Castilho por me ajudar a entender que o *Ninguém nasce herói* era o livro certo para o momento. Não é por acaso que ele recebe constantemente o título de pessoa mais legal do planeta. E você sabe disso, Felipe!

Obrigado também ao Tuca, que aceitou ler duzentas e cinquenta versões preliminares deste livro, tirando algumas noias da minha cabeça entre uma garfada e outra de salada de frutas. Quando contei a ideia, ele reagiu mais ou menos assim: "Você uót, Eric?". Então achei que ele seria um ótimo leitor beta, e foi mesmo. Obrigado, habitante do planeta Tertúlia! Pela leitura e pelas pontes.

Um punhado de obrigados à Diana (oi, Diana!) por ter aceitado acordar cedo num sábado e comer panquecas no café da manhã enquanto eu falava sobre a vida e sobre o *Ninguém nasce herói*. Você sabe da sua importância nisso tudo! Mas, se não souber, repito no nosso próximo café (juro que não vai levar a manhã inteira dessa vez). Alugo a Diana de um jeito que vocês não fazem ideia, gente…

Júlia e Nath, o que dizer? Eu estava tão nervoso quando entrei naquela sala para conversar com vocês! Acho que devem ter notado quando comecei a falar dos exemplares do *Bárbaro* na estante. Mas vocês me trataram com tanto carinho que em minutos eu já me sentia em casa. Obrigado por acreditar no livro e por me ajudar a criar a melhor versão possível desta história. (E por me ajudar a escolher o próximo… Não que eu seja ansioso, mas…)

Um agradecimento especial para Alliah e Dani, que aguentaram minhas dúvidas sobre o cotidiano de pessoas trans. Espero ter entregado uma abordagem respeitosa do personagem que se tornou meu xodó durante a escrita. E espero do fundo do coração que este livro seja cada vez menos real e cada vez mais uma distopia para todos.

Obrigado também ao dr. Henrique Vicentini por me ajudar a entender melhor a relação do dr. Charles com o Chuvisco. E à Maria Eduarda (Martha Jones!), ao Felipe Vieira e ao Weslley Reis pela ajuda com uma das cenas mais delicadas dessa história.

Gabi e Antonio, o Odin tá pedindo pra agradecer por vocês serem fofos e terem o canal mais engraçado do Snapchat! Então, recado traduzido do gatês e transmitido.

Um agradecimento duplo à equipe do CabuloCast por tudo o que tem feito por mim ao longo da minha carreira. Cabulosos, Lucien & cia, obrigado por me ajudar nesse trabalho de formiguinha que é a divulgação de um autor. Vocês fazem a diferença!

Obrigado a todo mundo que torceu por este livro e que me acompanhou desde os primeiros rascunhos e comentários no Twitter. É muito bom receber o carinho de vocês. Tem também uma lista infinita de pessoas, entre parentes e amigos, que me aguentaram enquanto eu escrevia as partes mais pesadas dessa história. Se eu surtei escrevendo aquela cena e aquela outra? Talvez.

Viu só? Fui sincero quando disse que era só o efeito do livro e não estava enlouquecendo. Mas, bem, se eu fosse louco não saberia disso. Ah, quase ia esquecendo, a letra da música "Higher", que o Pedro escuta com o Chuvisco, é minha, e foi gravada com melodia e voz da Cássia, minha irmã. Espero que vocês a escutem na playlist do livro no seu serviço de streaming favorito ou no site: <www.cassianovello.com.br>.

Por fim, não deixem de me procurar nas redes sociais. Eu existo em praticamente todas que têm mais de cinco usuários. Coisa de gente que passa o dia escrevendo e não sai da frente do computador.

Quero lembrar também que na cidade de São Paulo funciona a Casa 1, um centro cultural de acolhimento de LGBTs expulsos de casa. Eles ficam na rua Condessa de São Joaquim, 277. E você pode falar com eles em <facebook.com/casaum>. Assim como a ONG do livro, a Casa 1 faz a diferença na vida de muita gente.

Acho que terminei, pessoal. Vou lá ver se o sistema da minha armadura terminou de atualizar.

Até o próximo livro.

ESTA OBRA FOI COMPOSTA PELA VERBA EDITORIAL EM BEMBO
E IMPRESSA PELA GRÁFICA BARTIRA EM OFSETE SOBRE PAPEL PÓLEN SOFT DA
SUZANO PAPEL E CELULOSE PARA A EDITORA SCHWARCZ EM JUNHO DE 2017

A marca FSC® é a garantia de que a madeira utilizada na fabricação do papel deste livro provém de florestas que foram gerenciadas de maneira ambientalmente correta, socialmente justa e economicamente viável, além de outras fontes de origem controlada.